Katherine Mansfield (Kathleen Beauchamp), geboren am 14. Oktober 1888 in Wellington, Neuseeland, ist am 9. Januar 1923 in Fontainebleau gestorben.

Die satirische Erzählung *Seligkeit*, die der 1920 erschienenen Sammlung *Bliss and Other Stories* den Titel gab, wurde zuerst in der Literaturzeitschrift *The English Review* im August 1918 veröffentlicht. Sie gehört zu jenen Erzählungen, die Katherine Mansfield bekannt gemacht haben, und sie zählt zum besten ihrer Prosa.

Immer wieder gelingt es Katherine Mansfield, auf wenigen Seiten ganze Schicksale einzufangen durch eine einzige geschilderte Situation, durch einen einzigen Satz, eine Situation zu erhellen. Die unpathetische Diktion der kleinen Dichtungen, das Understatement, die Kühle, die Diskretion, die Schärfe der Ironie und der decouvrierende Hauch der Satire, die spielerische Wendung und das abrupte Ende machen ihre Kurzprosa unverwechselbar.

insel taschenbuch 1334

Katherine Mansfield

Seligkeit

Katherine Mansfield
Seligkeit

und andere Erzählungen

Aus dem Englischen von

Heide Steiner

Insel Verlag

insel taschenbuch 1334
Erste Auflage 1992

Hinweise zu dieser Ausgabe am Schluß des Bandes
Vertrieb durch den Suhrkamp Taschenbuch Verlag
Umschlag nach Entwürfen von Willy Fleckhaus
Satz: Fotosatz Otto Gutfreund, Darmstadt
Druck: Nomos Verlagsgesellschaft, Baden-Baden
Printed in Germany

1 2 3 4 5 6 – 97 96 95 94 93 92

Inhalt

Prélude

I

Für Lottie und Kezia war nicht ein bißchen Platz im Einspänner frei. Als Pat die beiden mit Schwung oben auf das Gepäck setzte, drohten sie herunterzufallen; Großmutters Schoß war voll, und Linda Burnell hätte unmöglich ein schweres Kind für eine noch so kurze Wegstrecke auf dem ihren halten können. Isabel thronte überlegen neben dem neuen »Mann für alles« auf dem Kutschbock. Reisetaschen, Beutel und Koffer stapelten sich auf dem Boden. »Das ist das Allernotwendigste, das ich nicht einen Moment aus den Augen lassen will«, sagte Linda Burnell mit vor Müdigkeit und Aufregung zitternder Stimme.

Lottie und Kezia standen in ihren Mänteln mit Ankerknöpfen aus Messing und kleinen runden Mützen mit Schlachtschiffbändern abmarschbereit auf dem Rasenstück gleich innerhalb des Tores. Hand in Hand starrten sie mit runden ernsten Augen zuerst auf das Allernotwendigste und dann auf ihre Mutter.

»Wir müssen sie einfach dalassen. Da ist nichts zu machen. Wir müssen sie einfach loswerden«, sagte Linda Burnell. Ein seltsames kleines Lachen entfloh ihren Lippen; sie lehnte sich zurück an die mit Knöpfen bestückten Lederpolster und schloß die Augen, während das Gelächter ihre Lippen vibrieren ließ. Zum Glück kam in diesem Augenblick Mrs. Samuel Josephs, die das Ganze hinter der Wohnzimmerjalousie beobachtet hatte, den Gartenweg herangewatschelt.

»Warum lassen Sie die Kinder nöch' den Nachmittach über bei mir, Mrs. Burnell? Sie könnten doch auf'm Rollwagen mit 'm Laacherverwalter mitfahren, wenn er am

Abend kommt. Die Sachen auf'm Wech da müssen doch mit, nöch' wahr?«

»Ja, alles vorm Haus soll mit«, sagte Linda Burnell, und sie deutete mit ihrer weißen Hand auf die Tische und Stühle, die mit den Beinen nach oben auf dem Rasen des Vorgartens standen. Welch ein absurder Anblick! Entweder gehörten sie andersherum, oder Lottie und Kezia müßten auch auf dem Kopf stehen. Und am liebsten hätte sie gesagt: »Stellt euch auf den Kopf, Kinder, und wartet auf den Lagerverwalter.« Das kam ihr so ausnehmend komisch vor, daß sie nicht auf Mrs. Samuel Josephs achtgeben konnte.

Der dicke kreischende Leib lehnte über dem Tor, und das große Wackelpetergesicht lächelte. »Machen Sie söch keine Sorgen nöch', Mrs. Burnell. Lottie und Kezia können mit den Kindern im Kinderzimmer Tee trinken, und öch bring' sie dann zum Rollwaachen.«

Die Großmutter überlegte. »Ja, das wäre wirklich am besten so! Wir sind Ihnen sehr zu Dank verpflichtet, Mrs. Samuel Josephs. Kinder, sagt danke zu Mrs. Samuel Josephs.«

Zwei gehorsame Piepser: »Danke, Mrs. Samuel Josephs.«

»Und seid schön brav, und – kommt mal her –«, sie traten vor, »vergeßt nicht, Mrs. Samuel Josephs zu sagen, wenn ihr mal ...«

»Nein, Großmama.«

»Machen Sie söch keine Sorgen nöch', Mrs. Burnell.«

Im letzten Augenblick ließ Kezia Lotties Hand los und flitzte zum Einspänner.

»Ich will meiner Großmama noch einen Abschiedskuß geben.«

Aber sie kam zu spät. Der Einspänner rollte auf der Straße davon, Isabel platzte bald vor Stolz, verächtlich blickte sie auf die ganze Welt hinab, Linda Burnell hingestreckt, und die Großmutter wühlte in dem höchst wunderlichen Krimskrams, den sie im letzten Augenblick noch in ihren schwarzen Seidenbeutel gestopft hatte, nach etwas, das sie ihrer Tochter geben wollte. Der Einspänner rollte schnell in der Sonne und dem feinen goldenen Staub davon, den Berg hinauf und hinüber. Kezia biß sich auf die Lippe, aber Lottie brach, nachdem sie vorsorglich erst ihr Taschentuch gesucht hatte, in Weinen aus.

»Mutter! Großmama!«

Mrs. Samuel Josephs umfing sie wie ein riesiger warmer, schwarzer seidener Teewärmer.

»Is' ja gut, meine Kleine. Sei ein tapferes Kind. Komm ins Kinderzimmer spielen.«

Sie legte den Arm um die weinende Lottie und führte sie fort. Kezia folgte hinterdrein, dabei verzog sie das Gesicht zu einer Grimasse, denn Mrs. Samuel Josephs Rockschlitz war, wie üblich, offen, zwei lange rosarote Korsettschnüre hingen heraus ...

Lotties Weinen ließ nach, als sie die Treppe hinaufstieg, aber ihr Anblick an der Tür zum Kinderzimmer, mit geschwollenen Augen und tropfender Nase, bereitete den S. J.s diebische Freude, die auf zwei Bänken an einem langen Tisch saßen, auf dem eine Wachstuchdecke lag und riesige Teller mit Fettbroten und zwei braune, leise dampfende Krüge standen.

»Hallo! Du hast ja geheult!«

»Ooh! Deine Augen sind ja richtig weg.«

»Der ihre Nase sieht aber komisch aus.«

»Du bist ja voll lauter roter Flecke.«

Lottie war ein Volltreffer. Sie spürte es und plusterte sich auf, zaghaft lächelnd.

»Setz döch zu Zaidee, Herzchen«, sagte Mrs. Samuel Josephs, »und Kezia, du setzt döch ans Ende neben Moses.«

Moses grinste und zwickte sie, als sie sich hinsetzte; aber sie tat, als merkte sie nichts. Sie konnte Jungens nicht leiden.

»Was möchtest du?« frage Stanley überaus höflich, indem er sich über den Tisch beugte und sie anlächelte. »Womit möchtest du anfangen – Erdbeeren mit Sahne oder Fettbrot?«

»Erdbeeren mit Sahne, bitte«, sagte sie.

»Ah-h-h-h!« Wie sie da alle lachten und mit den Teelöffeln auf den Tisch trommelten! War das nicht ein herrlicher Streich! Und ob! Da hat er sie aber verkohlt! Guter alter Stan!

»Ma! Sie hat gedacht, das gäb's wirklich.«

Sogar Mrs. Samuel Josephs, die Milch und Wasser einschenkte, mußte lächeln. »Du derfst sie an ihrem letzten Tach nöch' so necken«, keuchte sie.

Aber Kezia biß ein großes Stück aus ihrem Fettbrot heraus und stellte dann das Stück aufrecht auf ihren Teller. Mit dem Loch, das sie herausgebissen hatte, war das ein richtiges süßes kleines Tor. Pah! Das war ihr doch egal. Eine Träne kullerte ihr übers Gesicht, aber sie weinte ja gar nicht. Vor diesen schrecklichen Samuel Josephs hätte sie doch nicht weinen können. Mit gesenktem Kopf saß sie da, und als die Träne langsam herabtröpfelte, erhaschte sie sie mit einer geschickten Bewegung der Zunge und verschluckte sie, bevor einer von ihnen sie gesehen hatte.

II

Nach dem Tee schlenderte Kezia zu ihrem eigenen Haus zurück. Langsam ging sie die Hintertreppe hinauf und durch die Spülküche in die Küche. Es war nichts anderes mehr darin als ein Stück sandiger gelber Seife in einer Ecke des Fensterbretts und ein mit einem blauen Beutel bedruckter Waschlappen in einer anderen. Der Herd war mit Abfall vollgestopft. Sie stocherte darin herum, fand aber nichts außer einem mit einem Herzen bemalten Haarbehälter, der dem Dienstmädchen gehört hatte. Selbst den ließ sie liegen, und sie trottete durch den schmalen Korridor ins Wohnzimmer. Die Jalousie war heruntergelassen, aber nicht zugezogen. In langen Strahlenbündeln fiel das Sonnenlicht herein, und draußen tanzte der wellige Schatten eines Strauches auf den goldenen Linien. Bald war er still, bald begann er wieder zu tänzeln, und nun reichte er beinahe bis an ihre Füße. Summ! Summ! Eine Schmeißfliege prallte gegen die Decke; an den Teppichstiften klebten kleine rote Flusen.

Das Eßzimmerfenster hatte in jeder Ecke ein Quadrat aus buntem Glas. Eines war blau und eines war gelb. Kezia beugte sich hinunter, um noch einmal einen blauen Rasen mit blauen Feuerkolben, die am Tor wuchsen, und dann einen gelben Rasen mit gelben Lilien und einem gelben Zaun zu sehen. Während sie so hinausblickte, kam eine kleine Chinesin, Lottie, auf den Rasen heraus und fing an, mit einem Zipfel ihrer Schürze die Tische und Stühle abzustauben. War das wirklich Lottie? Kezia war sich erst ganz sicher, als sie durch das einfache Fenster gesehen hatte.

Oben in Vaters und Mutters Zimmer fand sie eine Pillenschachtel, außen schwarzglänzend und innen rot, die ein Wattekügelchen enthielt.

»Darin könnte ich ein Vogelei aufbewahren«, beschloß sie.

Im Zimmer des Dienstmädchens steckte ein Korsettknopf in einer Ritze des Fußbodens, und in einer anderen Ritze fanden sich ein paar Glasperlen und eine lange Nadel. Sie wußte, daß sich im Zimmer der Großmutter nichts befand; sie hatte ihr beim Packen zugesehen. Sie ging zum Fenster hinüber und lehnte sich dagegen, wobei sie die Hände an die Scheibe preßte.

Kezia stand gerne so vor dem Fenster. Gern spürte sie das kalte glänzende Glas an ihren warmen Handtellern, und gern beobachtete sie die komischen weißen Spitzen, die ihre Finger bekamen, wenn sie sie fest gegen die Scheibe drückte.

Während sie so dastand, ging der Tag flackernd zu Ende, und es wurde dunkel. Mit der Dunkelheit kam schnaufend und heulend der Wind angekrochen. Die Fenster in dem leeren Haus wackelten, die Wände und Fußböden knarrten, auf dem Dach schepperte verloren ein loses Stück Eisen. Auf einmal war Kezia ganz, ganz still, mit weit offenen Augen, die Knie zusammengepreßt. Sie hatte Angst. Sie wollte Lottie rufen und die ganze Zeit immer weiter rufen, als sie die Treppe hinunter und aus dem Haus hinauslief. Aber ES war gleich hinter ihr, wartete an der Tür, oben an der Treppe, unten an der Treppe, lauerte im Flur, bereit, zur Hintertür hinauszustürzen. Aber an der Hintertür war auch Lottie.

»Kezia!« rief sie fröhlich. »Der Lagerverwalter ist da. Alles ist schon auf dem Wagen, und drei Pferde, Kezia. Mrs. Samuel Josephs hat uns ein großes Umhängetuch gegeben, in das wir uns einwickeln sollen, und sie sagt, du sollst deinen Mantel zuknöpfen. Sie kommt nicht raus wegen ihres Asthmas.«

Lottie tat sehr wichtig.

»Na denn, Kinder«, rief der Lagerverwalter. Er schob seine großen Daumen unter ihre Arme, und hinauf ging's. Lottie drapierte das Umschlagetuch ›aufs schönste‹, und der Lagerverwalter wickelte ihre Füße in eine alte Decke ein.

»Hoch damit. Immer sachte.«

Sie hätten ein paar junge Ponys sein können. Der Lagerverwalter befühlte die Stricke, die seine Ladung hielten, hakte die Bremskette vom Rad los und schwang sich pfeifend neben sie.

»Bleib dicht bei mir«, sagte Lottie, »weil du mir sonst das Tuch runterziehst, Kezia.«

Aber Kezia rückte zum Lagerverwalter hin. Wie ein Riese ragte er neben ihr auf und roch nach Nüssen und frischen Holzkisten.

III

Es war das erste Mal, daß Lottie und Kezia sich noch so spät draußen aufhielten. Alles sah ganz anders aus – die angestrichenen Holzhäuser viel kleiner als am Tage, die Gärten viel größer und wilder. Hellglänzende Sterne sprenkelten den Himmel, und über dem Hafen hing der Mond und betupfte die Wellen mit Gold. Sie konnten das Licht des Leuchtturms auf der Quarantäneinsel sehen, und die grünen Lichter auf den alten Kohlehulken.

»Da kommt das Picton-Boot«, sagte der Lagerverwalter und zeigte auf einen kleinen Dampfer, der ganz mit glänzenden Perlen behängt war.

Aber als sie die Höhe des Hügels erreicht hatten und auf der anderen Seite wieder hinunterzufahren begannen, verschwand der Hafen, und obwohl sie noch immer in der Stadt waren, fanden sie sich nicht mehr zurecht. Andere Wagen ratterten vorbei. Jedermann kannte den Lagerverwalter.

»Nacht, Fred.«

»Nacht«, schrie er.

Kezia hörte ihn sehr gern. Wann immer ein Lastkarren in der Ferne auftauchte, sah sie auf und wartete auf seine Stimme. Er war ein alter Freund; sie und ihre Großmutter waren oft bei ihm gewesen, um Weintrauben zu kaufen. Der Lagerverwalter wohnte allein in einem Häuschen, mit einem selbstgebauten Gewächshaus an der einen Mauer. Über das ganze Gewächshaus rankte sich in großem Bogen eine wunderschöne Weinrebe. Er nahm ihr den braunen Korb ab, kleidete ihn mit drei großen Blättern aus, und dann tastete er in seinem Gürtel nach einem kleinen Hornmesser, langte hoch und schnitt eine große blaue Traube ab und legte sie so behutsam auf die Blätter, daß Kezia beim Zusehen den Atem anhielt. Er war ein sehr großer kräftiger

Mann. Er trug braune Samthosen, und er hatte einen langen braunen Bart. Aber nie trug er einen Kragen, nicht einmal sonntags. Sein Nacken war leuchtend rot verbrannt.

»Wo sind wir denn jetzt?« fragte ihn alle paar Minuten eines der Kinder.

»Ei, das ist die Hawk Street oder der Charlotte Crescent.«

»Aber natürlich«, Lottie spitzte bei dem letzten Namen die Ohren; sie hatte immer das Gefühl, daß Charlotte Crescent speziell ihr gehörte. Nur sehr wenige Leute hatten Straßen mit dem gleichen Namen wie sie.

»Sieh mal, Kezia, dort ist der Charlotte Crescent. Sieht er nicht ganz anders aus?«

Nun lag alles Vertraute hinter ihnen. Nun ratterte der große Rollwagen dahin in unbekanntes Land, auf neuen Straßen mit hohen Lehmböschungen zu beiden Seiten, steile, steile Anhöhen hinauf, hinunter in buschige Täler, durch breite, seichte Flüsse. Weiter, immer weiter. Lotties Kopf wackelte; sie sank in sich zusammen, sie rutschte halb in Kezias Schoß und blieb dort liegen. Aber Kezia bekam die Augen gar nicht weit genug auf. Der Wind wehte, und sie schauerte; aber ihr Gesicht und die Ohren glühten.

»Fliegen Sterne auch herum?« fragte sie.

»Nicht, daß man's merkt«, sagte der Lagerverwalter.

»Wir haben einen Onkel und eine Tante, die wohnen in der Nähe von unserem neuen Haus«, sagte Kezia. »Sie haben zwei Kinder, Pip, so heißt das älteste, und der Name des jüngsten ist Rags. Er hat einen Widder. Den muß er mit einer Emailleteekanne füttern und einem Handschuhoberteil über der Tülle. Das muß er uns zeigen. Was ist eigentlich der Unterschied zwischen einem Widder und einem Schaf?«

»Hm, ein Widder hat Hörner und geht auf einen los.«

Kezia überlegte. »Ich möchte ihn eigentlich gar nicht so

furchtbar gern sehen«, sagte sie. »Ich kann Tiere nicht leiden, die auf einen losgehen, wie Hunde und Papageien. Oft träume ich, daß Tiere auf mich losgehen – sogar Kamele –, und während sie auf mich zustürzen, wird ihr Kopf u-unheimlich groß.«

Der Lagerverwalter sagte nichts. Kezia schielte zu ihm hinauf, indem sie die Augen verdrehte. Dann streckte sie den Finger aus und strich ihm über den Ärmel; er fühlte sich haarig an.

»Sind wir bald da?« fragte sie.

»Jetzt ist's nicht mehr weit«, antwortete der Lagerverwalter. »Wirst wohl müde?«

»Ach, ich bin überhaupt kein bißchen müde«, sagte Kezia. »Aber meine Augen zieht es immer so komisch zusammen.« Sie tat einen langen Seufzer, und damit sich ihre Augen nicht mehr so komisch zusammenzogen, machte sie sie zu ... Als sie die Augen wieder aufschlug, rasselten sie eine Auffahrt entlang, die wie ein Peitschenhieb den Garten durchschnitt, und machten urplötzlich eine Schleife um eine grüne Insel, und hinter der Insel, aber erst zu sehen, wenn man darauf stieß, lag das Haus. Es war lang und flach gebaut, mit einer Säulenveranda und einem Balkon ringsherum. Seine glatte, weiße massige Form lag ausgestreckt da in dem grünen Garten wie ein schlafendes Tier. Und bald wurde das eine, bald ein anderes Fenster hell. Jemand ging mit einer Lampe durch die leeren Zimmer. Aus einem Fenster unten flackerte ein Feuerschein. Eine seltsam wunderbare Aufregung schien in zitternden Wellen von dem Haus auszugehen.

»Wo sind wir?« fragte Lottie, sich aufsetzend. Ihre Seekadettenmütze war ganz zur Seite verrutscht, und im Gesicht hatte sie den Abdruck eines Ankerknopfes, auf dem sie, während sie schlief, gelegen hatte. Behutsam hob der Lagerverwalter sie herunter, rückte ihr die Mütze gerade und zog die zerknitterte Kleidung zurecht. Blinzelnd stand sie auf der untersten Verandastufe und sah Kezia zu, die durch die Luft bis zu ihren Füßen herangeflogen zu kommen schien.

»Ooh!« rief Kezia, wobei sie die Arme in die Höhe warf. Aus der dunklen Diele trat die Großmutter mit einer kleinen Lampe. Sie lächelte.

»Ihr habt also im Dunkeln hierhergefunden?« sagte sie.

»Bestens.«

Aber Lottie taumelte auf der untersten Verandastufe wie ein aus dem Nest gefallener Vogel. Wenn sie einen Augenblick stillstand, fielen ihr die Augen zu, wenn sie sich irgendwo anlehnte, schlief sie ein. Sie konnte keinen Schritt mehr gehen.

»Kezia«, sagte die Großmutter, »kann ich dir die Lampe anvertrauen?«

»Ja, meine Großmama.«

Die alte Frau bückte sich und gab ihr das helle atmende Ding in die Hand, und dann fing sie die schlaftrunkene Lottie auf. »Hier lang.«

Durch eine viereckige Diele voller Pakete und hunderter Papageien (aber die Papageien waren nur auf der Tapete) einen engen Flur entlang, wo die Papageien unaufhörlich an Kezia mit der Lampe vorbeiflogen.

»Seid ganz leise«, mahnte die Großmutter, indem sie Lottie absetzte und die Tür zum Eßzimmer aufmachte. »Eure Mutter, die Ärmste, hat solche Kopfschmerzen.«

Linda Burnell lag in einem Korbsessel vor einem knisternden Feuer, die Füße auf einem Fußkissen, eine Decke über den Knien. Burnell und Beryl saßen in der Mitte des Zimmers am Tisch, aßen Koteletts und tranken Tee aus einer braunen chinesischen Kanne. Isabel beugte sich über die Rückenlehne ihrer Mutter. Sie hielt einen Kamm in der Hand und versunken kämmte sie ihrer Mutter sanft die Locken aus der Stirn. Außerhalb des Lichtkreises der

Lampe und des Feuerscheins erstreckte sich das Zimmer dunkel und kahl bis zu den leeren Fenstern. »Sind das die Kinder?« Aber es interessierte Linda eigentlich nicht; sie öffnete nicht einmal die Augen, um nachzusehen.

»Stell die Lampe hin, Kezia«, sagte Tante Beryl, »sonst steht das Haus noch in Flammen, ehe wir mit dem Auspakken fertig sind. Noch Tee, Stanley?«

»Ach ja, du kannst mir die Tasse noch mal halb voll schenken«, sagte Burnell, über den Tisch gebeugt. »Iß doch noch ein Kotelett, Beryl. Prima Fleisch, nicht wahr? Nicht zu mager und nicht zu fett.« Er wandte sich seiner Frau zu. »Willst du dir's bestimmt nicht noch mal anders überlegen, Linda-Schatz?«

»Schon der bloße Gedanke daran reicht mir.« Sie zog in der ihr eigenen Art eine Augenbraue hoch. Die Großmutter brachte den Kindern Brot und Milch, und sie setzten sich an den Tisch, rot und schläfrig hinter den Dampfschwaden.

»Ich hab' zum Abendbrot Fleisch gegessen«, sagte Isabel, die noch immer der Mutter sanft die Haare kämmte.

»Ein ganzes Kotelett hab ich zum Abendbrot gekriegt, mit Knochen und Worcestersoße und allem. Nicht wahr, Vater?«

»Ach, gib nicht so an, Isabel«, sagte Tante Beryl.

Isabel sah höchst erstaunt drein. »Ich hab doch gar nicht angegeben, ja, Mami? Es wäre mir nie im Traum eingefallen, anzugeben. Ich dachte nur, sie würden es gerne wissen. Ich wollte es ihnen doch bloß erzählen.«

»Sehr schön. Das reicht«, sagte Burnell. Er schob den Teller zurück, nahm einen Zahnstocher aus der Tasche und begann in seinen kräftigen weißen Zähnen herumzustochern.

»Ob du dich wohl darum kümmern könntest, daß Fred in der Küche etwas zu essen kriegt, ehe er geht, ja, Mutter?«

»Ja, Stanley.« Die alte Frau wandte sich zum Gehen.

»Ach, einen ganz kleinen Augenblick noch. Ich nehme an, es weiß wohl keiner, wo meine Pantoffeln abgeblieben sind? Für ein oder zwei Monate werde ich wohl nicht drankommen – wie?«

»Doch«, kam es von Linda. »Obendrauf in der Segeltuchtasche, auf der ›das Allernotwendigste‹ steht.«

»Hm, ob du sie mir wohl holen könntest, Mutter?«

»Ja, Stanley.«

Burnell stand auf, reckte sich, ging hinüber zum Feuer und stellte sich mit dem Rücken dazu und hob die Rockschöße.

»Donnerwetter, das ist ein ganz schöner Kuddelmuddel. Was, Beryl?«

Beryl, die Ellbogen auf dem Tisch, trank ein Schlückchen Tee und lächelte ihn über die Tasse hinweg an. Sie trug eine an ihr ungewohnte rosarote Schürze; die Ärmel ihrer Bluse waren bis zu den Schultern aufgerollt, so daß ihre hübschen, mit Sommersprossen bedeckten Arme zu sehen waren, und das Haar fiel ihr in einem langen Zopf auf den Rücken.

»Wie lange, glaubt ihr, wird es wohl dauern, bis alles an seinem Platz ist – ein paar Wochen – was?« neckte er.

»Du lieber Himmel, nein«, sagte Beryl leichthin. »Das Schlimmste ist schon vorüber. Das Mädchen und ich haben den ganzen Tag einfach geschuftet, und seit Mutter da ist, hat auch sie wie ein Pferd gearbeitet. Wir haben nicht eine Minute gesessen. Das war vielleicht ein Tag.«

Stanley witterte einen Vorwurf.

»Na ja, du hast doch wohl sicher nicht erwartet, daß ich aus dem Büro hergestürzt komme, um Teppiche anzunageln – oder?«

»Bestimmt nicht«, lachte Beryl. Sie setzte die Tasse ab und lief aus dem Eßzimmer.

»Was zum Teufel sollen wir denn ihrer Meinung nach tun?« fragte Stanley. »Uns hinsetzen und sie mit einem

Palmwedel befächeln, während ich einen Trupp Profis die Arbeit machen lasse? Zum Kuckuck!, wenn sie nicht gelegentlich einen Handschlag machen kann, ohne deswegen gleich herumzuschreien ...«

Und er blickte düster drein, während in seinem empfindlichen Magen die Koteletts mit dem Tee zu kämpfen begannen. Aber Linda hob eine Hand hoch und zog ihn an die Seite ihres Sessels hinab.

»Das ist schon eine verflixte Zeit für dich, mein Alter«, sagte sie. Ihr Gesicht war sehr bleich, aber sie lächelte und schob ihre Finger in die große rote Hand, die sie hielt. Burnell wurde ruhig. Auf einmal begann er zu pfeifen »Rein wie eine Lilie, fröhlich und frei« – ein gutes Zeichen.

»Ob es dir wohl gefallen wird?« fragte er.

»Ich will ja nicht petzen, aber ich glaube, ich muß es dir sagen, Mutter«, meldete sich Isabel. »Kezia trinkt aus Tante Beryls Tasse Tee.«

IV

Sie wurden von der Großmutter ins Bett gebracht. Sie ging mit einer Kerze voran; die Treppe hallte unter ihren hinaufsteigenden Füßen. Isabel und Lottie lagen in einem Zimmer für sich, Kezia kuschelte sich ins weiche Bett der Großmutter.

»Gibt's denn kein Bettzeug, Großmama?«

»Nein, heute nicht.«

»Das kratzt«, sagte Kezia, »aber es ist wie bei den Indianern.« Sie zog die Großmutter zu sich herab und küßte sie unters Kinn. »Komm auch bald ins Bett, und sei mein indianischer Krieger.«

»Was für eine Dummerchen du bist«, sagte die alte Frau und wickelte sie ein, wie sie es gern hatte.

»Läßt du mir denn keine Kerze da?«

»Nein. Sch-t. Schlaf jetzt.«

»Kann die Tür offenbleiben?«

Sie rollte sich zusammen, aber sie schlief nicht ein. Aus dem ganzen Haus erklang des Geräusch von Schritten. Das Haus selbst knarrte und knackte. Von unten drangen laut flüsternde Stimmen herauf. Einmal hörte sie Tante Beryl laut auflachen, und einmal hörte sie lautes Trompeten, als Burnell sich die Nase schneuzte. Draußen vor dem Fenster hockten hunderte schwarzer Katzen mit gelben Augen am Himmel und beobachteten sie – aber sie hatte keine Angst. Lottie sagte gerade zu Isabel:

»Ich bete heute im Bett.«

»Nein, das geht nicht, Lottie.« Isabel klang sehr bestimmt. »Der liebe Gott verzeiht dir nur dann, daß du im Bett betest, wenn du Fieber hast.« So fügte sich Lottie denn:

Ich bin klein,
Mein Herz mach rein,
Soll keiner drin wohnen
Als Jesus allein.

Und dann legten sie sich hin, Rücken an Rücken, daß ihre kleinen Pos sich leicht berührten, und schliefen ein.

Beryl Fairfield stand im Mondlicht und zog sich aus. Sie war müde, aber sie tat, als wäre sie müder, als sie wirklich war – sie ließ die Kleider fallen, strich sich mit matter Gebärde das warme schwere Haare zurück.

»Ach, ich bin ja so müde – sooo müde.«

Einen Augenblick lang schloß sie die Augen, aber ihr Mund lächelte. Ihr Atem hob und senkte sich in der Brust wie zwei Ventilatorflügel. Das Fenster stand weit offen; es war warm, und irgendwo da draußen schlich ein junger Mann, dunkel und schlank, mit spöttischen Augen, auf Zehenspitzen zwischen den Büschen entlang und pflückte einen großen Strauß Blumen, schlüpfte unter ihr Fenster und hielt ihn zu ihr empor. Sie sah, wie sie sich hinausbeugte. Er steckte den Kopf in die hellen wachsartigen Blüten, verschmitzt lachend. »Nein, nein«, sagte Beryl. Sie wandte sich vom Fenster weg und streifte das Nachthemd über den Kopf.

»Wie furchtbar unvernünftig Stanley doch manchmal ist«, dachte sie, während sie das Nachthemd zuknöpfte. Und dann, als sie sich hinlegte, kam der alte Gedanke, der grausame Gedanke – ach, wenn sie doch nur selber Geld hätte.

Ein junger Mann, ungeheuer reich, ist soeben aus England gekommen. Ganz zufällig lernt er sie kennen ... Der neue Gouverneur ist nicht verheiratet ... Im Regierungshaus findet ein Ball statt ... Wer ist dieses exquisite Geschöpf da in nilgrünem Satin? Beryl Fairfield ...

»Was mich freut«, sagte Stanley, indem er sich, an die Bettkante gelehnt, tüchtig an den Schultern und am Rücken kratzte, bevor er sich hinlegte, »ist, daß ich das Haus so spottbillig gekriegt habe, Linda. Ich habe heute mit dem kleinen Wally Bell darüber geredet, und er hat gesagt, er könne einfach nicht begreifen, wieso sie meinen Preis akzeptiert hätten. Weißt du, das Land hier in der Gegend wird bestimmt immer teurer ... in etwa zehn Jahren ... natürlich müssen wir alles sehr langsam angehen und die Ausgaben soviel wie möglich kürzen. Schläfst du etwa schon?«

»Nein, Lieber. Ich habe jedes Wort gehört«, sagte Linda.

Er sprang ins Bett, beugte sich über sie und blies die Kerze aus.

»Gute Nacht, Herr Geschäftsmann«, sagte sie, und sie packte seinen Kopf an den Ohren und gab ihm einen flüchtigen Kuß. Ihre leise, weit entfernte Stimme schien aus einem tiefen Brunnen zu kommen.

»Gute Nacht, Liebste.« Er schob den Arm unter ihren Nacken und zog sie zu sich heran.

»Ja, halt mich fest«, sagte die leise Stimme aus dem tiefen Brunnen.

Pat, der Mann für alles, rekelte sich in der kleinen Kammer hinter der Küche. Sein Waschbeutel, seine Jacke und Hose hingen an dem Türhaken wie ein Gehenkter. Unter der Bettdecke sahen seine gekrümmten Zehen hervor, und neben ihm auf dem Fußboden stand ein leeres Vogelbauer aus Rohr. Er sah aus wie eine Witzfigur.

»Honk, honk«, klang es von dem Dienstmädchen. Sie hatte Polpyen.

Als letzte ging die Großmutter ins Bett.

»Was! Du schläfst noch nicht?«

»Nein, ich warte auf dich«, sagte Kezia. Die alte Frau seufzte und legte sich neben sie. Kezia schob den Kopf unter den Arm der Großmutter und tat einen kleinen Quiekser. Aber die alte Frau drückte sie nur schwach und seufzte abermals, nahm die Zähne heraus und legte sie in ein Glas mit Wasser, das neben ihr auf dem Fußboden stand.

Im Garten riefen ein paar kleine Käuzchen, die im Geäst eines Leinwandbaumes hockten: »Kiwitt; komm mit.« Und weit weg im Busch erklang ein rauhes schnelles Geschnatter: »Ha-ha-ha ... Ha-ha-ha.«

V

Die Morgendämmerung kam jäh und kalt mit roten Wolken an einem blaßgrünen Himmel und Wassertropfen an jedem Blatt und Halm. Ein Lüftchen strich über den Garten hin, daß Tautropfen und Blütenblätter herabfielen, flatterte über die nassen Koppeln und verlor sich im düsteren Busch. Am Himmel schwebten für einen Augenblick ein paar winzige Sterne, und dann waren sie fort – sie zergingen wie Seifenblasen. Und ganz deutlich war in der Morgenstille der Bach in der Koppel zu hören, wie er über die braunen Steine plätscherte, in die sandigen Mulden hinein- und wieder herausfloß, sich unter Büscheln dunkler Beerensträucher versteckte, sich in einen Sumpf mit gelben Wasserblumen und Kresse ergoß.

Und dann, mit dem ersten Sonnenstrahl, hoben die Vögel an. Große freche Vögel, Stare und Hirtenstare, pfiffen auf den Wiesen, die kleinen Vögel, die Goldfinken und Hänflinge und Fächerschwänze hüpften von Ast zu Ast. Auf dem Koppelzaun hockte ein wunderschöner Eisvogel und putzte seine reiche Schönheit, und ein Priestervogel sang seine drei Töne, lachte und sang abermals.

»Wie laut die Vögel sind«, sagte Linda im Traum. Sie ging mit ihrem Vater über eine grüne, mit Gänseblümchen gesprenkelte Koppel. Auf einmal bückte er sich und zerteilte das Gras und zeigte ihr ein winziges Flauschbällchen genau vor ihren Füßen.

»O Papa, wie süß!« Sie fing den winzigen Vogel mit der hohlen Hand und streichelte ihm mit dem Finger über den Kopf. Er war ganz zahm. Aber da geschah etwas Komisches. Während sie ihn so streichelte, begann er anzuschwellen, er bauschte und plusterte sich auf, er wurde immer größer, und seine runden Äuglein schienen sie wissend anzulächeln. Nun waren ihre Arme kaum mehr lang genug, ihn zu halten, und sie ließ ihn in ihre Schürze fallen. Er war ein Baby geworden mit einem dicken kahlen Kopf und einem weit aufgesperrten Vogelrachen, der immer auf- und zuging. Ihr Vater brach in lautes polterndes Gelächter aus, und sie wachte auf und sah Burnell, der am Fenster stand und rasselnd die Jalousie hochzog.

»Hallo«, sagte er. »Ich hab dich doch nicht etwa aufgeweckt? Ein Wetterchen ist das heute früh!«

Er war ungeheuer zufrieden. So ein Wetter besiegelte endgültig seinen Handel. Irgendwie hatte er das Gefühl, daß er auch den herrlichen Tag mitgekauft – ihn spottbillig zum Haus und Grund und Boden dazugekriegt hatte. Er stürzte davon ins Bad, während Linda sich umdrehte und sich auf einen Ellbogen stützte, um das Zimmer bei Tageslicht zu besehen. Alle Möbel hatten Platz gefunden – der ganze alte Krempel –, wie sie es ausdrückte. Sogar die Fotografien standen auf dem Kaminsims und die Medizinfläschchen auf dem Bord über dem Waschtisch. Ihre Kleider lagen auf einem Stuhl – ihre wärmeren Sachen, ein violettes Cape und ein runder Hut mit einer Feder daran. Bei ihrem Anblick wünschte sie sich, auch von diesem Haus fortzugehen. Und sie sah sich, wie sie in einem kleinen Einspänner von ihnen allen wegfuhr, von allen wegfuhr, ohne auch nur zu winken.

Da kam Stanley wieder, ein Handtuch um die Hüften, er glühte und schlug sich auf die Schenkel. Er warf das nasse Handtuch auf ihren Hut und das Cape, stellte sich genau in der Mitte eines Sonnenlichtvierecks auf und begann seine Übungen. Tief atmend, beugte er sich und hockte sich hin wie ein Frosch und streckte die Beine aus. Er war so entzückt über seinen festen, gehorsamen Körper, daß er sich auf die Brust schlug und ein lautes »Ah!« hören ließ. Doch diese erstaunliche Kraft schien ihn Welten von Linda zu entfernen. Sie lag in dem weißen zerwühlten Bett und sah ihm gleichsam gedankenverloren zu.

»Oh, verdammt! Oh, verflucht!« sagte Stanley, der mit dem Kopf in ein frisches weißes Hemd gefahren war und erst dann merkte, daß irgendein Idiot den Halsbund zugemacht hatte und er nun feststeckte. Steifbeinig ging er, die Arme schwenkend, zu Linda hinüber.

»Du siehst aus wie ein großer fetter Truthahn«, sagte sie.

»Fett. Wie finde ich denn das?« erwiderte Stanley. »An mir ist kein bißchen Fett. Fühl mal.«

»Felsen – Eisen«, spottete sie.

»Du würdest dich wundern«, sagte Stanley, als ob das ungeheuer interessant wäre, »wieviel Männer im Klub einen Schmerbauch haben. Junge Burschen, mußt du wissen – Männer meines Alters.« Er fing an, sein buschiges ingwerfarbenes Haar zu scheiteln, die blauen Augen blickten starr und rund in den Spiegel, die Knie gebeugt, weil der Toilettentisch immer – hol's der Teufel! – für ihn ein wenig zu niedrig war. »Der kleine Wally Bell zum Beispiel«, und er richtete sich auf, indem er mit der Haarbürste eine enorme Wölbung an sich beschrieb. »Ich muß schon sagen, mir graut richtig ...«

»Liebster, mach dir keine Sorgen. Du wirst nie dick werden. Dazu bist du viel zu aktiv.«

»Ja, ja, das wird wohl stimmen«, sagte er, zum hundertsten Male getröstet, nahm ein grauweißes Taschenmesser aus der Hosentasche und begann, sich die Nägel zu schneiden.

»Frühstück, Stanley!« Beryl war an der Tür. »Ach, Linda, Mutter sagt, du sollst noch nicht aufstehen.« Sie schob den Kopf in die Tür. Sie hatte sich einen großen Zweig Flieder ins Haar gesteckt.

»Alles, was wir gestern abend auf der Veranda gelassen haben, trieft heute morgen einfach. Ihr solltet mal Mutter sehen, wie die Ärmste die Tische und Stühle auswringt. Es ist jedoch kein Schaden entstanden –«, sagte sie mit einem flüchtigen Blick auf Stanley.

»Hast du Pat gesagt, daß er den Einspänner beizeiten rausholt? Es sind gut sechseinhalb Meilen bis ins Büro.«

»Ich kann mir gut vorstellen, wie dieser zeitige Aufbruch ins Büro aussieht«, dachte Linda. »Das wird ja ein ganz schöner Streß werden.«

»Pat! Pat!« Sie hörte das Mädchen rufen. Aber Pat war offenbar schwer zu finden; die alberne Stimme blökte durch den Garten.

Linda fand erst wieder Ruhe, als der endgültige Knall der Haustür ihr sagte, daß Stanley wirklich fort war.

Später hörte sie die Kinder im Garten spielen. Lotties schwerfällige, kompakte kleine Stimme rief: »Ke-zia! Isabel!« Immer ging sie verloren oder verlor die andern, nur um sie dann, zu ihrer großen Überraschung, hinter dem nächsten Baum oder der nächsten Ecke wiederzufinden. »Ach, da seid ihr ja endlich.« Nach dem Frühstück hatte man sie hinausgeschickt und ihnen gesagt, ja erst wieder ins Haus zu kommen, wenn sie gerufen würden. Isabel fuhr eine hübsche Puppenwagenladung adretter Puppen spazieren, und Lottie wurde die besondere Freude zuteil, neben ihr gehen und den Puppensonnenschirm über das Gesicht der Wachspuppe halten zu dürfen.

»Wohin gehst du denn, Kezia?« fragte Isabel, die zu gerne Kezia eine leichte und niedrige Aufgabe übertragen hätte, um sie so unter ihre Herrschaft zu kriegen.

»Ach, bloß fort«, sagte Kezia ...

Dann hörte Linda sie nicht mehr. Was für ein grelles Licht im Zimmer war! Sie mochte es zu keiner Zeit, wenn die Jalousien ganz hochgezogen waren, aber morgens war es einfach unerträglich. Sie drehte sich gegen die Wand und zeichnete träge mit einem Finger auf der Tapete eine Mohnblume, mit einem Blatt und einem Stengel und einer dicken aufplatzenden Knospe nach. In der Stille und unter ihrem nachzeichnenden Finger schien die Mohnblume lebendig zu werden. Sie konnte die klebrigen, seidigen Blütenblätter fühlen, den Stengel, behaart wie eine Stachelbeere, das rauhe Blatt und die feste blanke Knospe. So pflegten die Dinge oft lebendig zu werden. Nicht nur große gewichtige Sachen wie Möbel, sondern auch Vorhänge und die Muster von Stoffen und die Fransen von Bettdecken und Kissen. Hatte sie nicht schon oft gesehen, wie sich der Quastenrand ihrer Bettdecke in einen komischen Zug von Tänzern verwandelte, begleitet von Priestern ... Denn da waren einige Quasten, die überhaupt nicht tanzten, sondern majestätisch dahinschritten, vorgeneigt, wie wenn sie beteten oder sängen. Wie oft hatten sich die Arzneifläschchen nicht schon in eine Reihe kleiner Männer mit braunen Zylinderhüten verwandelt; und der Krug auf dem Waschtisch hatte so eine Art, ähnlich einem dicken Vogel in einem runden Nest, in der Waschschüssel zu sitzen.

»Letzte Nacht habe ich von Vögeln geträumt«, dachte Linda. Was bedeutete das? Sie hatte es vergessen. Aber das Seltsamste an diesem Lebendigwerden von Dingen bestand darin, was sie taten. Sie lauschten, sie schienen von irgendeinem mysteriösen, wichtigen Inhalt anzuschwellen, und wenn sie voll waren, hatte sie das Gefühl, sie lächelten. Aber es galt nicht nur ihr, ihr verstohlenes heimliches Lächeln; sie waren Mitglieder einer Geheimgesellschaft, und sie lächelten unter sich. Zuweilen, wenn sie während des Tages eingeschlafen war, wachte sie auf und konnte keinen Finger rühren, konnte nicht einmal die Augen nach rechts oder links wenden, weil SIE da waren; zuweilen, wenn sie aus einem Zimmer ging und es leer war, wußte sie, als sie die Tür zuklinkte, daß SIE es füllen würden. Und es gab Zeiten abends, wenn sie vielleicht oben war und alle anderen unten, wenn sie ihnen kaum entkommen konnte. Dann konnte sie nicht eilen, sie konnte keine Melodie summen; wenn sie auch noch so leichthin – »zum Henker mit dem alten Fingerhut« – zu sagen versuchte, SIE ließen sich nicht täuschen. SIE wußten, wie groß ihre Angst war; SIE sahen, wie sie den Kopf abwandte, als sie am Spiegel vorbeiging. Immer hatte Linda das Gefühl, da SIE etwas von ihr wollten, und sie wußte, wenn sie sich ergäbe und still wäre, mehr als still, ruhig, reglos, dann würde wirklich etwas geschehen.

»Es ist sehr still jetzt«, dachte sie. Weit öffnete sie die Augen, und sie hörte, wie die Stille ihr zartes endloses Geweb spann. Wie leicht sie atmete; kaum daß sie überhaupt atmen mußte.

Ja, alles war lebendig geworden, bis zum kleinsten, winzigsten Teilchen, und sie spürte nicht ihr Bett, sie schwebte, hielt sich in der Luft. Bloß daß sie mit ihren weit offenen aufmerksamen Augen zu lauschen, darauf zu warten schien, daß jemand käme, der eben nicht kam, darauf lauerte, daß etwas geschähe, das eben nicht geschah.

VI

In der Küche auf dem langen Holztisch unter den beiden Fenstern wusch die alte Mrs. Fairfield das Frühstücksgeschirr ab. Das Küchenfenster ging auf ein großes Rasenstück hinaus, das hinunter zum Gemüsegarten und zu den Rhabarberbeeten führte. Auf der einen Seite grenzte die Wiese an die Spülküche und das Waschhaus, und über diesem geweißten Anbau wuchs ein knorriger Weinstock. Sie hatte schon gestern bemerkt, daß geradewegs durch ein paar Risse in der Decke der Spülküche ein paar winzige Korkenzieherranken kamen und alle Fenster des Anbaus eine dicke Rüsche aus gekräuseltem Grün hatten.

»Ich mag einen Weinstock sehr«, erklärte Mrs. Fairfield, »aber ich denke nicht, daß die Trauben hier reif werden. Dazu braucht es schon australische Sonne.« Und sie erinnerte sich daran, wie Beryl, als sie noch ganz klein war, ein paar helle Trauben von dem Rebstock an der hinteren Veranda ihres tasmanischen Hauses gepflückt hatte und wie sie von einer riesigen roten Ameise ins Bein gestochen worden war. Sie sah Beryl in einem buntkarierten Kleidchen mit roten Schleifen an den Schultern, die so fürchterlich schrie, daß die halbe Straße zusammenlief. Und wie das Bein des Kindes angeschwollen war! »T-t-t-t!« Mrs. Fairfield hielt noch bei der Erinnerung daran den Atem an. »Das arme Kind, wie entsetzlich das war.« Und sie kniff die Lippen zusammen und ging hinüber zum Herd, um mehr heißes Wasser zu holen. Das Wasser schäumte in der großen Seifenschüssel, rosarote und blaue Blasen bildeten sich auf dem Schaum. Die Arme der alten Mrs. Fairfield waren bis zu den Ellbogen entblößt und von hellroter Farbe. Sie trug ein graues, mit großen violetten Stiefmütterchen gemustertes Foulardkleid, eine weiße Leinenschürze und eine wie aus Pudding geformte Haube aus weißem Musselin. Am Hals hatte sie eine silberne, mit fünf kleinen Eulen besetzte Mondsichel, und um den Hals trug sie eine Uhrkette aus schwarzen Perlen.

Es war kaum zu glauben, daß sie nicht schon seit Jahren in dieser Küche war; so sehr war sie ein Teil davon. Mit sicherem, präzisem Griff räumte sie das Steingutgeschirr weg, bewegte sich ruhig und stattlich zwischen Herd und Anrichte, warf einen prüfenden Blick in Geschirr- und Speisekammer, wie wenn es keine Ecke gäbe, die ihr nicht vertraut wäre. Als sie fertig war, war alles in der Küche Teil einer Folge von Mustern geworden. Sie stand in der Mitte des Raumes und wischte sich die Hände an einem karierten Tuch ab; um den Mund hatte sie ein Lächeln; sie dachte, es sehe alles sehr hübsch, sehr zufriedenstellend aus.

»Mutter! Mutter! Bist du da?« rief Beryl.

»Ja, Liebes. Brauchst du mich?«

»Nein. Ich komme schon«, und Beryl stürzte herein, hochrot, und schleppte zwei große Bilder an.

»Mutter, was kann ich bloß mit diesen furchtbar häßlichen chinesischen Malereien machen, die Chung Wah Stanley geschenkt hat, als er pleite ging? Es ist lächerlich, behaupten zu wollen, sie wären wertvoll, weil sie schon monatelang in Chung Wahs Obstladen hingen. Ich kann nicht begreifen, warum Stanley sie behalten will. Bestimmt findet er sie genauso häßlich wie wir, aber es ist wegen der Rahmen«, sagte sie boshaft. »Er denkt vermutlich, die Rahmen könnten eines Tages etwas einbringen.«

»Warum hängst du sie nicht in den Flur?« schlug Mrs. Fairfield vor; »dort würde man nicht viel von ihnen sehen.«

»Das geht nicht. Da ist kein Platz mehr. Dort habe ich schon alle Fotos von seinem Büro hingehängt, vor und nach dem Bau, und die signierten Fotos von seinen Geschäftsfreunden, und diese schreckliche Vergrößerung von Isabel, wo sie im Unterhemd auf der Matte liegt.«

Wütend schweifte ihr Blick durch die friedliche Küche. »Ich weiß, was ich mache. Ich hänge sie hier hin. Stanley werde ich sagen, sie wären beim Umzug ein bißchen feucht geworden, so daß ich sie erst einmal hier hingehängt habe.«

Sie zog einen Stuhl heran, sprang darauf, nahm aus ihrer Schürzentasche einen Hammer und einen großen Nagel und hämmerte drauflos.

»So! Das reicht! Gib mir das Bild, Mutter.«

»Einen Augenblick, Kind.« Die Mutter wischte über den geschnitzten Ebenholzrahmen.

»Ach, Mutter, du mußt sie wirklich nicht abstauben. Es würde Jahre dauern, in all diesen kleinen Löchern Staub zu wischen.« Und stirnrunzelnd blickte sie auf den Kopf der Mutter herab und biß sich ungeduldig auf die Lippe. Mutters bedächtige Art, etwas zu tun, war einfach zum Verrücktwerden. Es war das Alter, dachte sie von oben herab.

Endlich hingen die beiden Bilder nebeneinander da. Sie sprang vom Stuhl hinab und verstaute den kleinen Hammer.

»Die sehen hier gar nicht so schlecht aus, hm?« sagte sie. »Und jedenfalls muß sie keiner angucken außer Pat und dem Mädchen – habe ich eine Spinnwebe im Gesicht, Mutter? Ich habe nämlich in diesen Schrank unter der Treppe geguckt, und jetzt kitzelt mich dauernd etwas an der Nase.«

Doch bevor Mrs. Fairfield noch Zeit gehabt hätte, nachzusehen, hatte sich Beryl bereits abgewandt. Jemand klopfte ans Fenster: da war Linda, sie nickte und lächelte. Sie hörten, wie an der Spülküchentür der Riegel hochging, und Linda kam herein. Sie hatte keinen Hut auf; das Haar stand ihr in lockigen Ringen auf dem Kopf, und sie war in ein altes Kaschmirumschlagtuch gehüllt.

»Ich hab solchen Hunger«, sagte Linda, »wo kann ich etwas zu essen herkriegen, Mutter?« Es ist das erste Mal, daß ich in der Küche bin. Sie sagt auf der ganzen Linie ›Mutter‹; alles paßt zusammen.

»Ich mach dir Tee«, sagte Mrs. Fairfield und breitete eine saubere Serviette über eine Ecke des Tisches, »und Beryl kann eine Tasse mittrinken.«

»Beryl, möchtest du die Hälfte von meinem Ingwerkuchen?« Linda fuchtelte mit dem Messer in ihre Richtung. »Beryl, gefällt dir das Haus nun, wo wir jetzt hier sind?«

»Oh ja, das Haus gefällt mir riesig, und der Garten ist herrlich, aber es kommt mir sehr weit weg von allem vor. Ich kann mir nicht vorstellen, daß in diesem schrecklichen Vehikel aus der Stadt Leute zu uns herauskommen in diesem schrecklich holpernden Bus, und hier ist bestimmt keiner, der uns besuchen könnte. Dir ist das natürlich egal, weil –«

»Aber da ist doch der Einspänner«, sagte Linda. »Pat kann dich doch in die Stadt fahren, wann immer du willst.«

Das war ein Trost, gewiß, aber da lauerte etwas in Beryls Hinterkopf, etwas, das sie nicht einmal für sich selber in Worte gefaßt hätte.

»Ach ja, wir werden jedenfalls nicht daran sterben«, sagte sie trocken, setzte die leere Tasse ab und stand auf und reckte sich. »Ich werde mal Vorhänge anmachen.« Und sie lief singend davon: »So viele tausend Vögelein, Die singen laut tagaus tagein …

...Vögelein, die singen laut tagsaus tagein...« Aber als sie das Eßzimmer erreichte, hörte sie auf zu singen, ihre Miene veränderte sich: sie wurde düster und mürrisch.

»Man kann genausogut hier verrotten wie irgendwo anders«, murmelte sie wütend, wobei sie die starken Messingsicherheitsnadeln in die roten Sergevorhänge hineinstieß.

Die beiden, die in der Küche zurückblieben, schwiegen eine Weile. Linda stützte das Gesicht in die Hand und beobachtete ihre Mutter. Sie dachte, ihre Mutter sähe wunderbar schön aus mit dem Rücken zu dem laubgesäumten Fenster. Ihr Anblick hatte etwas Tröstliches an sich, ohne das Linda niemals auszukommen meinte. Sie brauchte den Duft ihres Fleisches, ihre Wangen, die sich so weich anfühlten, und ihre Arme und ihre noch weicheren Schultern. Sie mochte es sehr, wie sich ihr Haar kräuselte, silbern in der Stirn, heller im Nacken und noch leuchtend braun in dem großen Kranz unter der Musselinhaube. Ganz herrlich waren die Hände der Mutter, und die beiden Ringe, die sie trug, schienen in ihre cremefarbene Haut zu verschmelzen. Und immer war sie so frisch, so köstlich. Die alte Frau konnte nur Leinen auf dem Leib vertragen, und winters wie sommers badete sie in kaltem Wasser.

»Gibt es denn nichts für mich zu tun?« fragte Linda.

»Nein, mein Schatz. Ich wünschte, du gingst in den Garten und hättest ein Auge auf deine Kinder; aber das, ich weiß, wirst du nicht tun.«

»Natürlich tu ich das, aber du weißt doch, Isabel ist viel erwachsener als irgend jemand von uns.«

»Ja, aber Kezia nicht«, erwiderte Mrs. Fairfield.

»Ach, Kezia ist vor Stunden von einem Stier auf die Hörner genommen worden«, sagte Linda und wickelte sich wieder in ihren Schal ein.

Aber nicht doch, durch ein Loch in einem Astknoten in

dem Lattenzaun, der den Tennisrasen von der Koppel trennte, hatte Kezia einen Stier gesehen. Aber der Stier hatte ihr nicht sonderlich gefallen, also war sie durch den Obstgarten wieder fortgegangen, die Grasböschung hinauf, den Pfad an dem Leinwandbaum entlang und so in den ausgedehnten verschlungenen Garten. Zweimal hatte sie den Weg zu dem großen Eisentor zurückgefunden, durch das sie am Abend zuvor gefahren waren, und war dann die Auffahrt, die zum Haus führte, entlanggegangen, aber da gab es ja so viele kleine Pfade auf beiden Seiten. Auf der einen Seite führten sie alle in ein Gewirr hoher dunkler Bäume und fremdartiger Sträucher mit flachen samtigen Blättern und gefiederten cremefarbenen Blüten, in denen es von Fliegen summte, wenn man sie schüttelte – das war die furchteinflößende Seite und überhaupt kein richtiger Garten. Die kleinen Pfade hier waren naß und lehmig, von Baumwurzeln überzogen wie von Spuren großer Vögel.

Aber auf der anderen Seite der Auffahrt gab es eine hohe Buchsbaumrabatte, und die Wege waren von Buchsbaum eingefaßt, und sie alle führten hinein in ein immer tieferes Gewirr von Blumen. Weiß und karminrot und rosa und weißgestreift mit leuchtenden Blättern blühten die Kamelien. An den Fliederbüschen konnte man vor lauter weißen Dolden kein Blatt sehen. Die Rosen blühten – Rosen für die Knopflöcher der Herren, kleine weiße, aber viel zu voll von Insekten, um sie jemandem unter die Nase zu halten, blaßrote Monatsrosen, deren herabgefallene Blüten einen Ring um die Sträucher bildeten, Zentifolien auf dicken Stielen, immer blühende Moosrosen, rosarote glatte Schönheiten, die Kringel um Kringel aufgingen, rote, die so dunkel waren, daß sie schwarz zu werden schienen, wenn sie ausfielen, und eine gewisse köstliche cremefarbene Art mit schlankem roten Stamm und leuchtend scharlachroten Blättern.

Da gab es Gruppen roter Fingerhüte und alle möglichen Arten Geranien, und da gab es Eisenkrautbäumchen und bläuliche Lavendelsträucher und ein Beet Pelargonien mit samtigen Augen und Blättern wie Falterflügel. Da war ein Beet nur mit Reseda und ein anderes nur mit Stiefmütterchen – Rabatten gefüllter und einfacher Gänseblümchen und alle Arten kleiner büscheliger Pflanzen, die sie noch nie gesehen hatte.

Die Fackellilien waren größer als sie; die japanischen Sonnenblumen wuchsen in einem winzigen Dschungel. Sie setzte sich auf eine der Buchsbaumrabatten. Wenn man zuerst tüchtig darauf drückte, konnte man gut darauf sitzen. Aber wie staubig sie innen war! Kezia bückte sich, um sie anzusehen, nieste und rieb sich die Nase.

Und dann fand sie sich oben auf dem welligen Grashang, der zum Obstgarten führte ... Einen Augenblick sah sie den Abhang hinunter; dann legte sie sich auf den Rücken, quiekste und kugelte und kugelte in die dichte blumenübersäte Obstgartenwiese hinunter. Während sie dalag und darauf wartete, daß sich alles um sie herum zu drehen aufhörte, beschloß sie, zum Haus hinaufzugehen und das Mädchen um eine leere Streichholzschachtel zu bitten. Sie wollte ihre Großmama damit überraschen ... Zuerst würde sie ein Blatt hineintun und darauf ein großes Veilchen, auf beide Seiten neben das Veilchen käme dann vielleicht eine sehr kleine weiße Nelke, und dann würde sie obendrauf Lavendel streuen, aber nicht die Köpfe damit verdecken.

Sie machte der Großmutter öfter solche Überraschungen und hatte immer viel Erfolg damit.

»Möchtest du vielleicht ein Streichholz, Großmama?«

»Ach ja, Kind. Ich glaube, ein Streichholz käme mir jetzt gerade recht.«

Die Großmutter öffnete langsam die Schachtel und stieß auf das Bild darin.

»Du meine Güte, Kind! Da hast du mich aber überrascht!«

»Ich kann ihr hier jeden Tag so etwas machen«, dachte sie, indem sie in ihren rutschigen Schuhen die Wiese hinaufkletterte.

Aber auf dem Weg zurück zum Haus kam sie zu dieser Insel, die da inmitten der Auffahrt lag und diese in zwei Arme teilte, die sich vor dem Haus wieder trafen. Die Insel bestand aus einer hohen Rasenbank. Darauf wuchs nichts außer einer riesigen Pflanze mit dicken, graugrünen, stachligen Blättern, und aus der Mitte wuchs ein langer dicker Stamm hervor. Einige der Blätter der Pflanze waren so alt, daß sie sich nicht mehr in der Luft hochbogen; sie knickten um, sie waren gespalten und kaputt; einige von ihnen lagen flach und verwelkt auf dem Boden.

Was konnte das nur sein? So etwas hatte sie noch nie gesehen. Sie stand mit großen Augen da. Und dann sah sie ihre Mutter den Weg herunterkommen.

»Mutter, was ist das?« fragte Kezia.

Linda sah hinauf zu der dicken schwellenden Pflanze mit ihren grausamen Blättern und dem fleischigen Stamm. Hoch droben hing sie, gleichsam schlaff in der Luft wie ein Segel bei Windstille, und doch klammerte sie sich so fest an die Erde, aus der sie wuchs, daß sie statt Wurzeln auch Klauen hätte haben können. Die sich krümmenden Blätter schienen etwas zu verbergen; der blinde Stamm zerschnitt die Luft, wie wenn ihn kein Wind je zu erschüttern vermöchte.

»Das ist eine Aloe, Kezia«, sagte die Mutter.

»Blüht sie auch mal?«

»Ja, Kezia«, und Linda lächelte auf sie hinab und schloß halb die Augen. »Einmal alle hundert Jahre.«

VII

Auf seinem Heimweg vom Büro ließ Stanley Burnell den Einspänner an der Bodega anhalten, stieg aus und kaufte ein großes Glas Austern. Nebenan beim Chinesen kaufte er eine Ananas allerersten Güte, und als er einen Korb frischer schwarzer Kirschen bemerkte, sagte er John, ihm auch davon ein Pfund zu geben. Die Austern und die Ananas verstaute er in der Kiste unter dem Vordersitz, aber die Kirschen behielt er in der Hand.

Pat, der Mann für alles, sprang vom Kutschbock und wickelte ihn wieder in die braune Decke ein.

»Heben Sie mal die Füße, Mr. Burnell, während ich Sie einpacke«, sagte er.

»Schön, schön! Ausgezeichnet!« sagte Stanley. »Sie können nun geradewegs nach Hause fahren.«

Pat ließ die graue Stute die Peitsche spüren, und der Einspänner ruckte an.

»Ich glaube, das ist ein ausgezeichneter Mann«, dachte Stanley. Ihm gefiel der Anblick, wie er da in adrettem braunem Rock und brauner Melone saß. Ihm gefiel die Art, wie Pat ihn zugedeckt hatte, und ihm gefielen seine Augen. Er hatte nichts Unterwürfiges an sich – und wenn es etwas gab, das er überhaupt nicht ausstehen konnte, dann war es Unterwürfigkeit. Und er sah aus, als wäre er mit seiner Arbeit bereits glücklich und zufrieden.

Die graue Stute ging sehr gut; Burnell konnte es nicht erwarten, aus der Stadt hinauszukommen. Er wollte nach Hause. Ah, es war herrlich, auf dem Land zu wohnen – aus diesem Loch von einer Stadt hinauszukommen, sobald im Büro Feierabend war; und herrlich war auch diese Fahrt in der frischen warmen Luft, die ganze Zeit im Bewußtsein, daß am anderen Ende das eigene Haus wartete, mit seinem Garten und den Koppeln, seinen drei prima Kühen und genug Hühnern und Enten, daß sie mit Geflügel versorgt waren.

Als sie endgültig die Stadt hinter sich ließen und auf der verlassenen Straße dahinrollten, schlug ihm das Herz heftig vor Freude. Er wühlte in der Tüte und fing an, die Kirschen zu essen, drei oder vier auf einmal, die Kerne warf er seitlich aus dem Einspänner. Sie waren köstlich, so prall und kalt, ohne einen Fleck oder eine Druckstelle.

Nun sieh dir diese beiden an – die eine Seite schwarz und die andere weiß –, vollkommen! Ein vollkommenes Pärchen siamesischer Zwillinge. Und er steckte sie sich ins Knopfloch ... Donnerwetter! er wäre nicht abgeneigt, diesem Burschen hier eine Handvoll abzugeben – aber nein, lieber nicht. Lieber noch warten, bis er ein wenig länger bei ihm war.

Er begann Pläne zu schmieden, was er mit seinen Samstagnachmittagen und Sonntagen anfangen würde. Am Sonnabend würde er nicht zum Mittagessen in den Klub gehen. Nein, er würde so früh wie möglich aus dem Büro abhauen und sich von ihnen ein paar Scheiben kalten Braten und einen halben Lattich geben lassen, wenn er heimkam. Und am Nachmittag würde er dann ein paar Jungs aus der Stadt zum Tennisspielen holen. Nicht zu viele – höchstens drei. Beryl spielte auch gut ... Er streckte den rechten Arm aus und beugte ihn langsam, wobei er die Muskeln befühlte ... Ein Bad, sich tüchtig abfrottieren, nach dem Essen auf der Veranda eine Zigarre ...

Am Sonntagmorgen würden sie in die Kirche gehen – die Kinder und sie alle. Was ihn daran erinnerte, daß er ja einen Kirchenstuhl mieten müsse, möglichst in der Sonne und weit vorn, so daß es von der Tür her nicht so zog. Im Geiste hörte er sich schon aufs schönste intonieren: »Als du überwandest den *bitt'*ren Tod, tatst *allen* Gläubigen du auf das *Himmel*reich.« Und er sah die saubere Karte mit dem Messingrand an der Ecke des Kirchenstuhls – Mr. Stanley Burnell und Familie... Den restlichen Tag würde er mit Linda faulenzen... Nun gingen sie im Garten spazieren; sie an seinem Arm, und er erklärte ihr ausführlichst, was er in der kommenden Woche im Büro vorhatte. Er hörte sie sagen: »Liebster, ich denke, das ist sehr klug.« ... Es war eine wunderbare Hilfe, die Dinge mit Linda zu bereden, auch wenn sie leicht vom Kern der Sache abschweiften.

Zum Henker damit! Sie kamen ja überhaupt nicht sehr schnell vorwärts. Pat hatte wohl wieder die Bremse angelegt. Hu! Wie hundsgemein! Er konnte es in der Magengrube spüren.

So etwas wie Panik überkam Burnell immer, wenn er sich seinem Haus näherte. Noch ehe er richtig zum Tor hinein war, schrie er jedem, der ihm zu Gesicht kam, zu: »Ist alles in Ordnung?« Und dann glaubte er nicht, daß dem so wäre, bis er Linda sagen hörte: »Hallo! Wieder da?« Das war das Schlimmste daran, wenn man auf dem Lande lebte – es dauerte so verflucht lange, bis man wieder heimkam... Doch nun hatten sie es nicht mehr weit. Sie waren auf der letzten Anhöhe; nun ging es nur noch leicht bergab, nur noch eine halbe Meile.

Pat ließ die Peitsche über den Rücken der Stute gleiten, und er redete ihr gut zu: »Hüh! Hüh! Na komm.«

Es war kurz vor Sonnenuntergang. Alles war reglos, in ein strahlendes, metallisches Licht getaucht, und die Koppeln zu beiden Seiten verströmten den milchigen Duft reifen Grases. Das Eisentor war offen. Sie stürmten hindurch, die Auffahrt hinauf und um die Insel herum und stoppten genau in der Mitte der Veranda.

»Sind Sie mit ihr zufrieden, Sir?« fragte Pat, indem er vom Kutschbock stieg und seinen Herrn angrinste.

»Sehr sogar, Pat«, sagte Stanley.

Linda trat aus der Glastür; ihre Stimme hallte in der schattigen Stille. »Hallo! Wieder da?«

Bei ihrem Klang schlug sein Herz so heftig, daß er kaum an sich halten konnte, um nicht die Stufen hinaufzurennen und sie in seine Arme zu reißen.

»Ja, da bin ich wieder. Ist alles in Ordnung?«

Pat schickte sich an, den Einspänner um die Ecke zum Seitentor zu bringen, das in den Hof ging.

»He, Augenblick noch«, sagte Burnell. »Geben Sie mir diese beiden Päckchen.« Und zu Linda sagte er: »Ich habe dir Austern und eine Ananas mitgebracht«, wie wenn er ihr sämtliche Früchte der Erde mitgebracht hätte.

Sie gingen in die Diele; in der einen Hand trug Linda die Austern, in der andern die Ananas. Burnell schloß die Glastür, schleuderte den Hut herunter, legte die Arme um sie und preßte sie an sich, dabei küßte er sie auf den Scheitel, die Ohren, den Mund, die Augen.

»Ach, du! Ach, du!« sagte sie. »Warte einen Augenblick. Laß mich erst mal diese albernen Sachen wegtun«, und sie legte das Austernglas und die Ananas auf einen kleinen geschnitzten Stuhl. »Was hast du denn da im Knopfloch – Kirschen?« Sie nahm sie heraus und hängte sie ihm übers Ohr.

»Nicht doch, Liebes. Die sind für dich.«

Also nahm sie sie wieder vom Ohr weg. »Du hast doch nichts dagegen, wenn ich sie aufhebe. Sie würden mir den Appetit aufs Essen verderben. Komm zu deinen Kindern. Sie sitzen beim Tee.«

Auf dem Tisch im Kinderzimmer brannte die Lampe. Mrs. Fairfield schnitt Brot und bestrich es mit Butter. Die drei kleinen Mädchen saßen am Tisch, sie trugen große, mit ihrem Namen bestickte Lätzchen. Als der Vater hereinkam, wischten sie sich den Mund ab, bereit für einen Kuß. Die Fenster waren geöffnet; auf dem Kaminsims stand ein Krug mit Wiesenblumen, und die Lampe warf einen großen gedämpften Lichtschein an die Decke.

»Das sieht ja recht gemütlich aus, Mutter«, sagte Burnell, ins Licht blinzelnd. Isabel und Lottie saßen jedes an einer Seite des Tisches, Kezia am unteren Ende – der Platz am oberen Ende war leer.

»Dort müßte mein Junge sitzen«, dachte Stanley. Fester umschloß sein Arm Lindas Schulter. Bei Gott, er war ein ausgemachter Narr, sich so glücklich zu fühlen!

»Oh ja, Stanley. Wir haben's uns sehr gemütlich gemacht«, erwiderte Mrs. Fairfield, indem sie Kezias Brot in fingergroße Stücke schnitt.

»Gefällt's euch besser als in der Stadt – he, Kinder?« fragte Burnell.

»Oh ja«, sagten die drei kleinen Mädchen, und Isabel fügte noch hinzu: »Vielen herzlichen Dank, lieber Vater.«

»Komm mit nach oben«, sagte Linda. »Ich bring dir deine Pantoffeln.«

Aber die Treppe war zu schmal, als daß sie Arm in Arm gehen konnten. Es war ganz dunkel im Zimmer. Er hörte, wie ihr Ring auf dem Marmorsims des Kamins klirrte, als sie nach den Streichhölzern tastete.

»Ich hab welche, Liebes. Ich zünde die Kerzen an.«

Statt dessen aber trat er hinter sie und legte wieder die Arme um sie und preßte ihren Kopf in seine Schulter.

»Ich bin so verdammt glücklich«, sagte er.

»Ja?« Sie drehte sich um und legte ihm die Hände auf die Brust und sah zu ihm auf.

»Ich weiß nicht, was in mich gefahren ist«, beteuerte er.

Draußen war es nun ganz dunkel, und der Tau fiel schwer herab. Als Linda das Fenster schloß, berührte der kalte Tau ihre Fingerspitzen. Weit weg bellte ein Hund. »Ich glaube, der Mond scheint bald«, sagte sie.

Bei den Worten und mit dem kalten nassen Tau an den

Fingern war ihr, als ob der Mond schon aufgegangen wäre – daß sie auf seltsame Weise entblößt wäre in einer Flut kalten Lichts. Sie schauerte; sie trat vom Fenster weg und setzte sich neben Stanley auf das Buchsbaumsofa.

Im Eßzimmer, im flackernden Scheine eines Holzfeuers, saß Beryl auf einem Fußkissen und spielte Gitarre. Sie hatte gebadet und sich vollkommen umgezogen. Nun trug sie ein weißes Musselinkleid mit schwarzen Tupfen darauf, und ins Haar hatte sie eine schwarze Seidenrose gesteckt.

»Rings ruht nun die Natur, Feinslieb,
Sieh, wir sind alleine.
Reich mir deine Hand, Feinslieb,
Leg sie ganz fest in meine.«

Sie spielte und sang halb für sich, denn sie beobachtete sich dabei, wie sie spielte und sang. Der Feuerschein schimmerte auf ihren Schuhen, auf dem rötlichen Bauch der Gitarre und auf ihren weißen Fingern ...

»Wenn ich draußen vorm Fenster stünde und hereinschaute und mich spielen sähe, wäre ich wirklich sehr begeistert«, dachte sie. Noch leiser spielte sie die Begleitung – nun sang sie nicht mehr, sondern lauschte nur.

... »Als ich dich das erste Mal sah, Liebste – oh, du hattest keine Ahnung, daß du nicht allein warst –, du saßt da, die kleinen Füße auf einem Fußkissen, und hast Gitarre gespielt. Du lieber Gott, das werd ich nie vergessen ...« Beryl warf den Kopf hoch und begann wieder zu singen:

»Sogar der Mond ist müde ...«

Doch da klopfte es laut an die Tür. Das Mädchen steckte sein hochrotes Gesicht herein.

»Bitte, Miß Beryl, ich muß 'rein und den Tisch decken.«

»Aber gewiß doch, Alice«, sagte Beryl mit eisiger Stimme. Sie legte die Gitarre in eine Ecke. Alice kam mit einem schweren schwarzen Eisentablett hereingestürzt.

»Na, das war gar nicht so einfach mit diesem Backofen«, sagte sie. »Ich kann nichts braun kriegen.«

»Ach ja!« sagte Beryl.

Aber nein, sie konnte dieses idiotische Mädchen nicht ertragen. Sie lief in das dunkle Wohnzimmer und begann auf und ab zu gehen ... Ach, sie war ja so ruhelos, so ruhelos. Über dem Kamin hing ein Spiegel. Sie stützte die Arme auf und blickte ihr blasses Schattenbild darin an. Wie schön sie doch aussah, aber keiner war da, der sie sehen könnte, keiner.

»Warum mußt du so leiden?« fragte das Gesicht im Spiegel. »Du bist nicht geschaffen zum Leiden ... Lächle!«

Und Beryl lächelte, und wirklich, ihr Lächeln *war* ja so hinreißend, daß sie gleich noch einmal lächelte – dieses Mal aber, weil sie nicht anders konnte.

VIII

»Guten Morgen, Mrs. Jones.«

»Oh, guten Morgen, Mrs. Smith. Ich freue mich ja so, Sie zu sehen. Haben Sie Ihre Kinder mitgebracht?«

»Ja, ich habe die beiden Zwillinge mitgebracht. Seit wir uns das letzte Mal gesehen haben, habe ich noch ein Baby bekommen, aber das kleine Mädchen kam so plötzlich, daß ich noch gar keine Zeit hatte, ihm Kleider zu machen. So habe ich es zu Hause gelassen ... Wie geht es dem werten Gatten?«

»Oh, sehr gut, danke. Zumindest hatte er eine furchtbare Erkältung, aber Königin Viktoria – sie ist nämlich meine Patentante – hat ihm eine Kiste Ananas geschickt, und das hat ihn sofort kuriert. Ist das Ihr neues Mädchen?«

»Ja, sie heißt Gwen. Ich habe sie erst seit zwei Tagen. Ach, Gwen, das ist meine Freundin, Mrs. Smith.«

»Guten Morgen, Mrs. Smith. Das Essen wird erst in etwa zehn Minuten fertig sein.«

»Ich denke nicht, daß Sie mich dem Mädchen vorstellen sollten. Ich denke, ich sollte einfach anfangen mit ihr zu reden.«

»Na ja, sie ist schon eher eine Haustochter als ein Dienstmädchen, und Haustöchter stellt man ja vor, das weiß ich, weil Mrs. Samuel Josephs eine hatte.«

»Ach ja, das macht nichts«, sagte das Mädchen leichthin, während sie mit einer kaputten Wäscheklammer den Schokoladenpudding rührte. Das Essen buk derweil wunderbar auf einer Betonstufe. Sie machte sich daran, auf einem blaßrosa Gartenstuhl den Tisch zu decken. Vor jede Person legte sie zwei Geranienblatteller, eine Kiefernnadelgabel und ein Zweigmesser. Da gab es drei Gänseblümchenköpfe auf einem Lorbeerblatt als pochierte Eier, ein paar Fuchsienblüten als Scheiben kalten Bratens, ein paar wunderschöne kleine Pastetchen aus Erde und Wasser und Löwenzahnsamen, und den Schokoladenpudding, den sie in der Pawamuschel servieren wollte, in der sie ihn gekocht hatte.

»Wegen der Kinder müssen Sie sich keine Sorgen machen«, sagte Mrs. Smith huldvoll. »Wenn Sie nur diese Flasche nehmen und am Hahn füllen wollen – ich meine, in der Molkerei.«

»Oh, jawohl«, sagte Gwen, und sie flüsterte Mrs. Jones zu: »Soll ich Alice nach einem kleinen bißchen echter Milch fragen gehen?«

Aber da rief jemand vom Haus her, und die Frühstücksgesellschaft löste sich auf und überließ die Pastetchen und die pochierten Eier den Ameisen und einer alten Schnecke, die ihre zitternden Hörner über den Rand des Gartenstuhls schob und einen Geranienteller anzuknabbern begann.

»Kommt vors Haus, Kinder. Pip und Rags sind da.«

Die Trout-Jungen waren die Cousins, von denen Kezia zu

dem Lagerverwalter gesprochen hatte. Sie wohnten etwa eine Meile entfernt in einem Haus namens Monkey Tree Cottage. Pip war groß für sein Alter, mit glattem schwarzen Haar und einem blassen Gesicht, aber Rags war sehr klein und so dünn, daß seine Schulterblätter, wenn er nichts anhatte, wie zwei kleine Flügel hervorstanden. Sie besaßen einen Hund, eine Promenadenmischung, mit blaßblauen Augen und einem langen, an der Spitze aufgerichteten Schwanz; der Hund folgte ihnen überallhin, er hieß Snooker. Die Hälfte der Zeit verbrachten sie damit, Snooker zu kämmen und zu bürsten und ihm allerlei fürchterliche Mixturen einzuflößen, die Pip zusammenbraute und heimlich bei sich in einem zerbrochenen, mit einem alten Kesseldeckel zugedeckten Krug aufbewahrte. Selbst der getreue kleine Rags durfte nicht das volle Geheimnis dieser Mixturen wissen... Man nehme etwas Karbolzahnpulver und eine Prise feingemahlenen Schwefel und vielleicht ein wenig Stärke, um Snookers Fell steif zu machen... Aber das war nicht alles; insgeheim glaubte Rags, daß der Rest Schießpulver war... Und nie durfte er beim Mischen helfen wegen der Gefahr... »Ei, wenn du nur ein bißchen davon ins Auge bekämst, dann wärst du fürs ganze Leben blind«, pflegte Pip zu sagen, wobei er mit einem Eisenlöffel die Mixtur umrührte. »Und es besteht immer die Möglichkeit – bloß die Möglichkeit, wohlgemerkt –, daß es explodiert, wenn du es hart genug schlägst... Zwei Löffel davon in einer Ölkanne reichen, um tausende Fliegen zu töten.« Doch Snooker verbrachte seine ganze freie Zeit mit Beißen und Schnüffeln, und er stank abscheulich.

»Das ist, weil er ein so großartiger Kampfhund ist«, sagte Pip. »Alle Kampfhunde stinken.«

Die Trout-Jungen hatten oft den Tag bei den Burnells in der Stadt verbracht, aber nun, da sie in diesem schönen Haus und tollen Garten wohnten, neigten sie dazu, sehr freundlich zu sein. Außerdem spielten sie beide gern mit Mädchen – Pip, weil er sie so verkohlen konnte und weil sich Lottie so leicht Angst machen ließ, und Rags aus einem eher schmachvollen Grunde. Er war ganz verrückt auf Puppen. Wie er eine Puppe ansah, wenn sie so dalag und schlief, dabei flüsterte und scheu lächelte, und was für eine Riesenfreude es für ihn war, wenn er eine halten durfte ...

»Du mußt die Arme um sie herumlegen. Nicht so steif machen. Du läßt sie noch fallen«, sagte Isabel dann streng.

Nun standen sie auf der Veranda und hielten Snooker fest, der ins Haus wollte, das aber nicht durfte, weil Tante Linda anständige Hunde nicht leiden konnte.

»Wir sind mit Mama im Bus rübergekommen«, sagten sie, »und wir bleiben den Nachmittag bei euch. Für Tante Linda haben wir ein Stück von unserem Ingwerkuchen mitgebracht. Den hat unsere Minnie gebacken. Er ist ganz voll Nüsse.«

»Die Mandeln habe ich geschält«, sagte Pip. »Ich hab bloß die Hand in einen Topf mit heißem Wasser gesteckt und sie rausgeholt und sie bißchen gekniffen, und schon flogen die Nüsse aus der Schale, manche bis an die Decke. Nicht wahr, Rags?«

Rags nickte. »Wenn sie bei uns Kuchen backen«, sagte Pip, »sind wir immer in der Küche, Rags und ich, und ich kriege die Schüssel, und er kriegt den Löffel und den Schneebesen. Am besten ist Biskuitkuchen. Das ist ganz schaumiges Zeug.«

Er rannte die Verandastufen hinunter auf den Rasen, stützte die Hände aufs Gras, beugte sich vor, aber es wurde einfach kein Kopfstand.

»Der Rasen hier ist ganz huckelig«, sagte er. »Es muß ganz eben sein, wenn man einen Kopfstand machen will. Bei uns kann ich auf dem Kopf um den Affenbaum herumlaufen. Nicht wahr, Rags?«

»Fast«, sagte Rags leise.

»Dann mach auf der Veranda den Kopfstand. Die ist ganz eben«, sagte Kezia.

»Nein, du Schlaumeier«, erwiderte Pip. »Man muß ihn auf etwas Weichem machen. Weil, wenn du nämlich plötzlich zusammenzuckst und umfällst, etwas in deinem Genick klick macht und es abbricht. Das hat mir Papi gesagt.«

»Ach, spielen wir doch etwas«, sagte Kezia.

»Na gut«, sagte Isabel schnell, »spielen wir Krankenhaus. Ich bin die Schwester, und Pip ist der Arzt, und du und Lottie und Rags, ihr könnt die Kranken sein.«

Aber Lottie wollte das nicht spielen, weil ihr das letzte Mal Pip etwas den Rachen runtergezwängt hatte, und das hatte furchtbar weh getan.

»Pah«, äußerte Pip abschätzig. »Das war doch bloß der Saft aus einem Stückchen Mandarinenschale.«

»Schön, dann laßt uns Familie spielen«, sagte Isabel. »Pip ist der Vater, und ihr seid alle unsere lieben kleinen Kinderchen.«

»Ich spiele aber nicht gern Familie«, sagte Kezia. »Da läßt du uns immer nur Hand in Hand in die Kirche gehen und heimkommen und ins Bett gehen.«

Auf einmal zog Pip ein schmutziges Taschentuch aus der Hosentasche. »Snooker! Hierher!« rief er. Aber wie gewöhnlich versuchte Snooker, sich davonzuschleichen, den Schwanz zwischen die Beine geklemmt. Pip sprang auf ihn drauf und hielt ihn zwischen den zusammengepreßten Knien fest.

»Halt seinen Kopf fest, Rags«, sagte er, und er band Snooker das Taschentuch um den Kopf, daß ein ulkiger Knoten oben wegstand.

»Wozu soll das gut sein?« fragte Lottie.

»Das soll seine Ohren dazu bringen, daß sie enger am Kopf wachsen – siehst du?« sagte Pip. »Alle Kampfhunde haben anliegende Ohren. Aber Snookers Ohren sind ein bißchen zu schlapp.«

»Ich weiß«, sagte Kezia. »Sie sind immer umgestülpt. Das mag ich gar nicht.«

Snooker legte sich hin, machte einen schwachen Versuch, mit der Pfote das Taschentuch abzustreifen, aber als das nicht ging, zottelte er den Kindern hinterher, ein zitterndes Häufchen Unglück.

IX

Pat kam angeschlendert; in der Hand hielt er ein kleines Beil, das in der Sonne blitzte.

»Kommt mal mit«, sagte er zu den Kindern, »und ich zeige euch, wie die Könige von Irland einer Ente den Kopf abhacken.«

Sie fuhren zurück – sie glaubten ihm nicht, und außerdem hatten die Trout-Jungen Pat noch nie gesehen.

»Na, kommt schon«, redete er ihnen gut zu, dabei lächelte er und hielt Kezia die Hand hin.

»Den Kopf einer richtigen Ente? Einer von der Koppel?«

»Ja«, sagte Pat. Sie schob ihre Hand in seine, die hart und trocken war, und er steckte das Beil in den Gürtel und hielt die andere Hand Rags hin. Er hatte kleine Kinder gern.

»Ich werde Snooker wohl besser den Kopf festhalten, wenn es hier Blut gibt«, sagte Pip, »weil ihn der Anblick von Blut schrecklich wild macht.« Er lief vorneweg, wobei er Snooker an dem Taschentuch hinter sich herzog.

»Meint ihr, wir sollten mitgehen?« flüsterte Isabel. »Wir haben doch nicht gefragt. Oder?«

Am Fuße des Obstgartens war ein Gatter in den Staketenzaun eingelassen. Auf der anderen Seite führte eine steile Böschung zu einer Brücke hinunter, die über den kleinen

Fluß ging, und war man einmal die Böschung auf der anderen Seite hinaufgestiegen, befand man sich am Rande der Koppeln. Ein kleiner alter Stall in der ersten Koppel war in ein Hühnerhaus umgewandelt worden. Die Hühner waren weit weggelaufen, über die Koppel hinunter zu einem Schuttplatz in einer Senke, aber die Enten hielten sich nah an den Teil des Baches, der unter der Brücke hindurchfloß.

Über das Wasser hingen hohe Sträucher mit roten Blättern und gelben Blüten und Trauben schwarzer Beeren. Mitunter war der Bach breit und seicht, mitunter aber ergoß er sich in tiefe kleine unbewegte Stellen mit Schaum an den Rändern und zitternden Blasen. In diesen tiefen Stellen nun hatten es sich die großen weißen Enten gemütlich gemacht, dort schwammen sie und fraßen sich die verkrauteten Ufer entlang.

Hin und her schwammen sie, dabei putzten die einen ihr glänzendes Brustgefieder, und die anderen, mit genau solch glänzendem Brustgefieder und gelben Schnäbeln, tauchten den Kopf unter Wasser.

»Da ist die kleine irische Flotte«, sagte Pat, »und guckt euch mal den alten Admiral dort an mit dem grünen Hals und dem großartigen kleinen Flaggenmast auf dem Schwanz.«

Er nahm eine Handvoll Körner aus der Hosentasche und machte sich müßig auf den Weg zum Hühnerhaus, den Strohhut mit der gebrochenen Krone über die Augen gezogen.

»Tuck-tuck-tuck-tuck-tuck-«, rief er.

»Quak-quak-quak-quak-quak-«, antworteten die Enten und strömten zum Ufer, und mit den Flügeln schlagend, wackelten sie die Böschung hinauf und watschelten ihm in einer langen Reihe hinterdrein. Er lockte sie, tat so, als streute er Körner, schüttelte sie in den Händen und rief sie, bis sie sich in einem weißen Kreis um ihn scharten.

In der Ferne hörten die Hühner den Lärm, und sie kamen ebenfalls über die Koppel herbeigerannt, den Kopf vorgereckt, mit ausgebreiteten Flügeln, setzten sie die Füße einwärts in der albernen Art, wie Hühner eben rennen, und kamen gackernd herbei.

Dann streute Pat die Körner aus, und die gierigen Enten fingen an zu fressen. Rasch bückte er sich, packte zwei, klemmte sich unter jeden Arm eine und ging zu den Kindern hinüber. Die vorschnellenden Köpfe und runden Augen machten den Kindern Angst – allen außer Pip.

»Kommt schon, ihr Dummerchen«, rief er, »sie können nicht beißen. Sie haben doch keine Zähne. Sie haben nur diese zwei kleinen Löcher im Schnabel zum Atmen.«

»Willst du eine halten, während ich die andere fertigmache?« fragte Pat. Pip ließ Snooker los. »Und ob! Und ob ich will! Her damit. Mir ist es egal, wie sehr sie sich wehrt.«

Er schluchzte beinahe vor Freude, als Pat ihm das dicke weiße Etwas in die Arme gab.

Neben der Tür vom Hühnerhaus war ein alter Baumstumpf. Pat ergriff die Ente an den Beinen, legte sie flach auf den Stubben, und beinahe im selben Augenblick fiel auch schon das kleine Beil, und der Kopf der Ente flog von dem Stumpf herunter. Hoch spritzte das Blut über das weiße Gefieder und über seine Hand.

Als die Kinder das Blut sahen, hatten sie keine Angst mehr. Sie umringten ihn und fingen an zu schreien. Sogar Isabel sprang umher und rief: »Das Blut! Das Blut!« Pip vergaß völlig seine Ente. Er warf sie einfach weg und brüllte: »Ich hab's gesehen! Ich hab's gesehen!« und sprang um den Holzklotz herum.

Rags, das Gesicht so weiß wie Papier, rannte zu dem kleinen Kopf, streckte einen Finger aus, wie wenn er ihn anfassen wolle, wich wieder zurück und streckte dann abermals einen Finger aus. Er zitterte am ganzen Leib.

Selbst Lottie, die verängstigte kleine Lottie, fing an zu lachen und zeigte auf die Ente und kreischte: »Sieh doch, Kezia, sieh mal!«

»Aufgepaßt!« rief Pat. Er setzte den Körper hin, und der begann zu watscheln – das Blut spritzte nur so heraus, wo der Kopf gewesen war; ohne einen Laut begann er davonzuwackeln, auf die steile Böschung zu, die zum Bach hinunterging ... Das war das krönende Wunder.

»Seht ihr das? Seht ihr das?« gellte Pip. Er rannte zwischen den kleinen Mädchen umher und zog sie an der Schürze.

»Wie eine kleine Lokomotive. Eine komische kleine Lokomotive«, schrie Isabel.

Doch Kezia sauste mit einem Mal zu Pat und umklammerte mit den Armen seine Beine und stieß den Kopf, sosehr sie konnte, gegen seine Knie.

»Kopf zurücktun! Kopf zurücktun!« schrie sie.

Als er sich bückte, um sie wegzuschieben, wollte sie nicht loslassen oder den Kopf fortnehmen. Sie hielt sich so fest, wie sie nur konnte, und schluchzte: »Kopf zurück! Kopf zurück!«, bis es wie ein lauter seltsamer Schluckauf klang.

»Es läuft nicht mehr. Es ist umgefallen. Es ist tot«, sagte Pip.

Pat zog Kezia hoch in seine Arme. Ihr Sonnenhut war nach hinten gerutscht, aber sie wollte nicht, daß er ihr ins Gesicht sah. Nein, sie preßte das Gesicht in einen Knochen in seiner Schulter und klammerte die Arme um seinen Hals.

Genauso plötzlich, wie die Kinder zu schreien begonnen hatten, hörten sie auch wieder auf. Sie standen um die tote Ente herum. Rags hatte vor dem Kopf keine Angst mehr. Er kniete nieder und streichelte ihn nun.

»Ich glaube nicht, daß der Kopf schon ganz tot ist«, sagte er. »Was meint ihr, ob er wohl am Leben bleiben würde, wenn ich ihm etwas zu trinken gäbe?«

Doch Pip wurde sehr böse: »Bah! Du Baby.« Er pfiff Snooker und ging.

Als Isabel zu Lottie trat, riß sich Lottie los.

»Warum faßt du mich immer an, Isabel?«

»Na, komm«, sagte Pat zu Kezia. »Bist ein tapferes kleines Mädchen.«

Sie hob die Hände und streifte seine Ohren. Sie spürte etwas. Langsam hob sie das zuckende Gesicht und sah auf. Pat trug kleine runde goldene Ohrringe. Sie hatte gar nicht gewußt, daß Männer Ohrringe trugen. Sie war sehr verwundert.

»Machst du sie immer an und ab?« fragte sie heiser.

X

Oben im Haus, in der warmen, sauberen Küche, bereitete das Dienstmädchen Alice den Nachmittagstee. Sie war ›fein angezogen‹. Sie trug ein Kleid aus schwarzem Wollstoff, das unter den Armen roch, eine weiße Schürze, die wie ein großer Bogen Papier aussah, und sie hatte ins Haar eine Spitzenschleife mit zwei pechschwarzen Nadeln gesteckt. Sie hatte außerdem ihre bequemen Hausschuhe gegen ein Paar schwarze Lederschuhe getauscht, die ihr Hühnerauge an der kleinen Zehe fürchterlich drückten ...

Es war warm in der Küche. Eine Schmeißfliege brummte, fächerförmiger weißer Dampf stieg aus dem Kessel auf, und als das Wasser kochte, hüpfte der Deckel immerzu klappernd auf und ab. Langsam und bedächtig, wie die Stricknadeln einer alten Frau klappern, tickte in der warmen Luft die Uhr, und manchmal – ohne jeden Grund, denn es ging kein Lüftchen – schwang die Jalousie hin und her und schlug gegen das Fenster.

Alice machte Kressebrote. Auf dem Tisch lagen ein Stück

Butter, ein Barracudabrot und, kreuz und quer in einem weißen Tuch, die Brunnenkresse.

Doch an der Butterdose lehnte ein schmutziges, fettiges kleines Buch, halb zerfleddert, mit Eselsohren, und während sie die Butter zerstampfte, las sie:

»Von Küchenschaben zu träumen, die einen Leichenwagen ziehen, ist schlecht. Bedeutet den Tod eines Menschen, der einem nahesteht oder teuer ist, entweder Vater, Gatte, Bruder, Sohn oder Bräutigam. Wenn die Käfer rückwärts krabbeln, während man sie beobachtet, bedeutet dies Tod durch Feuer oder aus großer Höhe, wie zum Beispiel Treppe, Gerüst usw.

Spinnen. Von Spinnen zu träumen, die über einen kriechen, ist etwas Gutes. Bedeutet großen Geldbetrag in naher Zukunft. Sollte Betreffende in anderen Umständen sein, ist ein leichtes Wochenbett zu erwarten. Aber im sechsten Monat hüte man sich vor dem Verzehr von Schalentieren, wahrscheinlich geschenkt ...«

»So viele tausend Vögel, sehe ich.«

Ach du lieber Schreck. Das war ja Miß Beryl. Alice ließ das Messer fallen und schob das *Traumbuch* unter die Butterdose. Aber sie kam nicht dazu, es ganz zu verstecken, denn Beryl stürzte in die Küche und an den Tisch, und das erste, auf das ihr Blick fiel, waren diese fettigen Ränder. Alice sah Miß Beryls vielsagendes kleines Lächeln und die Art, wie sie die Augenbrauen hochzog und die Augen verdrehte, als ob sie nicht ganz sicher wäre, was das wohl sein könnte. Sie beschloß, falls Miß Beryl sie fragen sollte, zu antworten: »Nichts, das Ihnen gehört, Miß.« Doch sie wußte, Miß Beryl würde sie nicht fragen.

Alice war eigentlich ein sanftes Geschöpf, aber sie hatte die erstaunlichsten Erwiderungen auf Fragen parat, die ihr, wie sie wußte, nie gestellt würden. Diese zu verfassen und immer wieder im Kopf hin und her zu wälzen, gewährte ihr genausoviel Trost, wie wenn sie sie geäußert hätte. Tatsächlich hielten diese sie an solchen Plätzen am Leben, wo sie so herumschikaniert worden war, daß sie Angst gehabt hatte, nachts mit einer Schachtel Streichhölzer auf dem Stuhl ins Bett zu gehen. Für den Fall, daß sie die Kuppen im Schlaf abbiß, wie man sagen könnte.

»Ach, Alice«, sagte Miß Beryl. »Es ist eine weitere Person zum Tee da, also wärmen Sie bitte einen Teller Teekuchen von gestern auf. Und stellen Sie auch das Victoria-Sandwich mit hin ebenso wie den Kaffeekuchen. Und vergessen Sie nicht, kleine Deckchen unter die Teller zu legen – ja? Gestern haben Sie's nämlich vergessen, wissen Sie, und der Teetisch sah so häßlich und gewöhnlich aus. Und, Alice, stülpen Sie nicht wieder diese schreckliche alte rosa-grüne Haube über die Teekanne für den Nachmittag. Die ist nur für morgens. Wirklich, ich denke, sie sollte in der Küche bleiben – sie ist so schäbig und stinkt auch ziemlich. Nehmen Sie die japanische. Sie haben mich verstanden, ja?«

Miß Beryl war fertig.

»Die singen laut tagaus tagein ...«,

sang sie, als sie aus der Küche ging, höchst zufrieden damit, wie energisch sie Alice angefaßt hatte.

Oh, Alice war wütend. Sie hatte durchaus nichts dagegen, sich etwas sagen zu lassen, aber da war etwas in der Art, wie Miß Beryl mit ihr sprach, das sie nicht ausstehen konnte. Oh nein, das konnte sie einfach nicht. Da drehte sich ihr der Magen um, wie man sagen könnte, und sie zitterte richtig. Weswegen Alice Miß Beryl aber wirklich haßte, war, daß sie ihr das Gefühl gab, minderwertig zu sein. Sie sprach zu Alice mit einer besonderen Stimme, als ob sie gar nicht ganz da wäre; und sie verlor niemals die Beherrschung bei ihr – niemals. Selbst wenn Alice irgend etwas fallen ließ oder irgend etwas Wichtiges vergaß, schien Miß Beryl es erwartet zu haben.

»Mit Verlaub, Mrs. Burnell«, sagte eine imaginäre Alice, während sie die Teekuchen mit Butter bestrich, »ich möchte meine Anweisungen lieber nicht von Miß Beryl bekommen. Ich mag nur ein gewöhnliches Dienstmädchen sein, das sich nicht darauf versteht, Gitarre zu spielen, aber ...«

Dieser letzte Hieb behagte ihr so sehr, daß sie ihre gute Laune wiedergewann.

»Das einzige, was man tun kann«, hörte sie, als sie die Tür zum Eßzimmer öffnete, »ist, die Ärmel ganz herauszuschneiden, und über die Schultern kommt statt dessen einfach ein breites Band aus schwarzem Samt ...«

XI

Die weiße Ente sah nicht so aus, wie wenn sie jemals einen Kopf gehabt hätte, als Alice sie an diesem Abend vor Stanley Burnell hinstellte. Sie lag, in aufs herrlichste mit Fett begossener Resignation, auf einer blauen Platte – die Beine mit einem Stück Schnur zusammengebunden, mit einem Kranz kleiner Bällchen aus Füllung ringsherum.

Es war schwer zu sagen, wer von den beiden, Alice oder die Ente, besser begossen aussah; beide waren sie von so kräftiger Farbe, und beide hatten sie gleichermaßen etwas Glänzendes und Gestreßtes an sich. Aber Alice war hochrot, und die Ente hatte die Farbe von spanischem Mahagoni.

Burnell ließ den Blick über die Klinge des Tranchiermessers gleiten. Er bildete sich sehr viel auf seine Tranchierkünste ein, auf die erstklassige Arbeit, die er dabei machte. Gar nicht mit ansehen konnte er es, wenn eine Frau den Braten vorschnitt; Frauen waren immer zu langsam, und es schien ihnen völlig gleich zu sein, wie das Fleisch hinterher aussah. Aber ihm war es ganz und gar nicht gleich; er setzte seinen ganzen Stolz darein, kalten Braten in feine Scheiben, Hammelfleisch in kleine Stücke zu schneiden, die genau die richtige Stärke hatten, und ein Huhn oder eine Ente höchst kunstgerecht zu zerteilen ...

»Ist das die erste von unseren eigenen?« fragte er, dabei wußte er das ganz genau.

»Ja, der Fleischer war nicht da. Wir haben festgestellt, daß er nur zweimal in der Woche kommt.«

Doch da gab es nichts zu entschuldigen. Es war ein vorzüglicher Vogel. Es handelte sich überhaupt nicht um Fleisch, sondern um eine Art höchst vortreffliche Gallerte. »Mein Vater würde sagen«, meinte Burnell, »das muß einer von den Vögeln gewesen sein, dessen Mutter ihm in seiner Kindheit auf der Querflöte vorgespielt hat. Und die süßen Klänge des lieblichen Instruments wirkten so stark auf das kindliche Gemüt ... Noch etwas, Beryl? Du und ich, wir sind die einzigen in diesem Haus, die wirklich etwas fürs Essen übrighaben. Ich bin voll und ganz bereit, nötigenfalls auch vor Gericht, zu erklären, daß ich gutes Essen für mein Leben gern mag.«

Der Tee wurde im Wohnzimmer serviert, und Beryl, die aus irgendeinem Grunde überaus reizend zu Stanley war, seit er nach Hause gekommen war, schlug eine Partie Cribbage vor. Sie saßen an einem kleinen Tisch an einem der geöffneten Fenster. Mrs. Fairfield verschwand, und Linda lag in einem Schaukelstuhl, die Arme über dem Kopf, und schaukelte hin und her.

»Du brauchst doch kein Licht – oder, Linda?« fragte Beryl. Sie verrückte die hohe Lampe, so daß sie in ihrem gedämpften Lichtschein saß.

Wie weit weg sie aussahen, diese beiden, von dort, wo Linda saß und schaukelte. Der grüne Tisch, die glänzenden Karten, Stanleys große Hände und Beryls winzige, das alles schien Teil einer einzigen geheimnisvollen Bewegung. Stanley selbst, groß und kräftig, im dunklen Anzug, machte es sich bequem, und Beryl warf den hellen Kopf zurück und machte einen Schmollmund. Um den Hals trug sie ein ungewohntes Samtband. Es verwandelte sie irgendwie – veränderte die Form ihres Gesichts – aber es war reizend, befand Linda. Im Zimmer duftete es nach Lilien; im Kamin standen zwei große Krüge Feuerkolben.

»Fünfzehn zwei – fünfzehn vier – und ein Paar sind sechs und eine Sequenz von drei macht neun«, sagte Stanley, so mit Bedacht, daß er auch hätte Schafe zählen können.

»Ich hab bloß zwei Paare«, sagte Beryl, wobei sie ihren Kummer stark übertrieb, weil sie wußte, wie gern er gewann.

Die Cribbagestifte glichen zwei kleinen Menschen, die zusammen die Straße entlanggingen, um eine scharfe Ecke bogen und die Straße wieder herunterkamen. Sie verfolgten einander. Sie wollten nicht so sehr einen Vorsprung gewinnen, als nahe genug beieinander bleiben, um zu reden – einander nahe bleiben, vielleicht war das alles.

Aber nein, da war immer einer, der ungeduldig war und davonhüpfte, während der andere herankam, und nicht zuhören wollte. Vielleicht hatte der weiße Stift Angst vor dem roten, oder vielleicht war er grausam und wollte dem roten keine Gelegenheit zum Sprechen geben ...

Beryl trug einen Strauß Stiefmütterchen vorn am Kleid, und einmal, als die kleinen Stifte nebeneinander waren, beugte sie sich darüber, und die Stiefmütterchen fielen heraus und deckten sie zu.

»Wie schade!« sagte sie, indem sie die Stiefmütterchen aufhob. »Gerade als sie die Gelegenheit hatten, einander in die Arme zu fliegen.«

»Leb wohl, mein Mädchen«, lachte Stanley, und der rote Stift hüpfte davon.

Das Wohnzimmer war lang und schmal mit Glastüren, die auf die Veranda gingen. Es hatte eine cremefarbene Tapete mit einem goldenen Rosenmuster, und die Möbel, die der alten Mrs. Fairfield gehört hatten, waren dunkel und schlicht. An der Wand stand ein kleines Klavier, in dessen geschnitzte Vorderseite plissierte Seide eingelassen war. Darüber hing ein Ölbild von Beryl: ein großes Büschel überrascht dreinblickende Klematis. Jede Blüte hatte die Größe einer Untertasse, deren Mitte einem erstaunten, schwarz umränderten Auge glich. Doch das Zimmer war noch nicht fertig. Stanley hatte sein Herz an ein Polstersofa und an zwei passable Stühle gehängt. Linda gefiel es am besten so wie es war...

Zwei große Falter kamen durch das Fenster herein und flogen beharrlich um den Lichtkreis der Lampe herum.

»Fliegt fort, ehe es zu spät ist. Fliegt wieder 'raus.«

Immer rundherum flogen sie; auf ihren lautlosen Flügeln schienen sie die Stille und das Mondlicht mit hereinzubringen...

»Ich hab' zwei Könige«, sagte Stanley. »Gut?«

»Ziemlich«, erwiderte Beryl.

Linda hörte auf zu schaukeln und stand auf. Stanley sah zu ihr hinüber. »Ist was, Liebling?«

»Nein, nichts. Ich werd mal sehen, wo Mutter steckt.«

Sie ging hinaus, am Fuß der Treppe blieb sie stehen und rief, aber Mutters Stimme antwortete ihr von der Veranda.

Der Mond, den Lottie und Kezia vom Wagen des Lagerverwalters aus gesehen hatten, war voll, und das Haus, der Garten, die alte Frau und Linda – alles war in blendendes Licht getaucht.

»Ich hab mir mal die Aloe angesehen«, sagte Mrs. Fairfield. »Ich glaube, sie wird dieses Jahr blühen. Sieh mal da oben. Sind das Knospen, oder ist es nur das Licht?«

Wie sie so auf den Stufen standen, erhob sich die hohe Grasbank, auf der die Aloe wuchs, wie eine Woge, und die Aloe schien wie ein Schiff mit hochgestellten Rudern darauf zu schwimmen. Strahlendes Mondlicht hing wie Wasser an den erhobenen Rudern, und auf der grünen Woge glitzerte der Tau.

»Spürst du es auch«, sagte Linda, und sie sprach zu ihrer Mutter mit der besonderen Stimme, die Frauen des Nachts untereinander gebrauchen, wie wenn sie im Schlaf oder aus irgendeiner Höhle heraus sprächen – »Hast du nicht auch das Gefühl, daß sie auf uns zukommt?«

Sie träumte, daß sie aus dem kalten Wasser in das Boot mit den erhobenen Rudern und dem knospenden Mast gezogen würde. Nun fielen die Ruder zum Schlag herab, schnell, schnell. Weit weg ruderten sie über die Wipfel der Bäume im Garten, die Koppeln und den dunklen Busch in der Ferne. Ah, »Schneller! Schneller!« hörte sie sich denen zurufen, die da ruderten.

Wieviel wirklicher war doch dieser Traum als die Vorstellung, daß sie zum Haus zurückkehren sollten, wo die Kinder schliefen und wo Stanley und Beryl Cribbage spielten.

»Ich glaube, das sind Knospen«, sagte sie. »Laß uns in den Garten gehen, Mutter. Mir gefällt diese Aloe. Sie gefällt mir besser als alles andere hier. Und ganz bestimmt werde ich mich noch an sie erinnern, nachdem ich alles andere längst vergessen habe.«

Sie legte der Mutter die Hand auf den Arm, und sie gingen die Stufen hinab, um die Insel herum und auf den Hauptweg, der zum Gartentor führte.

Als sie von unten auf die Aloe blickte, konnte sie die langen scharfen Dornen sehen, welche die Aloeblätter säumten, und bei ihrem Anblick verhärtete sich ihr Herz ... Ganz besonders gefielen ihr die langen scharfen Dornen ... Keiner würde es wagen, sich dem Schiff zu nähern oder ihm zu folgen.

»Nicht einmal mein Neufundländer«, dachte sie, »den ich bei Tage doch so gern habe«.

Denn sie hatte ihn wirklich sehr gern; sie liebte und bewunderte und achtete ihn ungeheuer. Oh, mehr als sonst jemanden auf der Welt. Sie kannte ihn durch und durch. Er war die Wahrheit und Anständigkeit in Person, und trotz all seiner praktischen Erfahrung war er schrecklich einfach, leicht zufriedenzustellen und leicht verletzlich ...

Wenn er sie nur nicht so anspringen und so laut bellen und sie mit solch erwartungsvollen, liebevollen Augen ansehen würde. Er war zu stark für sie; sie hatte schon immer alles gehaßt, was auf sie losstürzte, schon als Kind. Es gab Zeiten, da war er zum Fürchten – richtiggehend zum Fürchten. Da hätte sie beinahe aus vollem Hals gebrüllt: »Du bringst mich noch um.« Und zu diesen Zeiten hätte sie am liebsten die gemeinsten, abscheulichsten Dinge gesagt ...

»Du weißt doch, wie hinfällig ich bin. Du weißt genausogut wie ich, daß mein Herz angegriffen ist, und der Arzt hat dir ja auch gesagt, daß ich jeden Augenblick sterben kann. Ich habe schon drei große schwere Kinder geboren ...«

Ja, ja, es stimmte schon. Linda zog schnell die Hand vom Arm der Mutter. Trotz all ihrer Liebe und Achtung und Bewunderung haßte sie ihn. Und wie zärtlich er immer nach solchen Zeiten war, wie ergeben, wie rücksichtsvoll. Er wollte alles für sie tun; er wollte ihr unbedingt dienen ... Linda hörte sich mit schwacher Stimme sagen:

»Stanley, würdest du eine Kerze anzünden?«

Und sie hörte seine freudige Stimme antworten: »Natürlich, mein Liebling«, und er sprang aus dem Bett, wie wenn er für sie auf den Mond springen wollte.

Es war ihr noch nie so klar gewesen wie in diesem Augenblick. Da waren all ihre Gefühle für ihn deutlich umrissen, das eine so wahr wie das andere. Und da war dieses andere Gefühl, dieser Haß, genauso wirklich wie die übrigen. Sie hätte ihre Gefühle in kleine Päckchen packen und sie Stanley geben können. Zu gern hätte sie ihm dieses letzte überreicht, als Überraschung. Sie konnte seine Augen sehen, als er es aufmachte ...

Sie preßte die verschränkten Arme an sich und begann lautlos zu lachen. Wie absurd doch das Leben war – es war zum Lachen, einfach zum Lachen. Und warum diese ihre Manie, überhaupt am Leben zu bleiben? Denn es war wirklich eine Manie, dachte sie, spöttisch lachend.

»Wofür behüte und bewahre ich mich denn so? Ich werde weiter Kinder kriegen, und Stanley wird weiter Geld verdienen, und die Kinder und die Gärten werden immer größer werden, ganze Flotten von Aloen, unter denen ich auswählen kann, werden darin wachsen.«

Sie war mit gesenktem Kopf dahingegangen, den Blick ins Leere gerichtet. Nun blickte sie auf und sah sich um. Sie standen bei den roten und weißen Kamelienbäumen. Wunderschön war das tiefdunkle, lichtübersäte Laub und die runden Blüten, die wie rote und weiße Vögel darin hockten. Linda zog einen Stengel Eisenkraut heraus und zerkrümelte ihn und hielt der Mutter die Hände hin.

»Köstlich«, sagte die alte Frau. »Frierst du, Kind? Du zitterst wohl? Ja, deine Hände sind ganz kalt. Wir gehen jetzt wohl besser wieder ins Haus.«

»Woran hast du gedacht?« fragte Linda. »Erzähle.«

»Ich habe eigentlich an gar nichts gedacht. Als wir am Obstgarten vorbei sind, habe ich mich gefragt, wie die Obstbäume wohl seien und ob wir diesen Herbst viel Marmelade einmachen können. Im Gemüsegarten gibt es herrliche kräftige Johannisbeersträucher. Ich habe sie heute bemerkt. Ich würde es gerne sehen, wenn diese Regale in der Vorratskammer gänzlich mit unserer eigenen Marmelade gefüllt wären ...«

XII

»Liebste Nan,

sei nicht böse, weil ich noch nicht geschrieben habe. Aber ich habe nicht einen Augenblick Zeit gehabt, und selbst jetzt bin ich so erledigt, daß ich kaum eine Feder halten kann.

Tja, die schreckliche Tat ist vollbracht. Wir haben tatsächlich dem ganzen Trubel der Stadt den Rücken gekehrt, und ich kann mir nicht vorstellen, daß wir jemals wieder dahin zurückkehren, denn mein Schwager hat das Haus hier ›mit allem Drum und Dran‹ gekauft, um seine eigenen Worte zu gebrauchen.

In gewisser Weise ist es natürlich eine ungeheure Erleichterung, denn seit ich bei ihnen wohne, droht er schon damit, ein Haus auf dem Lande zu nehmen – und ich muß sagen, das Haus und der Garten sind ganz fabelhaft – tausendmal besser als dieses gräßliche Loch in der Stadt.

Doch begraben, meine Liebe. Begraben ist gar kein Ausdruck. Wir haben zwar Nachbarn, aber das sind nur Farmer – große dicke Bauernlümmel, die den ganzen Tag zu melken scheinen, und zwei fürchterliche Weiber mit Kaninchengebiß, die uns, als wir einzogen, Teekuchen gebracht und gesagt haben, sie würden uns gerne helfen. Doch meine Schwester, die eine Meile entfernt lebt, kennt hier keine Menschenseele, also wird's uns bestimmt auch so gehen. Es ist ziemlich sicher, aus der Stadt wird wohl keiner jemals zu uns zu Besuch kommen, weil, es gibt zwar einen Bus, aber das ist ein so gräßlicher alter Klapperkasten mit Seitenwänden aus schwarzem Leder, daß ein anständiger Mensch wohl lieber sterben, als sechs Meilen damit fahren würde.

So ist das Leben. Es ist ein trauriges Ende für die arme kleine B. In ein paar Jahren werde ich eine ganz gräßliche Vogelscheuche sein und Dich in Regenmantel und Matrosenhut, mit einem Autoschleier aus weißer Chinaseide festgebunden, besuchen kommen. So hübsch.

Stanley sagt, daß er nun, da wir häuslich eingerichtet sind – denn nach der gräßlichsten Woche meines Lebens sind wir nun wahrhaftig eingerichtet –, samstags nachmittags ein paar Männer aus dem Klub zum Tennis mit herausbringen will. Ja, zwei sind schon heute als besondere Freude versprochen. Doch, liebste Nan, wenn Du Stanleys Männer aus dem Klub sehen könntest ... ziemlich dick, der Typ, der ohne Weste fürchterlich unanständig aussieht – fällt besonders auf, wenn man in weißen Schuhen über den Platz läuft. Und – weißt Du – sie stolpern immer über die eigenen Füße, alle nasenlang ziehen sie ihre Hosen hoch und hauen mit ihren Schlägern Löcher in die Luft.

Im letzten Sommer habe ich immer mit ihnen im Klub gespielt, und bestimmt kennst Du den Typ, wenn ich Dir sage, daß sie mich, nachdem ich vielleicht dreimal dort gewesen war, alle Miß Beryl nannten. Es ist schon eine langweilige Welt. Natürlich, Mutter liebt das Haus einfach, aber ich denke mir, wenn ich in Mutters Alter bin, werde ich wohl auch zufrieden sein, in der Sonne zu sitzen und Erbsen in eine Schüssel zu schälen. Aber jetzt bin ich's nicht – nicht – nicht.

Was Linda von der ganzen Sache hält, so habe ich, wie üblich, nicht die leiseste Ahnung. Rätselhaft wie immer ...

Liebe Nan, Du kennst doch dieses weiße Satinkleid von mir. Ich habe die Ärmel ganz herausgetrennt, schwarze Samtbänder über die Schultern gelegt und zwei große rote Mohnblumen vom *chapeau* meiner Schwester abgemacht. Es sieht ganz toll aus, auch wenn ich nicht weiß, wann ich es anziehen soll.«

Beryl saß in ihrem Zimmer an einem kleinen Tisch und schrieb diesen Brief. In einer Hinsicht stimmte das alles natürlich völlig, aber in anderer Hinsicht war das alles der größte Blödsinn, und sie glaubte kein Wort davon. Nein, das stimmte nicht. Sie empfand schon das alles, aber sie empfand es eigentlich auch wieder nicht so.

Es war ein anderes Ich, das diesen Brief geschrieben hatte. Ihr wahres Ich ödete er nicht nur an, sondern ekelte er geradezu an.

»Geschwätzig und dumm«, sagte ihr wahres Ich. Doch sie wußte, daß sie ihn abschicken und daß sie immer solchen Quatsch an Nan Pym schreiben würde. Ja, tatsächlich war das hier noch ein sehr gelindes Beispiel für die Art von Brief, die sie meistens schrieb.

Beryl stützte die Ellbogen auf den Tisch und las ihn noch einmal durch. Die Stimme des Briefes schien von dem Blatt zu ihr heraufzudringen. Sie war leise, wie eine Stimme am Telefon, hoch, überschwenglich, etwas Bitteres im Klang. Ach, sie fand sie heute abscheulich.

»Du bist immer so voller Leben«, sagte Nan Pym. »Deshalb sind die Männer auch so scharf auf dich.« Und sie hatte ziemlich traurig hinzugefügt, denn die Männer waren so gar nicht scharf auf Nan, die ein Mädchen des gesetzten Typs war, mit dicken Hüften und von lebhafter Farbe – »ich kann nicht begreifen, wie du das durchhältst. Aber es ist wohl deine Natur.«

So ein Quatsch. So ein Unsinn. Es war überhaupt nicht ihre Natur. Du lieber Himmel, wenn sie Nan Pym jemals ihr wahres Ich gezeigt hätte, wäre die gute Nannie glatt vor Überraschung aus dem Fenster gesprungen ... Liebe Nan, Du kennst doch dieses weiße Satinkleid von mir ... Beryl knallte die Briefmappe zu.

Sie sprang auf, und halb unbewußt, halb bewußt zog es sie zum Spiegel hinüber.

Da stand ein schlankes Mädchen in Weiß – weißer Sergerock, weiße Seidenbluse und ein sehr eng um die Wespentaille geschnürter Gürtel.

Ihr Gesicht war herzförmig, breit in der Stirn und mit einem spitzen Kinn – aber nicht zu spitz. Die Augen, die Augen waren vielleicht das Beste an ihr; sie hatten eine so merkwürdige, ungewöhnliche Farbe – grünlich-blau mit kleinen Goldpünktchen darin.

Sie hatte feine schwarze Augenbrauen und lange Wimpern – so lang, daß sich, wenn sie auf den Wangen lagen, richtiggehend das Licht in ihnen fing, so hatte ihr irgend jemand erzählt.

Ihr Mund war ziemlich groß. Zu groß? Nein, eigentlich nicht. Die Unterlippe wölbte sich ein klein wenig vor; Beryl lutschte daran, zog sie ein, eine äußerst bezaubernde Angewohnheit, wie ihr wieder jemand anderes gesagt hatte.

Die Nase vermochte sie am wenigsten zufriedenzustellen. Nicht, daß sie richtig häßlich gewesen wäre. Aber sie war nicht halb so schön wie Lindas. Linda hatte wirklich eine vollkommene kleine Nase. Ihre ging ein wenig in die Breite – nicht schlimm. Und höchstwahrscheinlich machte sie ihre Nase nur breiter, als sie war, einfach weil es ihre Nase war, und sie war ja so kritisch sich selbst gegenüber. Sie kniff sich mit Daumen und Zeigefinger in die Nase und zog eine kleine Grimasse …

Herrliches, herrliches Haar. Und eine solche Menge davon. Es hatte die Farbe frisch gefallenen Laubes, braun und rot mit einem gelben Schimmer. Wenn sie es zu einem langen Zopf flocht, spürte sie es auf dem Rücken wie eine lange Schlange. Sie hatte es gern, wenn sie sein Gewicht spürte, das ihr den Kopf nach hinten zog, und sie hatte es auch gern, wenn sie es offen auf den bloßen Armen spürte. »Ja, meine Liebe, da gibt es gar keinen Zweifel, du bist wirklich ein ganz reizendes kleines Ding.«

Bei diesen Worten hob sich ihre Brust; sie tat einen langen Atemzug vor Entzücken und schloß die Augen halb.

Doch noch während sie sich so anschaute, verblaßte das

Lächeln um ihren Mund und die Augen. Oh Gott, da spielte sie ja schon wieder dasselbe alte Spiel. Falsch – falsch wie immer. Genauso falsch, wie sie an Nan Pym geschrieben hatte. Falsch selbst jetzt, wo sie ganz alleine war.

Was hatte dieses Geschöpf da im Spiegel mit ihr zu tun, und warum starrte sie es so an? Sie ließ sich auf eine Seite ihres Bettes fallen und vergrub das Gesicht in den Armen.

»Ach«, rief sie, »ich bin ja so unglücklich – so furchtbar unglücklich! Ich weiß, daß ich albern und gemein und eitel bin; immer spiele ich eine Rolle; keinen Augenblick bin ich ich selbst.« Und deutlich, ganz deutlich sah sie, wie ihr falsches Ich treppauf, treppab lief, besonders schallend lachte, wenn sie Besuch hatten, unter der Lampe stand, wenn ein Mann zum Essen kam, damit er das Licht auf ihrem Haar sehen sollte, schmollte und tat, als wäre sie ein kleines Mädchen, wenn man sie bat, Gitarre zu spielen. Warum nur? Sie machte das sogar wegen Stanley so. Erst gestern abend, als er die Zeitung las, hatte ihr falsches Ich neben ihm gestanden und sich absichtlich an seine Schulter gelehnt. Hatte sie nicht auch die Hand über seine gelegt, um irgend etwas zu zeigen, so daß er sehen sollte, wie weiß ihre Hand neben seiner braunen war?

Wie verabscheuenswert! Verabscheuenswert! Ihr Herz war kalt vor Zorn. »Wunderbar, wie du das immer machst«, sagte sie zu dem falschen Ich. Aber es war doch nur, weil sie so unglücklich war – kreuzunglücklich. Wenn sie glücklich gewesen wäre und ihr eigenes Leben gelebt hätte, gäbe es ihr falsches Leben nicht mehr. Sie sah die richtige Beryl – ein Schatten ... ein Schatten. Matt und unwirklich schimmerte sie. Was war da von ihr außer dem Strahlen? Und welch winzige Augenblicke lang sie wahrhaftig sie selbst war. Beryl konnte sich beinahe an jeden einzelnen erinnern. In diesen Augenblicken hatte sie gespürt: »Das Leben ist reich und geheimnisvoll und gut, und auch ich bin reich und geheimnisvoll und gut ...» Werde ich jemals diese Beryl für immer sein? Ja? Wie kann ich das? Und hat es jemals eine Zeit gegeben, da ich kein falsches Ich hatte? ... Doch gerade, als sie so weit war, hörte sie den Klang kleiner Schritte, die den Flur entlangkamen; die Türklinke knarrte. Kezia kam herein.

»Tante Beryl, Mutter fragt, ob du bitte herunterkommst? Der Vater ist da mit einem Mann, und das Mittagessen ist fertig.«

Zum Henker! Wie sie ihren Rock zerknittert hatte, als sie so idiotisch dagekniet hatte. »Gut, Kezia.« Sie trat an die Frisiertoilette und puderte sich die Nase.

Kezia ging auch hinüber und schraubte eine kleine Cremedose auf und schnupperte daran. Unter dem Arm trug sie seine sehr schmutzige Kalikokatze.

Als Tante Beryl hinausrannte, setzte sie die Katze auf den Toilettentisch und steckte ihr den Deckel der Cremedose aufs Ohr.

»Nun guck dich mal an«, sagte sie streng.

Die Kalikokatze war von dem Anblick so überwältigt, daß sie hintenüberkippte und pardauz! zu Boden plumpste. Und der Deckel der Cremebüchse flog durch die Luft und rollte wie ein Pennystück auf dem Linoleum im Kreis herum – und ging nicht kaputt.

Doch für Kezia war er in dem Augenblick kaputtgegangen, da er durch die Luft flog, und sie hob ihn auf, am ganzen Leibe schwitzend, und legte ihn wieder auf den Toilettentisch.

Dann ging sie auf Zehenspitzen davon, viel zu schnell und leichten Sinnes ...

Je ne parle pas français

Ich weiß nicht, warum ich eine solche Vorliebe für dieses kleine Café habe. Es ist schmutzig und düster, ja düster. Nicht daß es etwas an sich hätte, was es von hundert anderen unterschiede – nein, ganz und gar nicht; oder daß jeden Tag dieselben sonderbaren Gestalten hierherkämen, die man von seiner Ecke aus beobachten und wiedererkennen und mehr oder weniger (mit starker Betonung auf dem Weniger) ergründen könnte.

Aber denken Sie nun bitte nicht, daß diese Bemerkung in Klammer ein Bekenntnis meiner Demut vor dem Mysterium der menschlichen Seele darstelle. Ganz und gar nicht; ich glaube nicht an die menschliche Seele. Hab ich nie getan. Ich glaube, daß die Menschen wie Handkoffer sind – sie werden mit allerhand Sachen vollgepackt, in Bewegung gesetzt, umhergeworfen, weggeschmissen, abgesetzt, verloren und wiedergefunden, auf einmal halb leer oder vollgestopft wie noch nie, bis der allerletzte Gepäckträger sie schließlich auf den allerletzten Zug schwingt und – fort rattern sie ...

Nicht, daß diese Handkoffer nicht auch sehr faszinierend sein können. Ach, und wie! Ich sehe mich selbst, müssen Sie wissen, wie einen Zollbeamten davor stehen.

»Haben Sie etwas zu verzollen? Wein, Alkohol, Zigarren, Parfüm, Seidenstoffe?«

Und das kurze Zögern, ob ich wohl angeschwindelt würde, ehe ich den Kreideschnörkel mache, und dann abermals das kurze Zögern gleich darauf, ob ich wohl angeschwindelt worden bin, dies sind vielleicht die beiden spannendsten Augenblicke im Leben. Ja, jedenfalls für mich.

Was ich jedoch ganz einfach sagen wollte, ehe ich diese

lange und ziemlich weit hergeholte und nicht sonderlich originelle Abschweifung begann, war, daß es hier keine Handkoffer zu überprüfen gibt, weil die Kundschaft dieses Cafés, die Damen und Herren, sich nicht hinsetzen. Nein, sie stehen an der Theke, sie, das sind eine Handvoll Arbeiter, die vom Fluß heraufkommen, ganz mit weißem Mehl, Kalk oder so etwas bestäubt, und ein paar Soldaten in Begleitung von mageren dunklen Mädchen mit silbernen Ohrringen, Einkaufskörbe am Arm.

Auch Madame ist mager und dunkel, Gesicht und Hände sind nahezu weiß. Bei einer bestimmten Beleuchtung sieht sie direkt durchsichtig aus, wie sie so aus ihrem schwarzen Umschlagtuch hervorleuchtet, wirkt ganz außerordentlich. Wenn sie nicht gerade bedient, sitzt sie auf einem Hocker, das Gesicht immer dem Fenster zugewandt. Ihre dunkel umränderten Augen blicken prüfend unter die Passanten und folgen ihnen, doch nicht, als suchte sie jemanden, als hielte sie nach jemandem Ausschau. Vor fünfzehn Jahren hatte sie das vielleicht getan; jetzt aber war die Haltung Gewohnheit geworden. Ein Zug von Müdigkeit und Hoffnungslosigkeit läßt erkennen, daß sie es, seit den letzten zehn Jahren mindestens, aufgegeben hat …

Und dann der Kellner. Nicht bemitleidenswert – ganz bestimmt nicht komisch. Nie macht er eine dieser völlig belangslosen Bemerkungen, die einen so in Erstaunen versetzen, wenn sie von einem Kellner kommen (als wäre der arme Kerl so etwas wie eine Kreuzung zwischen einer Kaffeekanne und einer Weinflasche und dürfte nicht einmal einen Tropfen von irgend etwas anderem enthalten). Er ist grau, vertrocknet, hat Plattfüße und lange, brüchige Nägel, die einen ganz nervös machen, wenn er die zwei Sous zusammenkratzt. Wenn er nicht gerade über den Tisch wischt oder ein paar tote Fliegen wegschnipst, steht er da, eine Hand auf einer Stuhllehne, in seiner viel zu langen Schürze, und über dem anderen Arm den dreieckigen Fetzen einer schmutzigen Serviette, als warte er darauf, im Zusammenhang mit irgendeinem abscheulichen Mord fotografiert zu werden. ›Innenansicht des Cafés, wo die Leiche gefunden wurde.‹ Sie haben ihn schon ... zigmal gesehen.

Glauben Sie nicht auch, daß jeder Ort seine Stunde am Tage hat, wo er wirklich lebendig wird? Das trifft nicht ganz, was ich meine. Es ist eher so. Es scheint einen Augenblick zu geben, da merkt man, daß man ganz zufällig genau zu dem Zeitpunkt auf die Bühne gekommen ist, zu dem man erwartet wurde. Alles ist für einen vorbereitet – wartet auf einen. Oh, Herr der Lage! Du blähst dich auf vor Wichtigkeit. Und gleichzeitig lächelst du, heimlich, verstohlen, weil das Leben einem diese Auftritte nur widerwillig zu gewähren scheint, ja, es scheint darauf aus zu sein, sie einem wegzuschnappen und unmöglich zu machen, indem es einen in den Seitenkulissen festhält, bis es tatsächlich zu spät ist ... Nur dieses eine Mal hast du die alte Hexe besiegt.

Als ich zum allerersten Mal hierhergekommen war, hatte ich einen dieser Augenblicke erlebt. Vermutlich kehre ich deshalb immer wieder hierher zurück. Ich suche den Schauplatz meines Triumphes wieder auf – oder den Schauplatz des Verbrechens, wo ich die alte Hure einmal am Schlafittchen hatte und mit ihr tat, wie es mir beliebte.

Frage: Warum bin ich so bitter dem Leben gegenüber? Und warum sehe ich in ihm so eine Lumpensammlerin aus dem amerikanischen Kino, die einherschlurft, in ein schmutziges Tuch gehüllt, die alten Klauen um einen Stock gekrümmt?

Antwort: Das ist die direkte Auswirkung des amerikanischen Kinos auf ein schwaches Gemüt.

Jedenfalls ›ging der kurze Winternachmittag zur Neige‹, wie es so schön heißt, und ich ließ mich dahintreiben, wußte nicht recht, ob ich nach Hause gehen sollte oder nicht, als ich auf einmal hier drin war und zu dem Platz in der Ecke steuerte.

Ich hängte meinen englischen Überzieher und grauen Filzhut an denselben Haken hinter mir, und nachdem ich dem Kellner genug Zeit gelassen hatte, daß mindestens zwanzig Fotografen ihn zur Genüge knipsen konnten, bestellte ich einen Kaffee.

Er schenkte mir ein Glas mit dem üblichen rötlichen Zeug ein, das von grünem unstetem Licht umspielt war, und schlurfte davon. Ich saß da und preßte die Hände an das Glas, denn draußen war es bitter kalt.

Plötzlich merkte ich, daß ich lächelte, ganz losgelöst von mir selbst. Langsam hob ich den Kopf und sah mich im Spiegel gegenüber. Ja, da saß ich, auf den Tisch gestützt, und lächelte mein tiefes, verstohlenes Lächeln, vor mir das Kaffeeglas mit der verschwimmenden Dampfwolke und daneben die runde Untertasse mit zwei Stückchen Zucker.

Ganz weit öffnete ich die Augen. Die ganze Ewigkeit war ich gewissermaßen schon dagewesen, und jetzt endlich erwachte ich zum Leben...

Es war sehr still im Café. Draußen, man konnte es gerade noch so durch die Dämmerung sehen, hatte es zu schneien angefangen. Man konnte gerade noch die Umrisse der Pferde und Wagen und Leute sehen, wie sie sich, verschwommen und weiß, durch die federgleiche Luft bewegten. Der Kellner verschwand und erschien wieder mit einem Armvoll Stroh. Mit demütigen, beinahe anbetenden Gebärden streute er es auf den Fußboden, von der Tür zur Theke und rings um den Ofen. Es hätte einen nicht erstaunt, wenn die Tür aufgegangen und die Jungfrau Maria auf einem Esel hereingeritten wäre, die gütigen Hände über dem starken Leib gefaltet...

Das ist recht hübsch, finden Sie nicht auch, dieses Stück über die Jungfrau? Es fließt so leicht aus der Feder; es hat so einen ›vergehenden Schwung‹. Ich fand das jedenfalls damals und beschloß, es festzuhalten. Man weiß nie, wann einem so eine kleine Wendung zustatten kommt, um einen Absatz abzrunden. Also darauf bedacht, mich so wenig wie möglich zu bewegen, weil der ›Zauber‹ noch ungebrochen war (Sie kennen das?), langte ich nach Schreibzeug hinüber auf den nächsten Tisch.

Natürlich weder Papier noch Umschläge. Nur ein Stückchen rosa Löschpapier, unglaublich weich und schlaff und beinahe feucht, wie die Zunge eines kleinen toten Kätzchens, die ich nie gespürt habe.

Ich saß da – doch im Innersten, in diesem Zustand der Erwartung, rollte ich immer die Zunge des toten Kätzchens um meinen Finger und rollte die weiche Wendung in meinem Kopf hin und her, während meine Augen die Mädchennamen und die dreckigen Witze und Zeichnungen von Flaschen und Tassen, die nicht ordentlich auf Untertassen stehen blieben, aufnahmen, wie sie da kreuz und quer die Schreibunterlage bedeckten.

Es sind immer die gleichen, wissen Sie. Die Mädchen haben immer dieselben Namen, die Tassen stehen nie auf Untertassen; all die Herzen sind durchbohrt und mit Bändern umwunden.

Dann aber entdeckte ich auf einmal unten auf der Seite, mit grüner Tinte geschrieben, diese dumme, nichtssagende kleine Wendung: *Je ne parle pas français.*

Da! Da war er gekommen – der Augenblick – *das Zeichen!* Und obgleich ich so bereit war, packte es mich, überrumpelte es mich. Ich war ganz einfach überwältigt. Und das körperliche Empfinden war so seltsam, so eigenartig. Es war, als ob alles von mir, außer Kopf und Armen, alles von mir, was unterm Tisch war, sich einfach aufgelöst hätte, geschmolzen, zu Wasser geworden wäre. Nur mein Kopf war übriggeblieben und zwei Arme wie Stöcke, die sich auf den Tisch stemmten. Aber ach! Die Seelenpein dieses Augenblicks! Wie kann ich sie nur beschreiben? Ich dachte an nichts. Ich habe nicht einmal innerlich aufgeschrien. Einen Augenblick lang war ich einfach nicht. Ich war Pein, Pein, nichts als Pein.

Dann ging es vorbei, und gleich darauf dachte ich für mich: ›Du lieber Gott! So starker Empfindungen bin ich also fähig? Aber ich war ja völlig bewußtlos. Mir fehlten die Worte dafür. Ich war überwältigt. Ich war ganz hingerissen. Nicht einmal im entferntesten habe ich versucht, es aufzuschreiben.‹

Und ich blies mich immer mehr auf, bis ich mir endlich Luft machte: »Jedenfalls muß ich erstklassig sein. Kein zweitklassiges Gemüt hätte so ein intensives Empfinden haben können, so … rein.«

Der Kellner hat einen Fidibus in den roten Ofen gehalten und dann eine Gasflamme unter einem ausladenden Schirm entzündet. Es hat keinen Zweck, aus dem Fenster zu sehen, Madame, es ist jetzt ganz dunkel. Ihre weißen Hände scheinen über dem schwarzen Umschlagtuch zu schweben. Wie zwei Vögel, die zum Schlafen heimgekehrt sind. Ruhelos, ruhelos … Schließlich stecken Sie sie unter Ihre kleinen warmen Achselhöhlen.

Jetzt hat der Kellner mit einer langen Stange die Vorhänge zugeschwenkt. »Alles weg«, wie die Kinder sagen.

Und übrigens habe ich keine Geduld mit Leuten, die sich von nichts trennen können, die hinterherlaufen und weinen wollen. Wenn etwas weg ist, ist es weg. Es ist weg und damit basta. Laß fahren dahin! Kümmre dich nicht mehr darum und tröste dich, so du Trost brauchst, mit dem Gedanken, daß du niemals dasselbe wiederkriegst, was du verloren hast. Es ist immer etwas Neues. In dem Augenblick, wo es verschwindet, ist es anders geworden. Ja, das gilt sogar für einen Hut, dem du hinterherrennst. Und ich meine das nicht nur so obenhin – nein, ganz im Ernst ... Ich habe es mir zur Lebensregel gemacht, niemals etwas zu bereuen und niemals zurückzuschauen. Reue ist eine entsetzliche Energievergeudung, und keiner, der Schriftsteller sein möchte, kann es sich leisten, darin zu schwelgen. Es läßt sich nicht in Worte kleiden. Man kann nichts daraus machen. Es taugt nur dazu, sich darin zu suhlen. Zurückzuschauen ist natürlich gleichermaßen verhängnisvoll für die Kunst. Man bleibt arm dabei. Und die Kunst kann und will keine Armut vertragen.

Je ne parle pas français. Je ne parle pas français. Die ganze Zeit, während ich diese letzte Seite schrieb, jagte mein anderes Ich da draußen in der Dunkelheit auf und ab. Es hatte mich ebenda verlassen, als ich meinen großen Augenblick zu analysieren begann, raste verstört davon, wie ein verirrter Hund, der endlich, endlich den vertrauten Schritt wieder zu hören vermeint.

»Maus! Maus! Wo bist du? Bist du in der Nähe? Bist du's, die sich dort oben aus dem Fenster lehnt und die Arme nach den Fensterläden ausstreckt? Bist du dieses weiche Bündel, das sich durch den flaumigen Schnee auf mich zu bewegt? Bist du das kleine Mädchen, das sich durch die Schwingtüren des Restaurants hindurchzwängt? Ist das dein dunkler Schatten, der sich da im Mietwagen vorbeugt? Wo bist du? Wo bist du nur? Welche Richtung muß ich einschlagen? In welche Richtung soll ich eilen? Und jede Minute, die ich hier zögernd verweile, entfernst du dich immer mehr! Maus! Maus!«

Jetzt ist der arme Hund wieder ins Café zurückgekommen, den Schwanz zwischen die Beine geklemmt, völlig erschöpft.

»Es war ... falscher ... Alarm. Sie ist nirgends ... zu ... sehen.«

»So leg dich hin! Leg dich hin! Leg dich doch nur hin!«

Mein Name ist Raoul Duquette. Ich bin sechsundzwanzig Jahre alt und Pariser, waschechter Pariser. Was meine Familie angeht – also, die spielt wirklich keine Rolle. Ich habe keine Familie. Ich brauche auch keine. Ich denke nie an meine Kindheit. Ich habe sie vergessen.

Tatsächlich gibt es nur eine einzige Erinnerung, die überhaupt herausragt. Sie ist recht interessant, erscheint sie mir jetzt doch so bezeichnend für meine Person vom literarischen Gesichtspunkt aus. Es ist folgendes.

Als ich etwa zehn Jahre alt war, hatten wir als Waschfrau eine Afrikanerin, sehr dick, sehr dunkel, ein kariertes Tuch über dem Kräuselhaar. Wenn sie zu uns kam, schenkte sie mir immer ganz besondere Aufmerksamkeit, und sobald die Wäsche aus dem Korb war, hob sie mich für gewöhnlich hinein und schaukelte mich, während ich mich an den Henkeln festhielt und vor Angst und Vergnügen kreischte. Ich war winzig für mein Alter und blaß, mit einem reizenden kleinen, halboffenen Mund – da bin ich mir ganz sicher.

Eines Tages, als ich in der Tür stand und sie fortgehen sah, drehte sie sich um und winkte mir zu, nickte und lächelte dabei auf eine seltsame und geheimnisvolle Art. Nie wäre es mir in den Sinn gekommen, ihr nicht nachzugehen. Sie führte mich in einen kleinen Schuppen am Ende der Gasse, schlang die Arme um mich und fing an, mich abzuküssen. Oh, diese Küsse! Besonders die ins Ohr, die mich beinahe taub machten.

Als sie mich abgesetzt hatte, zog sie aus ihrer Kleidertasche einen kleinen runden Kuchen mit Zuckerguß, und ich wirbelte die Gasse entlang zu unserer Haustür zurück.

Da sich diese Vorstellung einmal pro Woche wiederholte, ist es kein Wunder, daß ich mich so lebhaft daran erinnere. Überdies war schon von jenem ersten Nachmittag an, um es hübsch artig auszudrücken, meine Kindheit ›weggeküßt‹ worden. Ich wurde äußerst träge: gleichgültig, sehr zärtlich und über die Maßen gierig. Und so aufgeweckt, so gewitzt, daß es schien, als verstünde ich jedermann und könnte mit jedem machen, was ich wollte.

Sicherlich befand ich mich damals in einem Zustand mehr oder minder großer physischer Erregung, und das war's, was den Leuten gefiel. Denn über die Hälfte aller Pariser sind – na ja, genug davon. Und auch genug von meiner Kindheit. Sei sie unter einem Waschkorb begraben statt unter Rosen die Hülle und Fülle und *passons outre*.

Meine Zeitrechnung setzt von dem Augenblick an ein, da ich der Mieter einer kleinen Junggesellenwohnung im fünften Stock eines hohen, nicht allzu schäbigen Hauses wurde, in einer Straße, die verschwiegen oder auch nicht verschwiegen sein mochte. Sehr nützlich ... Da erschien ich auf der Bildfläche, kam heraus ins Licht und streckte meine beiden Fühler aus, auf dem Rücken ein Arbeitszimmer, ein Schlafzimmer und eine Küche. Und richtige Möbel in den Zimmern. Im Schlafzimmer einen Kleiderschrank mit einem hohen Spiegel, ein großes Bett, darauf eine schwellende gelbe Steppdecke, ein Nachttischchen mit Marmorplatte und einem mit winzigen Äpfeln gesprenkelten Waschgeschirr. In meinem Arbeitszimmer – englischer Schreibtisch mit Schubladen, Schreibtischsessel mit Lederkissen, Bücher, Fauteuil, Wandtischchen mit Papiermesser und Lampe darauf und an den Wänden ein paar Aktskizzen. Die Küche benutzte ich nur, um alte Zeitungen hineinzuwerfen.

Oh, ich sehe mich noch genau, an jenem ersten Abend, nachdem die Möbelleute gegangen waren und ich es endlich geschafft hatte, meine gräßliche alte Concierge loszuwerden – wie ich auf Zehenspitzen umherging, hier und da etwas zurechtrückte, vor dem Spiegel stand, die Hände in den Taschen, und zu der strahlenden Erscheinung sagte: »Ich bin ein junger Mann mit einer eigenen Wohnung. Ich schreibe für zwei Zeitungen. Ich beschäftige mich mit ernsthafter Literatur. Ich stehe am Anfang einer Karriere. Das Buch, das ich herausbringen werde, wird die Kritiker einfach umwerfen. Ich werde über Dinge schreiben, an die noch niemand gerührt hat. Ich werde mir einen Namen machen als Schriftsteller der Welt, die unter der Oberfläche liegt. Aber nicht wie andere vor mir. Oh nein! Sehr naiv, leicht humorvoll, von innen heraus, als ob das alles ganz einfach, ganz natürlich wäre. Ich sehe meinen Weg recht genau vor mir. Noch keiner ist so vorgegangen, wie ich vorgehen werde, denn keiner der andern hat meine Erfahrungen gemacht. Ich bin reich – ja, ich bin reich.«

Gleichwohl hatte ich damals nicht mehr Geld als jetzt. Es ist ganz erstaunlich, wie man auch ohne Geld leben kann ... Ich habe eine Unmenge guter Sachen, seidene Unterwäsche, zwei Abendanzüge, vier Paar Lackschuhe mit hellem Oberleder, alle möglichen Kleinigkeiten wie Handschuhe, Puderdosen und eine Maniküre, Parfüms, sehr feine Seife – und nichts davon ist bezahlt. Wenn es mir an Bargeld fehlt – nun, da findet sich immer eine afrikanische Waschfrau und ein Schuppen, und ich halte nicht hinter dem Berg, als *bon enfant*, was reichlich Zucker auf dem kleinen Kuchen hinterher betrifft ...

Und hier möchte ich etwas zu Protokoll geben. Nicht aus prahlerischem Dünkel, sondern eher mit einem leichten Gefühl der Verwunderung. Bisher habe ich Frauen gegenüber noch nie den ersten Schritt getan. Nicht, daß ich etwa nur eine Klasse von Frauen gekannt hätte – weit gefehlt. Aber kleine Prostituierte und ausgehaltenen Frauen, ältliche Witwen und Ladenmädchen und Gattinnen ehrenwerter Bürger, bis hin zu emanzipierten, modernen, literarisch gebildeten Damen auf den auserlesensten Diners und Soiréen (ich bin dort gewesen) sind mir unterschiedslos nicht nur mit der gleichen Bereitschaft, sondern mit der gleichen unmißverständlichen Aufforderung entgegengekommen. Zunächst war ich davon überrascht. Ich pflegte über den Tisch zu blicken und zu denken: ›Preßt diese höchst distinguierte junge Dame, die mit dem braunbärtigen Herrn über *le Kipling* diskutiert, wirklich ihren Fuß gegen meinen?‹ Und ich war mir niemals wirklich sicher, bis ich nicht den Druck erwidert hatte.

Seltsam, nicht wahr? Ich sehe doch wahrhaftig nicht wie der Traum aller Jungfrauen aus...

Ich bin klein und schmächtig, habe olivfarbene Haut, schwarze Augen mit langen Wimpern, schwarzes, kurzgeschnittenes seidiges Haar, beim Lächeln entblöße ich winzige, regelmäßige Zähne. Meine Hände sind klein und geschmeidig. Einmal hat eine Frau in einem Bäckerladen zu mir gesagt: »Sie haben die richtigen Hände, um feines kleines Gebäck zu machen.« Ich muß gestehen, ohne Kleider bin ich recht attraktiv. Rundlich, beinahe wie ein Mädchen, mit glatten Schultern, und über meinem linken Ellbogen trage ich ein dünnes goldenes Armband.

Aber halt! Ist das nicht merkwürdig, daß ich das alles über meinen Körper geschrieben habe und so weiter? Das kommt von meinem schlechten Lebenswandel, meinem untergründigen Dasein. Ich bin wie eine kleine Frau in einem Café, die sich selbst mit einer Handvoll Fotos vorstellen muß. »Ich im Hemd, wie ich aus einer Eierschale krieche... Ich kopfüber auf einer Schaukel, mit Rüschen auf dem Allerwertesten wie Blumenkohl...« Sie kennen doch diese Dinger.

Wenn Sie meinen, was ich da geschrieben habe, sei nur oberflächlich und schamlos und billig, so irren Sie. Ich gebe gern zu, es klingt ganz so, aber das ist schließlich nicht alles. Wenn es das wäre, wie hätte ich dann empfinden können, was ich empfand, als ich diese nichtssagende kleine Wendung las, die mit grüner Tinte auf die Schreibunterlage geschrieben war? Das beweist doch immerhin, daß mehr in mir steckt und daß ich wirklich bedeutend bin, oder? Irgend etwas um einen Bruchteil Geringeres als diesen Augenblick der Seelenpein hätte ich vielleicht vorgaukeln können. Aber nein! Das war echt.

»Ober, einen Whisky!«

Ich hasse Whisky. Jedesmal, wenn ich einen Schluck davon nehme, hebt sich mir der Magen, und das Zeug, das sie hier ausschenken, ist bestimmt ganz besonders übel. Ich habe nur deshalb Whisky bestellt, weil ich über einen Engländer schreiben will. Wir Franzosen sind unglaublich altmodisch und in mancherlei Hinsicht nicht auf der Höhe der Zeit. Warum habe ich ihn eigentlich nicht noch dazu um ein Paar Knickerbocker aus Tweed, eine Pfeife, ein paar lange Zähne und einen Satz rötlichbrauner Koteletten gebeten?

»Danke, *mon vieux*. Sie haben nicht zufällig rötlichbraune Koteletten?«

»Nein, mein Herr«, antwortete er traurig. »Wir führen nichts Amerikanisches.«

Und nachdem er eine Ecke des Tisches abgewischt hat, geht er wieder zurück, um noch ein paar Dutzend bei künstlichem Licht aufnehmen zu lassen.

Huuh! Schon der Geruch davon! Und das widerliche Gefühl, wenn sich einem die Kehle zusammenzieht.

»Schlechtes Zeug, um sich damit zu betrinken«, sagt Dick Harmon. Dabei dreht er das kleine Glas zwischen den Fingern und lächelt sein langsames, verträumtes Lächeln. So wird er denn langsam und träumerisch davon betrunken, und an einem bestimmten Punkt fängt er ganz, ganz leise zu singen an, von einem Mann, der auf der Suche nach einem Dinner in der großen Stadt umherirrt.

Ah! wie gern ich dieses Lied und wie gern ich seine Art

hatte, es zu singen, langsam, ganz langsam, mit einer dunklen, weichen Stimme:

»Es irrt ein Mann
durch die große Stadt,
wer wohl ein Dinner für ihn hat ...«

Mir schien, als enthielte diese schwermütige und gedämpfte Weise all die hohen grauen Gebäude, die Nebel, die endlosen Straßen, die scharfen Schatten der Polizisten, die England bedeuten.

Und dann – dieses Thema! Der hagere, ausgehungerte Mensch, der umherirrt, jede Tür ist ihm verschlossen, weil er kein ›Zuhause‹ hat. Wie ungemein englisch das ist ... Ich erinnere mich noch an den Schluß, zuletzt fand er doch ein Gasthaus, bestellte ein bißchen Fisch, als er aber um Brot bat, schrie ihn der Kellner verächtlich mit lauter Stimme an: »Zu *einem* Fischklops gibt's bei uns kein Brot!«

Was will man mehr! Wie tiefgründig diese Lieder doch sind! Da steckt die ganze Psychologie eines Volkes drin; und wie un-französisch – so ganz und gar un-französisch!

»Noch mal, Dick, noch mal!« bat ich dann gewöhnlich, klatschte in die Hände und sah ihn lieb und nett an. Er war es völlig zufrieden, es immer wieder zu singen.

Auch da. Sogar bei Dick. Er war es, der die ersten Annäherungsversuche gemacht hatte.

Ich traf ihn auf einer Abendgesellschaft, zu der der Herausgeber einer neuen Zeitschrift eingeladen hatte. Eine sehr erlesene, sehr elegante Angelegenheit. Ein oder zwei Größen waren da, und die Damen waren ganz *comme il faut*. In großer Abendtoilette saßen sie auf kubistischen Sofas und gestatteten uns, ihnen Fingerhüte voll Cherry Brandy zu reichen und mit ihnen über ihre Gedichte zu sprechen. Denn soweit ich mich erinnern kann, waren sie alle Dichterinnen.

Es war unmöglich, Dick nicht zu bemerken. Er war der

einzige Engländer unter den Anwesenden, und anstatt wie wir andern alle anmutig durchs Zimmer zu kreisen, blieb er auf einem Fleck stehen; die Hände in den Taschen, dieses verträumte halbe Lächeln auf den Lippen, lehnte er an der Wand und antwortete jedem, der ihn ansprach, mit seiner tiefen, weichen Stimme in ausgezeichnetem Französisch.

»Wer ist das?«

»Ein Engländer. Aus London. Schriftsteller. Und er befaßt sich speziell mit moderner französischer Literatur.«

Das genügte mir. Mein kleines Buch ›Falsche Münzen‹ war gerade erschienen. Ich war ein junger, ernsthafter Schriftsteller, der sich speziell mit moderner englischer Literatur befaßte.

Aber ich hatte wahrhaftig noch keine Zeit gehabt, meine Angel auszuwerfen, als er sich auch schon einen leichten Ruck gab und sozusagen direkt aus dem Wasser nach dem Köder schnappte und fragte: »Möchten Sie mich nicht in meinem Hotel besuchen? Kommen Sie doch so gegen fünf, dann können wir noch miteinander reden, ehe wir zum Dinner gehen.«

»Mit größtem Vergnügen!«

Ich fühlte mich sehr geschmeichelt, so sehr, daß ich ihn auf der Stelle verließ, um mich vor den kubistischen Sofas wie ein Gockel aufzuplustern. Was für ein Fang! Ein Engländer, reserviert, ernsthaft, mit einer Spezialuntersuchung der französischen Literatur befaßt...

Noch am selben Abend ging ein Exemplar der ›Falschen Münzen‹ mit einer wohlbedachten herzlichen Widmung zur Post, und ein oder zwei Tage später haben wir dann tatsächlich miteinander gespeist und den Abend im Gespräch verbracht.

Aber wir sprachen nicht nur über Literatur. Erleichtert stellte ich fest, daß es nicht nötig war, sich nur der Tendenz des modernen Romans zu widmen, dem Bedürfnis nach einer neuen Form oder dem Grund dafür, daß es unseren jungen Leuten nicht so recht zu gelingen schien. Wie zufällig warf ich hin und wieder eine Karte hin, die nichts mit dem Spiel zu tun zu haben schien, nur um zu sehen, wie er sie aufnähme. Aber jedesmal hob er sie mit unverändert verträumtem Blick und Lächeln auf. Vielleicht, daß er mal murmelte: »Das ist sehr merkwürdig.« Doch nicht, als ob es überhaupt merkwürdig wäre.

Diese stillschweigende Billigung stieg mir schließlich zu Kopf. Faszinierte mich. Verlockte mich, immer weiterzumachen, bis ich ihm alle Karten, die ich besaß, hinwarf, mich zurücklehnte und zusah, wie er sie in seiner Hand ordnete.

»Sehr merkwürdig und interessant ...«

Mittlerweile waren wir beide ziemlich betrunken, und er begann sein Lied zu singen, sehr weich, sehr leise, von dem Mann, der auf der Suche nach einem Dinner umherirrt.

Mir aber nahm der Gedanke daran, was ich getan hatte, beinahe den Atem. Ich hatte jemandem beide Seiten meines Lebens gezeigt; ihm alles, so aufrichtig und wahrheitsgemäß ich konnte, erzählt; hatte mir ungeheure Mühe gegeben, Dinge meines unterirdischen Daseins zu erklären, die wirklich widerwärtig waren und unmöglich jemals das Tageslicht der Literatur erblicken konnten. Im ganzen hatte ich mich viel schlechter gemacht, als ich war – prahlerischer, zynischer, berechnender.

Und da saß nun der Mann, dem ich mich anvertraut hatte, sang vor sich hin und lächelte ... Ich war so gerührt, daß mir doch wahrhaftig Tränen in die Augen traten. Ich sah sie auf meinen langen seidigen Wimpern glitzern – so bezaubernd.

Von da an nahm ich Dick überallhin mit, und er kam zu mir in die Wohnung, saß sehr lässig im Sessel und spielte mit dem Papiermesser. Ich weiß selber nicht, warum seine Lässigkeit und Verträumtheit in mir immer den Eindruck erweckten, er wäre zu See gefahren. Und all seine bedächtigen, langsamen Gebärden schienen zu den Bewegungen des Schiffes zu passen. Dieser Eindruck war so stark, daß ich oft, wenn wir zusammen waren und er gerade dann aufstand und eine kleine Frau verließ, wenn sie es am allerwenigsten erwartet hatte, daß er aufstehen und sie verlassen würde, sondern ganz das Gegenteil, daß ich dann gewöhnlich erklärte: »Er kann nichts dafür, Kleine, er muß wieder auf sein Schiff.« Und ich glaubte viel mehr daran als sie.

Die ganze Zeit, die wir zusammen waren, hatte Dick nie etwas mit einer Frau. Manchmal sinnierte ich, ob er nicht noch völlig unschuldig wäre. Warum fragte ich ihn denn nicht? Weil ich ihn nie etwas über sich selbst fragte. Doch eines Abends spät zog er seine Brieftasche hervor, und eine Fotografie fiel heraus. Ich hob sie auf und warf einen Blick darauf, ehe ich sie ihm wiedergab. Es war das Bild einer Frau. Nicht mehr ganz jung. Dunkel, stattlich, ungestümer Blick, aber aus jeder Linie sprach so deutlich eine Art ungezähmter Stolz, daß ich sie mir auch dann nicht länger angesehen hätte, wenn Dick nicht so rasch danach gegriffen hätte.

»Aus meinen Augen, du kleiner parfümierter Foxterrier von einem Franzosen«, sagte sie.

(In meinen schlimmsten Augenblicken erinnert mich meine Nase an die eines Foxterriers.)

»Meine Mutter«, sagte Dick, als er die Brieftasche wegsteckte.

Aber wäre er nicht Dick gewesen, hätte ich mich am liebsten bekreuzigt, nur so aus Spaß.

Und so war unser Abschied. Als wir eines Nachts vor seinem Hotel standen und darauf warteten, daß die Concierge die Kette von der Außentür nahm, sagte er, wobei er zum

Himmel hinaufsah: »Hoffentlich wird es morgen schön. Ich fahre in der Frühe nach England.«

»Das ist doch nicht Ihr Ernst?«

»Aber ja. Ich muß zurückfahren. Ich habe einiges zu tun, was ich nicht hier erledigen kann.«

»Aber – aber haben Sie denn schon alle Vorbereitungen getroffen?«

»Vorbereitungen?« Er grinste beinahe. »Brauche ich nicht zu treffen.«

»Aber – *enfin*, Dick, England ist schließlich nicht nur über die Straße.«

»Viel weiter ist's nicht«, sagte er. »Es sind ja nur ein paar Stunden.« Die Tür ging knarrend auf.

»Ach, wenn ich das nur zu Beginn des Abends gewußt hätte!«

Ich war gekränkt. Mir war zumute, wie einer Frau zumute sein muß, wenn ein Mann die Uhr hervorzieht und ihm eine Verabredung einfällt, die sie nur insofern etwas angeht, als deren Anspruch stärker ist. »Warum haben Sie mir nichts gesagt?«

Er streckte mir die Hand hin, leicht schwankend stand er auf der Stufe, als wäre das ganze Hotel sein Schiff und der Anker gelichtet.

»Ich hab nicht daran gedacht. Wirklich. Aber Sie werden mir schreiben, ja? Gute Nacht, alter Junge. Ich komme demnächst wieder mal rüber.«

Und dann stand ich allein am Ufer, einem Foxterrier ähnlicher denn je ...

»Doch immerhin warst du's, der nach mir gepfiffen hat, du, der mich gebeten hat zu kommen! Was für einen Anblick habe ich wohl abgegeben, als ich schwanzwedelnd um dich herumsprang, nur um nun so verlassen zu werden, während das Schiff auf seine langsame, verträumte Art davonsegelt ... Zum Teufel mit diesen Engländern! Nein, das ist doch wirklich ein zu starkes Stück! Wer bin ich denn deiner Meinung nach? Ein kleiner bezahlter Führer zu den nächtlichen Vergnügungen von Paris? – – – Nein, Monsieur. Ich bin ein junger Schriftsteller, sehr ernsthaft, mit ungemein starkem Interesse für moderne englische Literatur. Und man hat mich beleidigt – beleidigt.«

Zwei Tage später kam ein langer, reizender Brief von ihm, in einem Französisch, das eine Nuance zu französisch war. Darin stand, wie ich ihm fehle und daß er auf unsere Freundschaft rechne und daß wir in Kontakt bleiben müßten.

Ich las den Brief im Stehen vor dem (unbezahlten) Schrankspiegel. Es war früh am Morgen. Ich trug einen blauen, mit weißen Vögeln bestickten Kimono, und meine Haare waren noch naß, klebten mir naß und glänzend auf der Stirn.

»Porträt der Madame Butterfly«, sagte ich, »als sie von der Ankunft dieses *cher Pinkerton* hört.«

Den Textbüchern zufolge hätte ich mich ungeheuer erleichtert und entzückt fühlen müssen. ›. . . Er ging zum Fenster, zog die Vorhänge auf und sah hinaus auf die Bäume von Paris, die gerade zu blühen und zu grünen begannen . . . Dick! Dick! Mein englischer Freund!‹

Nichts dergleichen. Ich spürte nur eine leichte Übelkeit. Nachdem ich meine erste Flugreise hoch droben hinter mir hatte, wollte ich jetzt nicht schon wieder hinauf.

Das ging vorbei, und Monate später, im Winter, schrieb Dick, daß er auf unbestimmte Zeit wieder nach Paris käme. Ob ich für ihn Zimmer besorgen würde? Er brächte eine Freundin mit.

Selbstverständlich. Der kleine Foxterrier stob davon. Zudem kam es äußerst gelegen, schuldete ich doch dem Hotel, wo ich meine Mahlzeiten einnahm, viel Geld, und zwei Engländer, die auf unbestimmte Zeit Zimmer wünschten, das schlug ausgezeichnet zu Buche.

Vielleicht machte ich mir meine Gedanken, als ich mit Madame im größeren der beiden Zimmer stand und »*admirable*« sagte, wie die Freundin wohl wäre, aber nur so obenhin. Entweder wäre sie sehr gesetzt, vorn so platt wie hinten, oder sie wäre groß, blond, in Resedagrün gekleidet, hieße – Daisy und duftete nach süßlichem Lavendelwasser.

Wie man sieht, hatte ich, getreu meiner Regel, nicht zurückzuschauen, zu der Zeit Dick schon beinahe vergessen. Sogar die Melodie seines Liedes von dem unglücklichen Mann geriet mir ein bißchen falsch, als ich es zu summen versuchte...

Zu guter Letzt wäre ich beinahe nicht am Bahnhof erschienen. Ich hatte es mir vorgenommen und mich tatsächlich mit besonderer Sorgfalt für diese Gelegenheit gekleidet. Denn ich hatte die Absicht, dieses Mal mit Dick ganz anders zu verfahren. Keine Vertraulichkeiten mehr und keine tränenfeuchten Wimpern. Nein, vielen Dank!

»Seit Sie Paris verlassen hatten«, sagte ich, als ich mir vor dem (ebenfalls noch nicht bezahlten) Spiegel über dem Kamin die schwarze Krawatte mit den silbernen Tupfen band, »bin ich nämlich sehr erfolgreich gewesen. Zwei weitere Bücher sind in Vorbereitung, und dann habe ich einen Fortsetzungsroman geschrieben, ›Falsche Türen‹, der soeben erscheint und mir eine Menge Geld einbringen wird. Und dann mein kleiner Gedichtband!« rief ich, griff nach der Kleiderbürste, um den Samtkragen meines neuen indigoblauen Mantels abzubürsten, »der kleine Band – ›Vergessene Schirme‹ – hat wirklich«, und ich lachte und schwenkte die Bürste hin und her, »ungeheures Aufsehen erregt!«

Einfach unmöglich, das nicht zu glauben von dem Mann,

der sich schließlich, als er die weichen grauen Handschuhe überstreifte, von Kopf bis Fuß eingehend musterte. Sein Aussehen paßte zu der Rolle; er war diese Rolle.

Da hatte ich eine Eingebung. Noch immer mein Bild vor Augen, nahm ich mein Notizbuch zur Hand und kritzelte rasch ein paar Worte nieder... Wie kann man wie seine Rolle aussehen und doch nicht die Rolle sein? Oder die Rolle sein und nicht so aussehen? Ist Aussehen denn nicht – Sein? Oder Sein – Aussehen? Auf jeden Fall, wer könnte das bestreiten?...

Das kam mir damals außerordentlich tiefgründig vor und völlig neu. Allerdings muß ich gestehen, als ich das Notizbuch lächelnd wegsteckte, da flüsterte etwas: »Du – literarisch? Du siehst aus, als hättest du auf der Rennbahn eine Wette abgeschlossen!« Aber ich hörte nicht hin. Ich ging hinaus, zog mit einem leisen, schnellen Ruck die Tür ins Schloß, um die Concierge nicht auf mein Weggehen aufmerksam zu machen, und rannte aus demselben Grund flink wie ein Kaninchen die Treppe hinunter.

Aber ach! die alte Spinne. Sie war mir über. Sie ließ mich die letzte kleine Leiter des Gewebs hinunterlaufen, um sich dann auf mich zu stürzen. »Einen Augenblick, nur einen winzigen Augenblick, Monsieur«, flüsterte sie, widerwärtig vertraulich. »Kommen Sie herein. Kommen Sie doch herein.« Und sie winkte mir mit einer tropfenden Suppenkelle. Ich trat in die Tür, doch das reichte ihr nicht. Geradewegs hinein und die Tür zu, ehe sie zu sprechen anfing.

Es gibt zwei Arten, mit seiner Concierge umzugehen, wenn man kein Geld hat. Die eine ist – sie von oben herab zu behandeln, sie sich zum Feind zu machen, aufzubrausen, sich auf keine Diskussion einzulassen. Die andere ist – sich gut mit ihr zu stellen, ihr Honig um den Mund zu schmieren bis hin zu dem doppelten Knoten des schwarzen Fetzens, den sie ums Kinn gebunden hatte, ihr Vertrauen vorzugaukeln und sich darauf zu verlassen, daß sie die Sache mit dem Gasmann regelt und den Wirt hinhält.

Ich hatte es auf die zweite Art probiert. Doch sind beide gleichermaßen verabscheuungswürdig und erfolglos. Auf welche Art man sich auch immer verlegt, es ist ohnehin die schlechtere, die vergebliche.

Diesmal war es der Hauswirt ... Die Concierge stellt den Wirt dar, wie er mich hinauszuwerfen droht ... Die Concierge stellt die Concierge dar, wie sie den wilden Stier zähmt ... Und wieder den Wirt, wie er ihr wütend ins Gesicht schnaubt. Ich war die Concierge. Nein, das war zu widerlich. Und die ganze Zeit brodelte der schwarze Topf auf dem Gas, darin kochten die Herzen und Lebern sämtlicher Mieter im Haus.

»Oh!« schrie ich, starrte auf die Uhr auf dem Kaminsims, und dann, als ich begriff, daß sie nicht ging, schlug ich mir an die Stirn, als ob der Gedanke gar nichts damit zu tun hätte. »Madame, neun Uhr dreißig habe ich einen sehr wichtigen Termin beim Chef meiner Zeitung. Vielleicht kann ich Ihnen morgen ...«

Hinaus, nichts wie hinaus. Und hinunter in die Métro und sich in einen vollen Wagen gequetscht. Je mehr Leute, desto besser. Jeder einzelne war ein weiteres Polster, das sich schützend zwischen mich und die Concierge schob. Ich strahlte.

»Oh! pardon, Monsieur!« sagte das große charmante Geschöpf in Schwarz, einen üppigen Veilchenstrauß an dem vollen Busen. Bei einem plötzlichen Ruck des Zuges bekam ich das Bukett direkt in die Augen. »Oh! pardon, Monsieur.«

Ich aber sah mit einem verschmitzten Lächeln zu ihr auf.

»Es gibt nichts, was ich mehr schätze als Blumen auf einem Balkon, Madame.«

Im gleichen Augenblick, als ich das sagte, gewahrte ich den riesigen Mann im Pelzmantel, an den sich meine Schöne lehnte. Er reckte den Kopf über ihre Schulter und wurde ganz weiß um die Nase; ja, seine Nase hob sich in einer Art käsigem Grün ab.

»Was haben Sie da zu meiner Frau gesagt?«

Gare Saint-Lazare rettete mich. Sie müssen doch zugeben, daß es nicht einmal für den Autor von ›Falschen Münzen‹, ›Verkehrte Türen‹, ›Vergessene Schirme‹ und zwei weiteren Bänden in Vorbereitung so einfach war, auf dem Weg des Triumphes weiterzuziehen.

Nachdem unzählige Züge in meine Vorstellung gedampft und unzählige Dick Harmons mir entgegengewankt waren, kam endlich der wirkliche Zug. Unser kleines Häuflein, das an der Sperre wartete, drängte sich dicht heran, reckte sich nach vorn und brach in ein Geschrei aus, als wären wir so etwas wie ein vielköpfiges Ungetüm und hinter uns Paris nur eine große Falle, die wir aufgestellt hatten, um diese verschlafenen Unbedarften zu fangen.

Und sie gingen in die Falle, wurden gepackt und fortgeschleppt, um verschlungen zu werden. Wo war meine Beute?

»Du lieber Gott!« Mein Lächeln zerrann, die erhobene Hand sank herab. Einen schrecklichen Augenblick lang wähnte ich, das da wäre die Frau auf der Fotografie, Dicks Mutter, die in Dicks Hut und Mantel auf mich zukam. Im Bemühen zu lächeln – und man sah, was für Mühe es kostete –, verzog sich sein Mund auf genau die gleiche Art, und er kam auf mich zu, hager, ungestüm und stolz.

Was war geschehen? Was konnte ihn nur so verändert haben? Sollte ich darauf eingehen?

Ich wartete auf ihn und war mir sogar bewußt, ein bißchen Foxterriergewedel zu wagen, um zu sehen, ob er vielleicht darauf reagieren werde, als ich sagte: »Guten Abend, Dick! Wie geht's, altes Haus? Gut?«

»Gut. Gut.« Er keuchte beinahe. »Sie haben die Zimmer?«

Zwanzigmal, du lieber Gott! Mir war alles klar. Licht erhellte die dunklen Wasser, und mein Seemann war nicht ertrunken. Vor Vergnügen schlug ich beinahe einen Purzelbaum.

Es war natürlich Nervosität. Verlegenheit. Die berühmte englische Ernsthaftigkeit. Was für Spaß stünde mir noch bevor! Ich hätte ihn umarmen mögen.

»Ja, ich habe die Zimmer«, schrie ich fast. »Aber wo ist Madame?«

»Sie kümmert sich ums Gepäck«, keuchte er. »Da kommt sie.«

Doch nicht etwa dieses Kind, das da neben dem alten Gepäckträger ging, als wäre er ihre Amme und hätte sie gerade aus dem häßlichen Kinderwagen gehoben, während er das Gepäck darauf kutschierte?

»Und sie ist nicht Madame«, ließ sich Dick plötzlich in schleppendem Ton hören.

In diesem Augenblick erblickte sie ihn und winkte ihm mit ihrem winzigen Muff zu. Sie löste sich von ihrem Kindermädchen, kam angerannt und sprudelte etwas auf Englisch hervor; aber er antwortete auf Französisch: »Oh, schön. Ich mach das schon.«

Bevor er sich jedoch an den Gepäckträger wandte, deutete er mit einer unbestimmten Bewegung auf mich und murmelte etwas. Wir waren also einander vorgestellt. Sie streckte mir auf die seltsam knabenhafte Art der Engländerinnen die Hand hin, und während sie kerzengerade, mit erhobenem Kinn vor mir stand und – auch sie – sich furchtbare Mühe gab, ihre lächerliche Aufregung zu bezwingen, sagte sie, wobei sie mir die Hand quetschte (sicherlich war sie sich nicht bewußt, daß es meine war): »*Je ne parle pas français.*«

»Aber ganz gewiß sprechen Sie französisch«, antwortete ich so sanft, so begütigend wie ein Zahnarzt, der ihr gerade das erste Milchzähnchen ziehen will.

»Natürlich kann sie Französisch.« Dick stieß wieder zu uns. »Also, können wir denn nicht eine Droschke oder ein Taxi oder so etwas kriegen? Wir wollen doch nicht die ganze Nacht auf diesem verfluchten Bahnhof zubringen. Oder?«

Das war so ungehörig, daß ich eine Weile brauchte, die Fassung wiederzugewinnen; und er muß es gemerkt haben, denn er legte mir auf die alte Art den Arm um die Schulter und sagte: »Ach, entschuldige, altes Haus. Aber wir hatten eine so ekelhafte und scheußliche Fahrt. Es hat Jahre gedauert, bis wir endlich ankamen. Nicht wahr?« Zu ihr. Doch sie erwiderte nichts. Sie senkte den Kopf und begann den grauen Muff zu streicheln. Den ganzen Weg lang ging sie neben uns her und streichelte den grauen Muff.

›Hatte ich unrecht?‹ dachte ich. ›Ist das einfach ein Fall rasender Ungeduld ihrerseits? ‚Brauchen sie bloß ein Bett', wie wir sagen? Haben sie auf der Fahrt etwa Qualen ausgestanden? Vielleicht haben sie sehr eng und heiß unter derselben Reisedecke gesessen?‹ und so weiter und so fort, während der Fahrer das Gepäck festschnallte. Wenn das so war...

»Hören Sie, Dick. Ich fahre mit der Métro nach Hause. Hier ist die Adresse des Hotels. Alles ist geregelt. Besuchen Sie mich, sobald Sie können.«

So wahr ich lebe, ich dachte, er fiele in Ohnmacht. Er wurde ganz weiß um den Mund.

»Aber Sie fahren doch mit uns!« rief er. »Ich dachte, das wäre alles klar. Selbstverständlich kommen Sie mit uns zurück. Sie werden uns doch nicht allein lassen!« Nein, ich gab es auf. Das war mir zu schwierig, zu englisch.

»Gewiß, gewiß doch. Mit dem größten Vergnügen. Ich dachte nur, vielleicht ...«

»Sie müssen mitkommen!« befahl Dick dem kleinen Foxterrier. Und abermals wandte er sich unbeholfen, verlegen zu ihr.

»Steig ein, Maus.«

Und Maus kroch in das schwarze Loch, saß da, streichelte Maus Numero II und sagte kein Wort.

Wir ruckelten und ratterten nun dahin wie drei kleine Würfel, mit denen das Leben sein Spielchen machen wollte.

Ich hatte auf dem Klappsitz ihnen gegenüber bestanden, weil ich um nichts in der Welt diese gelegentlichen Anblicke missen wollte, die ich blitzartig erhaschte, wenn wir die weißen Kreise des Laternenlichts durchbrachen.

Sie enthüllten Dick, wie er weit zurückgelehnt in seiner Ecke saß, den Mantelkragen hochgeschlagen, die Hände in den Taschen, sein breiter dunkler Hut verdeckte ihn, als wäre er ein Teil von ihm – eine Art Flügel, unter dem er sich verbarg. Sie zeigten mir Maus, wie sie ganz gerade dasaß, ihr hübsches Gesichtchen einer Zeichnung ähnlicher als einem wirklichen Gesicht – jede Linie war so bedeutungsvoll und hob sich so scharf gegen das verschwimmende Dunkel ab.

Denn Maus war schön. Sie war zauberhaft, aber so zart und fein, daß es mir jedesmal, wenn ich sie ansah, vorkam, als wäre es das erste Mal. Sie rührte einen an mit der gleichen Art Erschrecken, das man spürt, wenn man arglos ein dünnes Teetäßchen leert und plötzlich auf dem Grund ein winziges Geschöpf sieht, halb Schmetterling, halb Weib, das sich, die Hände in den weiten Ärmeln, vor einem verneigt.

Soviel ich erspähen konnte, hatte sie dunkles Haar und blaue oder schwarze Augen. Die langen Wimpern und die beiden feinen, federgleichen Linien, die sich darüber hinzogen, wirkten besonders eindringlich.

Sie trug ein langes dunkles Cape, wie man es auf altmodischen Bildern von im Ausland befindlichen Engländerinnen sieht. Wo die Arme daraus hervorkamen, war grauer Pelz – Pelz säumte auch den Hals und die enganliegende Kappe.

»Umsetzung des Maus-Gedankens«, befand ich.

Oh, aber wie spannend es war – wie spannend! Ihre Erregung kam mir immer näher, während ich ihr entgegenlief, darin badete, mich ganz aus meiner Tiefe darauf stürzte, bis es mir schließlich ebenso schwerfiel, an mich zu halten, wie ihnen.

Wonach mir aber der Sinn stand, war, mich höchst närrisch zu gebärden – wie ein Clown. Zu singen anzufangen, mit weit ausholenden extravaganten Armbewegungen aus dem Fenster zu weisen und zu rufen: »Meine Damen und Herren, wir kommen jetzt an einer der Sehenswürdigkeiten vorbei, für die *notre Paris* mit Recht berühmt ist«, während der Fahrt aus dem Wagen zu springen, über das Dach zu klettern und durch die andere Tür wieder hereinzutauchen, aus dem Fenster herauszuhängen und das Hotel durch das verkehrte Ende eines zerbrochenen Fernglases zu suchen, das auch eine besonders ohrenzerreißende Trompete wäre.

Bei all dem sah ich mir zu, verstehen Sie, und kriegte es sogar fertig, mir ganz verstohlen zu applaudieren, indem ich meine behandschuhten Fingerspitzen sacht aneinanderlegte, während ich Maus fragte: »Sind Sie das erste Mal in Paris?«

»Ja, ich bin noch nicht hier gewesen.«

»Oh, da müssen Sie sich allerhand ansehen.«

Und ich wollte gerade darangehen, die Sehenswürdigkeiten und Museen kurz anzutippen, als wir mit einem Ruck hielten.

Wissen Sie – es ist verrückt –, aber als ich ihnen die Tür aufstieß und die Stufen zum Büro auf dem Treppenabsatz hinter ihnen hinaufing, war es mir irgendwie, daß dieses Hotel mir gehörte.

Auf dem Fensterbrett im Büro stand eine Vase mit Blumen, und ich ging sogar so weit, ein paar Blüten zurechtzuzupfen, zurückzutreten, um die Wirkung zu begutachten, während die Direktorin sie willkommen hieß. Und als sie sich mir zuwandte, mir die Schlüssel in die Hand drückte (der *Garçon* schaffte das Gepäck nach oben) und sagte: »Monsieur Duquette wird Ihnen Ihre Zimmer zeigen«, hätte ich Dick am liebsten mit dem Schlüssel angestupst und ganz im Vertrauen zu ihm gesagt: »Hören Sie mal, mein Alter, einem Freund von mir gewähre ich natürlich gern eine kleine Ermäßigung...«

Wir stiegen immer höher hinauf. Immer ringsherum. Hier und da vorbei an einem Paar Schuhe (warum sieht man eigentlich nie ein Paar attraktive Schuhe vor einer Tür?). Immer höher.

»Leider ist's ziemlich hoch oben«, murmelte ich geistlos. »Aber ich hab sie genommen, weil...«

Offensichtlich war es ihnen so einerlei, warum ich sie genommen hatte, daß ich nicht weitersprach. Sie nahmen alles hin. Sie erwarteten nicht, daß irgend etwas anders wäre. Das gehörte eben zu dem, was sie durchmachten – so jedenfalls meine Analyse.

»Endlich wären wir da.« Ich lief von einer Seite des Korridors auf die andere, schaltete das Licht an, erklärte.

»Dieses hier hatte ich für Sie gedacht, Dick. Das andere ist größer, und im Alkoven hat es ein Ankleidezimmerchen.«

Mein ›Besitzer‹auge nahm die sauberen Handtücher und Bezüge wahr und die mit roter Baumwolle bestickte Bettwäsche. Ich fand, es seien recht ansprechende Zimmer, schräg, voller Winkel, genau die Art Zimmer, die man erwartet, wenn man noch nicht in Paris gewesen ist.

Dick schleuderte seinen Hut aufs Bett.

»Sollte ich nicht dem Burschen mit dem Gepäck helfen?« fragte er – niemanden.

»Ja, ganz sicher«, erwiderte Maus, »das ist furchtbar schwer.«

Und sie drehte sich mit dem ersten Schimmer eines Lächelns zu mir um: »Bücher, wissen Sie.« Oh, er warf ihr so einen sonderbaren Blick zu, ehe er hinausstürzte. Und er half nicht nur, er mußte reineweg dem Garçon den Koffer vom Rücken gerissen haben, denn er kam mit dem einen zurückgeschwankt, setzte ihn unsanft ab und holte dann den anderen herein.

»Das ist deiner, Dick«, sagte sie.

»Nun, du hast doch nichts dagegen, daß er einen Augenblick mal hier steht, oder?« fragte er, ganz außer Atem, er keuchte (der Koffer mußte gewaltig schwer gewesen sein). Er zog eine Handvoll Geld heraus. »Ich muß den Mann wohl bezahlen.«

Der Garçon, der danebenstand, schien das auch zu finden.

»Und möchten Sie noch etwas, Monsieur?«

»Nein! Nein!« wehrte Dick ungeduldig ab.

Aber da trat Maus einen Schritt vor. Sie sagte viel zu geflissentlich, ohne Dick anzusehen, mit ihrem drollig abgehackten englischen Akzent: »Ja, ich möchte gern Tee. Tee für drei.«

Und unvermittelt hob sie den Muff, als ob ihre Hände daran angekettet wären, wodurch sie dem blassen, schwitzenden Garçon zu verstehen gab, daß sie am Ende ihrer

Kräfte sei, daß sie ihn anflehe, sie mit »Tee. Unverzüglich!« zu retten.

Das schien mir so erstaunlich ins Bild zu passen, so genau die Bewegung und der Schrei zu sein (obgleich ich mir's nicht hätte vorstellen können), wie man sie von einer Engländerin angesichts einer großen Krise erwartet, daß ich beinahe versucht war, die Hand zu erheben, um Einhalt zu gebieten.

»Nein! Nein! Genug. Genug. Laßt uns hier aufhören. Beim Wort – Tee. Denn wirklich und wahrhaftig, Sie haben Ihren begierigsten Subskribenten derartig gefüllt, daß er platzt, wenn er noch ein Wort schlucken muß.«

Es ließ sogar Dick aufhorchen. Wie jemand, der sehr lange bewußtlos gewesen ist, wandte er sich langsam Maus zu, und langsam sah er sie mit seinen müden, verstörten Augen an und murmelte mit dem Echo seiner verträumten Stimme: »Ja, das ist eine gute Idee.« Und dann: »Du mußt müde sein, Maus. Setz dich doch.«

Sie setzte sich auf einen Sessel mit Spitzendeckchen; er lehnte am Bett, und ich richtete mich auf einem Stuhl mit gerader Rückenlehne ein, schlug die Beine übereinander und streifte imaginären Staub von meinen Hosenbeinen. (Der Pariser, der es sich behaglich sein läßt.)

Eine winzige Pause entstand. Dann fragte er: »Willst du nicht den Mantel ausziehen, Maus?«

»Nein, danke. Jetzt nicht.«

Ob sie mich aufforderten? Oder sollte ich die Hand heben und mit Kinderstimme ausrufen:: »Jetzt bin ich dran, gefragt zu werden.«

Nein, nicht. Sie fragten mich nicht.

Die Pause wuchs hinüber in ein Schweigen. Ein richtiges Schweigen.

»... Los, mein Pariser Foxterrier! Muntere diese traurigen Engländer auf! Kein Wunder, daß sie eine so hundeliebende Nation sind!«

Doch schließlich – warum sollte ich? Es war nicht mein ›Job‹, wie sie sagen würden. Trotzdem tat ich einen munteren kleinen Satz auf Maus zu.

»Wie schade, daß Sie nicht bei Tageslicht angekommen sind. Von diesen beiden Fenstern hat man so eine reizende Aussicht. Sie müssen wissen, das Hotel steht an einer Ecke, und jedes Fenster geht auf eine ungeheuer lange, gerade Straße hinaus.«

»Ja«, sagte sie.

»So sehr reizend hört sich das zwar nicht an«, lachte ich. »Aber da ist so viel Leben – so viele putzige kleine Jungen auf Fahrrädern, und Leute, die aus dem Fenster gucken und – oh, na ja, das werden Sie ja selbst morgen früh sehen ... Sehr amüsant. Sehr belebt.«

»Ach ja?«

Wenn in diesem Augenblick nicht der blasse, verschwitzte Garçon mit dem Teetablett hereingekommen wäre, das er hoch auf einer Hand balancierte, als wären die Tassen Kanonenkugeln und er ein Schwergewichtsheber im Film ...

Er schaffte es, das Tablett auf einem runden Tisch abzusetzen.

»Bringen Sie den Tisch hier herüber«, sagte Maus. Der Kellner schien der einzige Mensch zu sein, den sie eines Wortes würdigte. Sie nahm die Hände aus dem Muff, zog die Handschuhe aus und warf das altmodische Cape zurück.

»Nehmen Sie Milch und Zucker?«

»Nein danke, keine Milch und auch keinen Zucker.«

Wie ein kleiner Gentleman ging ich hin, um meine Tasse entgegenzunehmen. Sie schenkte noch eine Tasse voll.

»Die ist für Dick.«

Und der getreue Foxterrier trug sie zu ihm hinüber und legte sie ihm sozusagen zu Füßen.

»Oh, danke«, sagte Dick.

Und dann ging ich zu meinem Stuhl, und sie sank in ihren zurück.

Aber Dick war schon wieder nicht anwesend. Eine Weile stierte er wild auf die Teetasse, blickte um sich, setzte sie auf das Nachttischchen, griff seinen Hut und stammelte in größter Hast: »Ach übrigens, würden Sie einen Brief für mich einwerfen? Ich möchte, daß er noch heute mit der Abendpost weggeht. Das muß sein. Er ist sehr dringend ...« Da er ihre Augen auf sich spürte, stieß er heraus: »An meine Mutter.« Zu mir: »Es dauert nicht lange. Ich habe alles, was ich brauche. Aber er muß heute abend noch weg. Sie sind nicht böse? Ich ... ich bin im Nu fertig.«

»Natürlich werfe ich den Brief ein. Ist mir eine Freude.«

»Möchtest du nicht erst deinen Tee trinken?« schlug Maus leise vor.

... Tee? Tee? Ach ja, natürlich. Tee ... Eine Tasse Tee auf dem Nachttisch ... In seinem rasenden Traum warf er der kleinen Gastgeberin das strahlendste, bezauberndste Lächeln zu.

»Nein, danke. Jetzt nicht.«

Und während er immer noch der Hoffnung Ausdruck verlieh, daß es mir keine Umstände mache, ging er aus dem Zimmer und schloß die Tür, und wir hörten ihn über den Korridor gehen.

Ich verbrühte mich, so eilig hatte ich es, die Tasse zum Tisch zurückzutragen und, als ich davorstand, zu sagen: »Sie müssen entschuldigen, wenn ich aufdringlich bin ... wenn ich zu offen rede. Aber Dick hat nicht versucht, es zu verbergen – oder? Irgend etwas stimmt nicht. Kann ich helfen?«

(Leise Musik. Maus steht auf, geht eine Weile auf der Bühne auf und ab, ehe sie zu ihrem Stuhl zurückkehrt und ihm einschenkt, oh, die Tasse ist voll bis zum Rand und so heiß, daß dem Freund die Tränen in die Augen treten, als er trinkt – als er sie bis zur bitteren Neige leert ...)

Ich hatte Zeit, all dies zu tun, ehe sie antwortete. Zuerst warf sie einen Blick in die Teekanne, füllte sie mit heißem Wasser und rührte mit einem Löffel darin herum.

»Ja, es stimmt etwas nicht. Nein, Sie können leider nicht helfen, vielen Dank.« Wieder wurde mir der Schimmer eines Lächelns zuteil. »Es tut mir furchtbar leid. Es muß schrecklich für Sie sein.«

Schrecklich, bei Gott ja! Ach, warum konnte ich ihr nicht erzählen, daß es viele, viele Monate her war, seit ich mich so amüsiert hatte?

»Aber Sie leiden«, wagte ich mich zart vor, als wäre es das, was ich nicht mit ansehen könne.

Sie stritt es nicht ab. Sie nickte und biß sich auf die Unterlippe, und mir war, als sähe ich ihr Kinn beben.

»Und ich kann wirklich nichts tun?« Noch zarter.

Sie schüttelte den Kopf, schob den Tisch zurück und sprang auf.

»Oh, das wird schon bald wieder gut sein«, hauchte sie, trat an den Toilettentisch und wandte mir den Rücken zu. »Es wird wieder gut. So kann es nicht weitergehen.«

»Aber natürlich nicht«, pflichtete ich bei und fragte mich, ob es herzlos aussähe, wenn ich mir eine Zigarette ansteckte. Ich hatte plötzlich Verlangen danach zu rauchen.

Sie mußte es gesehen haben, wie meine Hand in die Brusttasche griff, das Zigarettenetui halb herauszog und wieder hineinsteckte, denn als nächstes sagte sie: »Streichhölzer ... im ... Leuchter. Ich habe welche gesehn.«

Und an ihrer Stimme hörte ich, daß sie weinte.

»Oh, danke. Ja. Ja. Ich hab sie.« Ich brannte mir eine Zigarette an und ging rauchend auf und ab.

Es war so still, es hätte zwei Uhr morgens sein können. Es war so still, daß man wie in einem Haus auf dem Lande die Dielen ächzen und knarren hörte. Ich rauchte die ganze Zigarette und zerdrückte das Ende in meiner Untertasse, ehe Maus sich umdrehte und zum Tisch zurückkam.

»Ist Dick nicht schon recht lange weg?«

»Sie sind sehr müde. Sie möchten sich bestimmt schlafen legen«, sagte ich freundlich. (Und lassen Sie sich bitte durch mich nicht stören, wenn Sie das möchten, sagte es in mir.)

»Aber ist er nicht wirklich sehr lange weg?« beharrte sie.

Ich zuckte die Schultern. »Ja, freilich.«

Dann sah ich, daß sie mich sonderbar anschaute. Sie lauschte dabei.

»Er ist schon eine Ewigkeit weg«, sagte sie, und mit kleinen, leichten Schritten ging sie zur Tür, öffnete sie und begab sich über den Korridor in sein Zimmer.

Ich wartete. Jetzt horchte ich auch. Ich hätte es nicht ertragen können, auch nur ein Wort zu verpassen. Sie hatte die Tür offengelassen. Ich schlich mich durchs Zimmer und spähte hinter ihr her. Dicks Tür stand auch offen. Aber – da gab es kein Wort zu verpassen.

Sie müssen wissen, ich hatte die verrückte Vorstellung, daß sie sich in dem stillen Zimmer küßten – in einem langen, tröstlichen Kuß. Einem jener Küsse, der nicht nur den Kummer zur Ruhe bringt, sondern ihn liebkost und wärmt und zudeckt und ihn fest eingemummelt hält, bis er tief schläft. Ach! wie gut das tut!

Schließlich war es vorüber. Ich hörte, wie sich jemand rührte, und stahl mich auf Zehenspitzen fort.

Es war Maus. Sie kam zurück. Sie ertastete sich den Weg ins Zimmer und brachte mir den Brief. Aber er steckte nicht in einem Umschlag; es war nur ein Blatt Papier, und sie hielt es an einer Ecke, als ob es noch naß wäre.

Ihr Kopf hing so tief herab – war so in den Pelzkragen vergraben, daß ich nichts ahnte – bis sie den Briefbogen fallen ließ und beinahe selbst auf den Fußboden gefallen wäre, neben das Bett, sie lehnte das Gesicht dagegen, streckte die Hände aus, als wäre die letzte ihrer armseligen kleinen Waffen verloren und als ließe sie sich jetzt forttragen, erschöpft ins tiefe Wasser sinken.

Wie ein Blitz durchfuhr es mich. Dick hat sich erschossen, und dann folgte Blitz auf Blitz, als ich hineinstürzte, den Toten sah, den Kopf unversehrt, das kleine blaue Loch über der Schläfe, das Hotel weckte, das Begräbnis arrangierte, zum Begräbnis ging, geschlossener Wagen, neuer Cutaway ...

Ich bückte mich und hob den Briefbogen auf, und, ob Sie's glauben oder nicht, so tief verwurzelt ist mein Pariser *comme il faut*, daß ich »Verzeihung!« murmelte, ehe ich las.

Maus, meine kleine Maus!

Es hat keinen Zweck. Es ist unmöglich. Ich bringe es nicht fertig. Ach, ich liebe Dich so. Ich liebe Dich so sehr, Maus, aber ich kann ihr nicht weh tun. Ihr ganzes Leben lang hat man ihr weh getan. Ich wage es einfach nicht, ihr diesen letzten Schlag zu versetzen. Verstehst Du, obgleich sie stärker ist als wir beide, ist sie doch so zerbrechlich und stolz. Es würde sie töten – töten, Maus. Und, oh Gott! ich kann meine Mutter nicht töten. Nicht einmal Deinetwegen. Nicht einmal unseretwegen. Das mußt Du verstehen.

Das alles erschien so leicht, als wir darüber sprachen und es planten, aber mit dem Augenblick, als der Zug losfuhr, war alles vorbei. Ich spürte, daß sie mich zu sich zurückzog – mich rief. Ich kann sie jetzt hören, während ich schreibe. Und sie ist allein, und sie weiß es nicht einmal. Ein Mann müßte wahrscheinlich ein Teufel sein, es ihr zu sagen, und ich bin kein Teufel, Maus. Sie darf es nicht erfahren. Oh Maus, irgendwo, irgendwo in Deinem Innern denkst Du doch auch so? Es ist alles so unsagbar schrecklich, daß ich nicht weiß, ob ich gehen will oder nicht. Will ich? Oder ist es nur Mutter, die an mir zieht? Ich weiß es nicht. Mein Kopf ist zu müde. Maus, Maus, was wirst Du tun? Doch auch daran kann ich nicht denken. Ich wage es nicht. Das wäre zuviel für mich. Und ich darf nicht schlappmachen. Alles, was ich tun muß, ist – Dir nur das zu sagen und wegzufahren. Ich hätte nicht wegfahren können, ohne es Dir zu sagen. Du hättest Angst gehabt. Du darfst aber keine Angst haben. Das wirst Du auch nicht, ja? Ich kann nicht ertragen ... doch nichts mehr davon. Und schreibe nicht. Ich hätte nicht den Mut, Deine Briefe zu beantworten, und der Anblick Deiner spinnenfeinen Handschrift ...

Vergib mir! Liebe mich nicht mehr! Doch! Liebe mich! Liebe mich!

Dick.

Was halten Sie davon? War das nicht ein seltener Fund? Meine Erleichterung darüber, daß er sich nicht erschossen hatte, war mit einem wunderbaren Hochgefühl gemischt. Ich war quitt – mehr als quitt mit meinem Engländer des ›das ist sehr merkwürdig und interessant‹ ...

Ihr Weinen war so sonderbar. Die Augen geschlossen, das Gesicht, bis auf die bebenden Augenlider, ganz ruhig. Die Tränen perlten ihr herab, und sie ließ sie rinnen.

Als sie jedoch meinen Blick auf sich spürte, öffnete sie die Augen und sah, daß ich den Brief hielt.

»Sie haben ihn gelesen?«

Ihre Stimme war ganz ruhig, aber es war nicht mehr ihre Stimme. Sie klang so, wie man sich die Stimme aus einer winzigen, kalten Meermuschel vorstellen würde, die von der salzigen Flut zuletzt hoch hinauf aufs Trockene gespült worden ist ...

Ich nickte, ganz überwältigt, Sie verstehen, und legte den Brief hin.

»Es ist unglaublich! Unglaublich!« flüsterte ich.

Da erhob sie sich vom Fußboden, ging zum Waschständer hinüber, tauchte das Taschentuch in den Krug und benetzte damit die Augen. Dabei sagte sie: »Oh nein. Das ist überhaupt nicht unglaublich.« Und während sie das nasse Knäuel noch immer an die Augen preßte, kam sie wieder zu mir, zu ihrem Sessel mit den Spitzendeckchen zurück und ließ sich hineinsinken.

»Ich hab's ja die ganze Zeit gewußt«, sagte das kalte, salzige Stimmchen. »Von dem Augenblick an, als wir losfuhren. Ich hab's durch und durch gespürt, habe aber immer noch gehofft« – jetzt nahm sie das Taschentuch von den Augen und schenkte mir einen letzten Schimmer ihres Lächelns –, »wie man es dummerweise eben tut.«

»Ja.«

Stille.

»Aber was werden Sie jetzt machen? Werden Sie zurückfahren? Ihn aufsuchen?«

Bei diesen Worten setzte sie sich kerzengerade hin und starrte zu mir herüber.

»Was für ein seltsamer Einfall!« sagte sie, kälter denn je. »Selbstverständlich denke ich nicht im Traum daran, ihn aufzusuchen. Und was das Zurückfahren angeht, das kommt gar nicht in Frage. Ich kann nicht zurückfahren.«

»Aber ...«

»Es ist unmöglich. Weil nämlich alle meine Freunde und Bekannten denken, ich sei verheiratet.«

Ich streckte die Hand aus – »Ach, meine arme kleine Freundin.«

Aber sie wich zurück. (Falsche Bewegung.)

Natürlich gab es da eine Frage, die mir schon die ganze Zeit durch den Sinn gegangen war. Eine mir verhaßte Frage.

»Haben Sie Geld?«

»Ja, ich habe zwanzig Pfund – hier«, und sie legte die Hand an die Brust. Ich verneigte mich. Es war bei weitem mehr, als ich erwartet hatte.

»Und was haben Sie vor?«

Ja, ich weiß. Das war die taktloseste, die idiotischste Frage, die ich stellen konnte. Sie war so zahm gewesen, so zutraulich, hatte mich, zumindest im übertragenen Sinne, mit einer Hand ihr winziges, zitterndes Körperchen halten und das pelzige Köpfchen streicheln lassen – und nun hatte ich sie weggestoßen. Ach, ich hätte mir selbst einen Tritt geben mögen.

Sie stand auf. »Ich habe nichts vor. Aber – es ist schon sehr spät. Sie müssen jetzt bitte gehen.«

Wie konnte ich sie zurückgewinnen? Ich wollte sie wiederhaben. Ich schwör's, das war nicht gespielt.

»Sie müssen mich als Ihren Freund betrachten!« rief ich. »Ich darf doch morgen früh zeitig wiederkommen? Ich darf mich doch ein bißchen um Sie kümmern – mich ein bißchen Ihrer annehmen? Sie werden meine Dienste in Anspruch nehmen, wie Sie es für richtig halten?«

Ich hatte Erfolg. Sie kam aus ihrem Loch heraus – scheu ... aber sie kam heraus.

»Ja, Sie sind sehr freundlich. Ja. Kommen Sie morgen wieder! Ich würde mich freuen. Alles ist so schwierig, weil ...«, und wieder umfaßte ich ihre knabenhafte Hand, »... *je ne parle pas français.*«

Erst als ich den Boulevard schon zur Hälfte zurückgelegt hatte, kam es über mich – in seiner ganzen Tragweite.

Ja, sie litten ... diese beiden ... sie litten wirklich. Ich habe zwei Menschen leiden sehen, wie ich es wohl nie wieder erleben werde...

Sie wissen natürlich, was Sie zu erwarten haben. Sie ahnen voll und ganz, was ich nun schreiben werde. Sonst wäre es ja nicht ich.

Nie wieder bin ich dahin gegangen.

Ja, ich schulde zwar noch immer diese beträchtliche Summe für Mittag- und Abendessen, aber das ist Nebensache. Es ist ganz und gar unschicklich, es in einem Atemzug mit der Tatsache zu erwähnen, daß ich Maus nie wieder gesehen habe.

Natürlich hatte ich die Absicht. Machte mich auf – kam bis an die Tür – schrieb Briefe und zerriß sie wieder – machte lauter solche Sachen. Doch ich konnte einfach nicht den entscheidenden Schritt tun.

Noch nicht einmal jetzt verstehe ich so ganz, warum. Natürlich wußte ich, daß ich auf die Dauer nicht durchgehalten hätte. Das hatte wohl viel damit zu tun. Aber man sollte wohl meinen, um es auf den niedrigsten Nenner zu bringen, daß die Neugier meiner Foxterriernase nicht hätte wehren können...

Je ne parle pas français. Das war ihr Schwanengesang für mich.

Wie sie mich aber meine Regel durchbrechen läßt! Oh, Sie haben es ja selbst gesehen, aber ich könnte Ihnen zahllose Beispiele anführen.

...Abende, an denen ich in irgendeinem düsteren Café sitze und ein elektrisches Klavier eine ›Maus‹-Melodie zu spielen beginnt (es gibt Dutzende von Melodien, die sie heraufbeschwören), dann fange ich solche Sachen zu träumen an...

Ein kleines Haus am Rande des Meeres, irgendwo weit,

weit weg. Davor ein Mädchen, ähnlich wie Indianerfrauen gekleidet. Sie heißt einen grazilen, barfüßigen Jungen willkommen, der vom Strand heraufgerannt kommt.

»Was hast du da?«

»Einen Fisch.« Ich lächle und gebe ihn ihr.

... Dasselbe Mädchen, derselbe Junge, andere Kostüme – sie sitzen am geöffneten Fenster, essen Obst und lehnen sich lachend hinaus.

»All die Walderdbeeren sind für dich, Maus. Ich rühre keine davon an.«

... Eine regennasse Nacht. Unter einem Schirm gehen sie zusammen nach Hause. An der Tür bleiben sie stehen, um die nassen Gesichter aneinanderzupressen.

Und so weiter und so fort, bis irgend so ein dreckiger alter Galan an den Tisch kommt, sich mir gegenüber hinsetzt und zu schwatzen und Grimassen zu schneiden beginnt. Bis ich mich selbst sagen höre: »Aber ich habe das kleine Mädchen für Sie, *mon vieux*. So klein ... so zierlich.« Ich hauche einen Kuß auf meine Fingerspitzen und lege sie auf mein Herz. »Ich gebe Ihnen mein Ehrenwort als Gentleman, als Schriftsteller, ernsthaft, jung und ungemein an moderner englischer Literatur interessiert.«

Ich muß gehen. Ich muß gehen. Ich lange nach Mantel und Hut. Madame kennt mich. »Sie haben noch nicht gespeist?« lächelt sie. »Nein, Madam, noch nicht.«

Seligkeit

Zwar war Bertha Young schon dreißig, aber noch immer gab es für sie Augenblicke wie eben, da es sie danach verlangte zu rennen, statt zu gehen, die Bordsteinkante auf und ab zu tänzeln, einen Reifen zu treiben, etwas in die Luft zu werfen und wieder aufzufangen oder stillzustehen und zu lachen – über nichts – einfach so über nichts zu lachen.

Was kann man denn auch tun, wenn man dreißig ist, in seine eigene Straße einbiegt und plötzlich von einem Gefühl der Seligkeit überwältigt wird – reiner Seligkeit! –, als hätte man mit einemmal ein strahlendes Stück dieser Spätnachmittagssonne verschluckt, und nun brannte es einem in der Brust, und winzige Funkenregen stoben durch den ganzen Körper, in jeden Finger und jede Zehe? ...

Ach, gibt es denn keine Möglichkeit, das auszudrücken, ohne ›öffentliches Ärgernis zu erregen‹? Wie idiotisch doch die ganze zivilisierte Welt ist! Wozu hat man denn einen Körper, wenn man ihn wie eine seltene, ach so seltene Geige in einen Kasten schließen muß?

›Nein, das mit der Geige trifft nicht ganz, was ich meine‹, dachte sie, als sie die Stufen hinauflief, in ihrer Tasche nach dem Schlüssel kramte – sie hatte ihn vergessen, wie üblich – und dann mit dem Briefkastendeckel klapperte. »Das ist's nicht, was ich meine, weil – Danke, Mary« – und sie ging in die Diele. »Ist die Kinderfrau wieder zurück?«

»Ja, Ma'm.«

»Und ist das Obst gekommen?«

»Ja, Ma'm, 's ist alles da.«

»Bringen Sie das Obst bitte ins Eßzimmer, ja? Ich möchte es arrangieren, ehe ich hinaufgehe.«

Im Eßzimmer war es dämmrig und ziemlich kühl. Dennoch warf Bertha den Mantel ab; sie konnte seinen beengenden Druck keinen Augenblick länger ertragen, und die kalte Luft fiel ihr auf die Arme.

Doch in ihrer Brust spürte sie noch immer diese strahlende Glut – diese winzigen Funkenregen, die davon ausstoben. Es war beinahe unerträglich. Sie wagte kaum zu atmen, aus Angst, die Flammenglut höherzufächeln, und doch holte sie ganz, ganz tief Luft. Sie wagte kaum, in den kalten Spiegel zu sehen – aber sie schaute hinein, und er warf das Bild einer Frau zurück, strahlend, ein Lächeln um die bebenden Lippen, mit großen dunklen Augen und einer Miene, als lausche sie, als warte sie darauf, daß etwas – Himmlisches geschehe... das, sie wußte es... ganz sicher... geschehen müsse.

Auf einem Tablett brachte Mary die Früchte herein, dazu eine Glasschlüssel und eine blaue Schale, sehr hübsch, die ganz seltsam schimmerte, als wäre sie in Milch getaucht worden.

»Soll ich das Licht anmachen, Ma'm?«

»Nein, danke. Ich kann genug sehen.«

Da waren Mandarinen und Äpfel mit erdbeerroten Flekken. Gelbe seidenweiche Birnen, helle, mit einem silbernen Hauch überzogene Weinbeeren und eine üppige purpurrote Traube. Letztere hatte sie gekauft, weil sie so gut zu dem neuen Teppich im Eßzimmer paßte. Ja, das klang wohl ziemlich ausgefallen und lächerlich, aber sie hatte sie wirklich deswegen gekauft. Sie hatte in dem Geschäft gedacht: ›Ich muß purpurrote mitnehmen, damit sich die Farbe des Teppichs auf dem Tisch wiederfindet.‹ Und es war ihr dabei ganz vernünftig vorgekommen.

Als sie damit fertig war und aus diesen glänzenden runden Formen zwei Pyramiden gebaut hatte, trat sie vom Tisch zurück, um die Wirkung zu prüfen – und die war wirklich recht seltsam. Denn der dunkle Tisch schien mit dem Dämmerlicht zu verschmelzen, und die Glasschüssel und die blaue Schale schwebten gleichsam in der Luft. Das war besonders in ihrer augenblicklichen Stimmung so unglaublich schön ... Sie brach in Lachen aus.

»Nein, nein. Ich werde langsam hysterisch.« Und sie ergriff Tasche und Mantel und lief hinauf ins Kinderzimmer.

Die Kinderfrau saß an einem niedrigen Tischchen und fütterte Klein-B nach dem Bad die Abendmahlzeit. Das Baby hatte ein weißes Flanellkleidchen und ein blaues Wolljäckchen an, und sein feines dunkles Haar war zu einer lustigen kleinen Tolle gebürstet worden. Es sah auf, als es seine Mutter erblickte, und begann zu strampeln.

»Nun, mein Schatz, iß schon auf wie ein braves Mädchen«, sagte die Kinderfrau. Dabei kniff sie ihren Mund auf eine Art zusammen, die Bertha kannte und die soviel hieß, daß sie wieder einmal zum falschen Zeitpunkt ins Kinderzimmer gekommen war.

»Ist sie brav gewesen, Nanny?«

»Sie ist den ganzen Nachmittag über ganz lieb gewesen«, flüsterte Nanny. »Wir waren im Park, und da hab ich mich auf einen Stuhl gesetzt und sie aus dem Wagen genommen, und da kam ein großer Hund an und hat seinen Kopf auf mein Knie gelegt, und da hat sie ihn am Ohr gepackt und daran gezogen. Oh, Sie hätten sie sehen sollen!«

Eigentlich wollte Bertha fragen, ob es nicht zu gefährlich wäre, sie einen fremden Hund am Ohr ziehen zu lassen. Aber sie traute sich nicht. Sie stand da, die Hände an der Seite, wie das arme Mädchen vor dem reichen kleinen Mädchen mit der Puppe, und sah ihnen zu.

Das Baby blickte wieder zu ihr hoch, starrte sie an und lächelte dann so entzückend, daß Bertha gar nicht anders konnte, als zu rufen: »Ach, Nanny, lassen Sie sie mich doch zu Ende füttern, während Sie die Badesachen wegräumen.«

»Na ja, Ma'm, sie sollte beim Füttern eigentlich nicht in andere Hände kommen«, sagte Nanny, sie flüsterte noch immer. »Das bringt sie durcheinander. Das regt sie bestimmt auf.«

Das war ja nun wirklich absurd. Wozu hat man denn ein Baby, wenn es – zwar nicht in einem Kasten, wie eine ganz, ganz seltene Geige – in den Armen einer anderen Frau gehalten wird?

»Ach, ich muß einfach!« erklärte sie.

Zutiefst beleidigt, reichte Nanny sie herüber.

»Nun regen Sie sie aber nicht so auf nach ihrem Abendessen. Sie wissen doch, daß Sie das immer machen. Und ich habe es dann immer so schwer mit ihr!«

Gott sei Dank! Nanny ging mit den Badetüchern aus dem Zimmer.

»Jetzt hab ich dich ganz für mich, mein kleiner Schatz«, frohlockte Bertha, als sich das Baby an sie schmiegte.

Es war ganz entzückend, wie sie aß. Sie machte den Mund weit auf für den Löffel und zappelte dann mit den Händchen. Manchmal wollte sie den Löffel gar nicht wieder loslassen, und manchmal, gerade wenn Bertha wieder mit dem vollen Löffel kam, patschte sie den Brei in alle Himmelsrichtungen davon.

Als der Brei alle war, drehte sich Bertha dem Feuer zu. »Du bist so süß – du bist so, so süß!« sagte sie und küßte ihr warmes Baby. »Ich mag dich. Ich hab dich ja so gern.«

Und tatsächlich liebte sie Klein-B so sehr – ihren Nacken, als sie sich vorbeugte, die köstlichen kleinen Zehen, wie sie vom Feuer durchschienen wurden –, daß das ganze Gefühl der Seligkeit wieder da war, und wieder wußte sie nicht, wie sie es ausdrücken sollte – was sie damit machen sollte.

»Sie werden am Telefon verlangt«, triumphierend kam Nanny zurück und nahm sich *ihre* Klein-B.

Sie flog geradezu hinunter. Es war Harry.

»Oh, bist du's, Ber? Hör mal. Bei mir wird's etwas später. Ich werd mir ein Taxi nehmen und so schnell wie möglich kommen, aber laß das Dinner um zehn Minuten verschieben, ja? In Ordnung?«

»Ja, natürlich. Oh, Harry!«

»Ja?«

Was hatte sie denn noch zu sagen? Sie hatte nichts weiter zu sagen. Sie wollte nur noch einen Augenblick länger Kontakt mit ihm haben. Sie konnte doch nicht so albern sein und rufen: »Ist das nicht ein himmlischer Tag gewesen!«

»Was ist?« ließ sich die leise Stimme hören.

»Nichts. *Entendu,*« erwiderte Bertha und legte den Hörer auf, dabei dachte sie, wie ungemein idiotisch die zivilisierte Welt doch war.

Sie erwarteten Gäste zum Dinner. Die Norman Knights – ein sehr tüchtiges Paar – er war dabei, ein Theater aufzumachen, und sie interessierte sich irrsinnig für Innenarchitektur; einen jungen Mann, Eddie Warren, von dem gerade ein kleiner Gedichtband erschienen war und den alle Welt zum Essen einlud; und eine ›Entdeckung‹ von Bertha, die Pearl Fulton hieß. Was Miß Fulton machte, wußte Bertha nicht. Sie hatten sich im Klub kennengelernt, und Bertha hatte sich in sie verliebt, wie sie sich immer in schöne Frauen verliebte, die etwas Eigenartiges an sich hatten.

Das Aufreizende daran war, daß, obgleich sie miteinander hier und da gewesen waren und sich etliche Male getroffen und wirklich unterhalten hatten, Bertha aus ihr nicht klug werden konnte. Bis zu einem gewissen Punkt war Miß Fulton von einer seltenen, wundervollen Offenheit, aber diesen gewissen Punkt gab es, und darüber hinaus würde sie nicht gehen.

Gab es überhaupt etwas darüber hinaus? Harry meinte:

»Nein.« Hielt sie für ziemlich langweilig und ›kalt wie alle blonden Frauen, womöglich mit einer leichten Anämie des Gehirns‹. Aber Bertha teilte seine Meinung nicht; jedenfalls noch nicht.

»Nein, die Art, wie sie dasitzt, den Kopf leicht auf einer Seite, und lächelt, da ist etwas dahinter, Harry, und ich muß herauskriegen, was dieses Etwas ist.«

»Höchstwahrscheinlich ist's ein guter Magen«, antwortete Harry. Er hatte es sich zum Prinzip gemacht, Bertha mit dergleichen Antworten unterzukriegen ... ›Leber verhärtet, mein liebes Mädchen‹, oder ›die reine Blähsucht‹ oder ›nierenkrank‹ ... und so weiter. Aus einem unerfindlichen Grunde gefiel das Bertha, und sie bewunderte es nahezu an ihm.

Sie ging ins Wohnzimmer und zündete das Feuer an; dann hob sie die Kissen, die Mary so ordentlich in Reih und Glied hingelegt hatte, eins nach dem andern auf und warf sie wieder auf die Stühle und Sofas. Gleich sah alles ganz anders aus; das Zimmer wurde auf einmal lebendig. Als sie sich gerade anschickte, das letzte hinzuwerfen, drückte sie es zu ihrer eigenen Überraschung plötzlich leidenschaftlich, ganz leidenschaftlich an sich. Doch das Feuer in ihrer Brust wurde davon nicht gelöscht. Ach, im Gegenteil!

Die Wohnzimmerfenster gingen auf einen Balkon zum Garten hinaus. An der Mauer, am anderen Ende stand ein hochgewachsener, schlanker Birnbaum in vollster, üppigster Blüte; er war vollkommen, wie er so dastand, als triebe er still vor dem jadegrünen Himmel. Bertha konnte sich des Eindrucks nicht erwehren, so weit weg sie auch davon war, daß keine einzige Knospe mehr geschlossen und kein einziges Blütenblatt welk wäre. Unten auf den Gartenbeeten schienen sich die roten und gelben Tulpen mit ihren schweren Blütenkelchen gleichsam auf die Dämmerung zu stützen. Eine graue Katze, ihren Bauch mühsam dahinschleppend, schlich über den Rasen, und eine schwarze, ihr Schatten, folgte ihr. Ihr Anblick, so unverwandt und flink, ließ Bertha seltsam erschauern.

»Was für unheimliche Wesen Katzen doch sind!« stammelte sie, und sie wandte sich vom Fenster ab und begann im Zimmer hin- und herzugehen ...

Wie stark die weißen Narzissen in dem warmen Zimmer dufteten. Zu stark? Oh nein. Und doch warf sie sich, gleichsam überwältigt, auf eine Couch und preßte die Hände an die Augen.

»Ich bin zu glücklich – einfach zu glücklich!« murmelte sie.

Und vor ihrem inneren Auge schien sie den wunderbaren, voll erblühten Birnbaum als Symbol ihres eigenen Lebens zu sehen. Ja wirklich – sie hatte alles. Sie war jung. Harry und sie liebten einander noch genauso wie früher, sie verstanden sich blendend und waren wirklich gute Kameraden. Sie hatte ein allerliebstes Baby. Um Geld brauchten sie sich keinerlei Sorgen zu machen. Haus und Garten entsprachen ganz ihren Wünschen. Und dazu hatten sie Freunde – moderne, anregende Freunde, Schriftsteller und Maler und Dichter oder Leute mit ausgeprägtem Interesse für soziale Fragen – genau die Art Freunde, die sie brauchten. Und dann gab es Bücher und Musik, und sie hatte eine wunderbare kleine Schneiderin gefunden, und im Sommer fuhren sie ins Ausland, und ihre neue Köchin bereitete die vorzüglichsten Omeletten ...

»Ich bin verrückt. Verrückt!« Sie setzte sich auf; aber ihr war richtig schwindelig, wie trunken. Das war wohl der Frühling.

Ja, es war der Frühling. Jetzt fühlte sie sich so müde, daß sie sich kaum die Treppen hochschleppen konnte, um sich umzuziehen.

Ein weißes Kleid, eine Kette aus Jadeperlen, grüne Schuhe und Strümpfe. Es war keine Absicht. Sie hatte sich diese

Zusammenstellung schon lange vorher ausgedacht, ehe sie am Wohnzimmerfenster gestanden hatte.

Ihre Blütenblätter rauschten leise in die Halle, und sie küßte Mrs. Norman Knight, die gerade dabei war, einen höchst ergötzlichen orangefarbenen Mantel abzulegen, um dessen Saum und die Vorderbahnen hinauf schwarze Affen wie in einer Prozession dahinzogen.

»... Warum! Warum! Warum ist denn der Mittelstand so stumpfsinnig – so völlig ohne Sinn für Humor! Meine Liebe, daß ich überhaupt hier bin, verdanke ich nur einem Glücksumstand – Norman war dieser rettende Glücksumstand. Denn meine allerliebsten Affen haben die Leute im Zug so in Aufregung versetzt, daß sie alle, bis auf den letzten Mann, aufgestanden sind und mich mit ihren Augen geradezu verschlungen haben. Sie haben nicht etwa gelacht – sie fanden's auch nicht spaßig – das hätte ich mir gefallen lassen. Nein, nur gestarrt haben sie – mich regelrecht mit Blikken durchbohrt.«

»Aber das tollste dabei war«, sagte Norman, er klemmte sich gerade ein gewaltiges Schildpattmonokel ins Auge, »du hast doch nichts dagegen, daß ich's erzähle, Face, oder?« (Zu Hause und bei Freunden nannten sie sich Face und Mug.) »Das tollste war ja, als es ihr reichte, da hat sie sich einfach zu ihrer Nachbarin umgedreht und sie gefragt: ›Haben Sie denn noch nie einen Affen gesehn?‹«

»Oh ja!« stimmte Mrs. Norman Knight in das Lachen ein. »War das nicht einfach zu toll?«

Und noch ulkiger war ja, daß sie nun, da sie den Mantel ausgezogen hatte, wirklich wie ein höchst intelligenter Affe aussah – sogar dieses gelbe Seidenkleid schien aus dünn geschabten Bananenschalen gemacht zu sein. Und dazu die Bernsteinohrringe: sie glichen kleinen herabbaumelnden Nüssen.

»Es ist ein gar zu trauriger Fall!« zitierte Mug, als er vor

Klein-Bs Kinderwagen stehenblieb, »wenn der Kinderwagen kommt in die Hall' –«, den Rest des Zitats tat er mit einem Winken ab.

Es klingelte. Es war der magere, blasse Eddie Warren, in einem Zustand akuter Bedrängnis (wie gewöhnlich).

»Das *ist* doch das richtige Haus, *nicht wahr*?« flehte er.

»Oh, ich denke – ich hoffe«, sagte Bertha strahlend.

»Ich hatte ein so *gräßliches* Erlebnis mit einem Taxifahrer; er war *äußerst* bösartig. Ich konnte ihn nicht zum *Halten* bringen. Je *mehr* ich pochte und rief, desto *schneller* fuhr er. Und wie diese *bizarre* Gestalt mit dem *plattgedrückten* Kopf im Mondlicht über das *kleine* Rad *geduckt* war ...«

Er schauderte, als er einen enormen weißen Seidenschal ablegte. Bertha stellte fest, daß seine Socken auch weiß waren – ganz bezaubernd.

»Aber wie schrecklich!« rief sie.

»Ja, das war wirklich schrecklich«, sagte Eddie und folgte ihr ins Wohnzimmer. »Ich sah mich selbst in einem *zeitlosen* Taxi durch die Ewigkeit fahren.«

Er kannte die Knights. Ja, er wollte für Norman Knight ein Stück schreiben, wenn es mit dem Theaterprojekt klappte.

»Na, Warren, wie geht's dem Stück?« fragte Norman Knight, ließ sein Monokel fallen und gestattete seinem Auge, einen Augenblick aus der Versenkung aufzutauchen, ehe er es wieder unter Glas verschloß.

Und Mrs. Norman Knight: »Oh, Mr. Warren, was für fürtreffliche Socken!«

»Ich bin *so* froh, daß sie Ihnen gefallen«, erwiderte er und starrte auf seine Füße. »Sie scheinen um so *viel* weißer geworden zu sein, seit der Mond aufgegangen ist.« Und er wandte sein hageres, bekümmertes junges Gesicht Bertha zu. »Der Mond *scheint* nämlich.«

Sie wollte ausrufen: »Ganz sicher scheint er – oft – oft!«

Er war wirklich ausgesprochen reizend. Aber das war auch Face, die in ihren Bananenschalen vorm Feuer hockte, und ebenso Mug, der eine Zigarette rauchte und, als er die Asche abstreifte, fragte: »Warum lässet der Bräutigam auf sich warten?«

»Da kommt er schon.«

Mit einem Knall ging die Haustür auf und wieder zu. Harry rief: »Hallo, alle miteinander! Bin in fünf Minuten unten.« Und sie hörten ihn die Treppe hinaufpoltern. Bertha mußte lächeln; sie wußte, wie gern er etwas unter Zeitdruck tat. Was machte es denn schließlich aus, wenn es noch fünf Minuten später würde? Vor sich selber aber würde er so tun, als käme es ungeheuer darauf an. Und dann würde er den größten Wert darauf legen, außerordentlich kühl und gefaßt ins Wohnzimmer zu treten.

Harry hatte so eine Freude am Leben. Oh, wie sie das an ihm schätzte. Und seine Leidenschaft zu kämpfen – in allem, was ihm widerfuhr, immer wieder eine Probe seiner Kraft und seines Mutes zu suchen – auch das verstand sie. Selbst wenn es ihn zuweilen vor anderen Leuten, die ihn nicht so gut kannten, vielleicht ein bißchen lächerlich erscheinen ließ ... Denn es gab Augenblicke, da er sich in die Schlacht stürzte, wo gar keine Schlacht zu schlagen war ... Sie redete und lachte, und bis er eingetreten war (genau wie sie es sich vorgestellt hatte), war es ihr ganz und gar nicht aufgefallen, daß Pearl Fulton nicht erschienen war.

»Ob Miß Fulton es vergessen hat?«

»Ich nehme es bald an«, antwortete Harry. »Hat sie Telefon?«

»Ah! Jetzt kommt ein Taxi.« Und Bertha lächelte ein wenig vor Besitzerstolz, den sie immer zur Schau trug, solange ihre weiblichen Entdeckungen neu und geheimnisvoll waren. »Sie lebt in Taxis.«

»Wenn das so ist, wird sie Fett ansetzen«, sagte Harry

kühl und läutete zum Dinner. »Riesengefahr für blonde Frauen.«

»Harry, nicht«, warnte Bertha lachend.

Dann noch ein winziger Augenblick, während sie warteten, lachten und sich unterhielten, eine Spur zu ungezwungen, eine Spur zu unbekümmert. Und dann kam Miß Fulton lächelnd herein, den Kopf ein klein wenig schräg, ganz in Silber, ein silbernes Band in ihrem fahlblonden Haar.

»Komme ich zu spät?«

»Nein, keineswegs«, antwortete Bertha. »Kommen Sie.« Sie nahm ihren Arm, und sie gingen ins Eßzimmer.

Was war das nur in der Berührung dieses kühlen Armes, das die Glut von Seligkeit anfachen – anfachen – auflodern – ja auflodern lassen konnte, diese Glut von Seligkeit, mit der Bertha nichts anzufangen wußte?

Miß Fulton sah sie nicht an; aber sie sah eigentlich selten jemanden direkt an. Ihre schweren Lider verdeckten die Augen, und dann und wann umspielte ein seltsames halbes Lächeln ihre Lippen, als ob sie eher davon lebte zu hören, statt zu sehen. Auf einmal aber wußte Bertha, als wäre ein sehr langer und verständnisinniger Blick von der einen zur andern gegangen – als hätten sie zueinander gesagt: »Du auch?« – daß Pearl Fulton, wie sie da in der wunderbaren roten Suppe auf dem grauen Teller herumrührte, genau dasselbe wie sie empfand.

Und die anderen? Face und Mug, Eddie und Harry, auf und nieder gingen ihre Löffel – mit der Serviette tupften sie die Lippen ab, sie zerbröckelten Brot, hantierten mit Gläsern und Gabeln und redeten.

»Ich hab sie bei der Alpha-Show kennengelernt – ein ganz eigentümliches Persönchen. Sie hatte nicht nur das Haar kurz geschnitten, sondern sie schien auch ein mächtiges Stück von Armen und Beinen, vom Hals und von der armen kleinen Nase weggeschnippelt zu haben.«

»Ist sie nicht mit Michael Oat sehr *liée*?«

»Dem, der ›Liebe mit falschen Zähnen‹ geschrieben hat?«

»Er will ein Stück für mich schreiben. Einakter. Nur eine Person, ein Mann. Beschließt, Selbstmord zu begehen. Führt alle Gründe an, warum er es tun sollte und warum nicht. Und als er sich gerade durchgerungen hat, es entweder zu tun oder zu lassen – Vorhang. Gar keine so üble Idee.«

»Wie soll das heißen – ›Magenbeschwerden‹?«

»Ich *glaube, dieselbe* Idee kenne ich aus einer kleinen französischen Zeitschrift, in England ist sie wohl *ziemlich* unbekannt.«

Nein, ihnen ging es nicht so. Sie waren liebe, nette Menschen – ganz reizend –, und sie hatte sie sehr gern hier, an ihrem Tisch, um sie mit vorzüglicher Speise und köstlichem Trank zu bewirten. Ja, sie hätte ihnen gar zu gern gesagt, wie entzückend sie waren und was für einen malerischen Anblick sie boten, wie vorteilhaft eins das andere hervorzuheben schien und wie sie sie an ein Stück von Tschechow erinnerten!

Harry genoß sein Essen. Es gehörte zu seinem – nun, nicht gerade zu seinem Wesen und sicherlich auch nicht zu seiner Pose –, seinem – nun, irgend so was –, übers Essen zu reden und sich seiner ›schamlosen Leidenschaft für weißes Hummerfleisch‹ zu rühmen wie für ›das Grün von Pistazieneiscremes – grün und kalt wie die Lider ägyptischer Tänzerinnen‹.

Als er aufsah, sie anblickte und sagte: »Bertha, das ist ein ganz vortreffliches Soufflé!«, hätte sie beinahe weinen mögen vor kindlichem Vergnügen.

Ach, warum empfand sie nur heute abend so eine Zärtlichkeit gegenüber der ganzen Welt? Alles war gut – alles war recht. Alles, was geschah, schien ihren Becher voll Seligkeit wieder zu füllen, daß er überfloß.

Und noch immer war da auf dem Grunde ihrer Seele der Birnbaum. Er würde jetzt wie Silber aussehen im Mondlicht des armen, lieben Eddie, silbern wie Miß Fulton, die dasaß und eine Mandarine in ihren schlanken Fingern drehte, die so bleich waren, daß sie zu leuchten schienen.

Was sie einfach nicht begreifen konnte – was ihr wie ein Wunder schien –, war, wie sie so genau und so auf Anhieb Miß Fultons Stimmung hatte erraten können. Denn keinen Augenblick zweifelte sie daran, daß sie recht hatte, und doch, woran konnte sie sich eigentlich halten? An so gut wie nichts.

›Ich glaube, das kommt wirklich nur sehr, sehr selten zwischen Frauen vor. Nie zwischen Männern‹, dachte Bertha. ›Aber während ich im Salon den Kaffee serviere, gibt sie vielleicht ‚ein Zeichen'.‹

Was sie damit meinte, wußte sie nicht, und was danach geschehen würde, konnte sie sich nicht vorstellen.

Während derlei Gedanken sie bewegten, sah sie sich selbst reden und lachen. Sie mußte einfach deswegen reden, weil es sie so danach verlangte zu lachen.

»Wenn ich nicht lache, sterbe ich.«

Aber als sie auf Faces merkwürdige kleine Angewohnheit aufmerksam wurde, etwas in den Ausschnitt zu stecken – als bewahre sie auch dort einen winzigen geheimen Vorrat an Nüssen auf –, mußte sich Bertha ganz fest die Fingernägel in die Handflächen pressen, um nicht zu unbändig zu lachen.

Schließlich war es vorüber. Und: »Kommen Sie doch und sehen Sie sich meine neue Kaffeemaschine an«, sagte Bertha.

»Wir haben nur alle vierzehn Tage eine neue Kaffeemaschine«, bemerkte Harry. Face nahm diesmal ihren Arm. Mit gesenktem Kopf ging Miß Fulton hinterher.

Das Feuer im Wohnzimmer war bis auf ein rotes, flakkerndes ›Nest von Phönixjungen‹ abgebrannt, wie Face sagte.

»Lassen Sie das Licht noch einen Augenblick aus. Es ist so wunderbar.« Und wieder hockte sie sich ans Feuer. Sie fror immer... ›natürlich, ohne ihr kleines rotes Flanelljäckchen‹, dachte Bertha. In diesem Augenblick ›gab‹ Miß Fulton ›das Zeichen‹.

»Haben Sie einen Garten?« fragte die kühle, schläfrige Stimme.

Das war so außergewöhnlich für sie, daß Bertha nichts weiter tun konnte, als zu gehorchen. Sie ging durchs Zimmer, zog die Vorhänge auf und öffnete die hohen Fenster.

»Da!« hauchte sie.

Und die beiden Frauen standen da, Seite an Seite, und sahen auf den schlanken blühenden Baum. Obgleich ganz still, schien er sich wie eine Kerzenflamme zu strecken, zu recken, in der Helligkeit zu züngeln, wie sie hinsahen, immer höher zu wachsen, beinahe den Rand des runden silbernen Mondes zu streifen. Wie lange standen sie so? Beide, gleichsam im Banne dieses überirdischen Lichts, verstanden einander vollkommen, Wesen einer anderen Welt, voller Staunen, was sie in dieser hier sollten mit dem ganzen Schatz an Seligkeit, der in ihrer Brust lohte und in silbernen Blüten von ihrem Haar und ihren Händen herabfiel.

Eine Ewigkeit – nur einen Augenblick? Und murmelte Miß Fulton: »Ja. Genau *so*«, oder träumte Bertha das nur?

Dann flammte das Licht auf, Face machte den Kaffee, und Harry sagte: »Meine liebe Mrs. Knight, fragen Sie mich bloß nicht nach meiner Kleinen. Ich sehe sie nie. Ich werde mich erst für sie interessieren, wenn sie einen Liebhaber hat.« Und Mug ließ einen Augenblick sein Auge aus dem Glashaus und steckte es dann wieder unter Glas, und Eddie Warren trank seinen Kaffee und setzte mit schmerzverzerrtem Gesicht die Tasse ab, als hätte er, nachdem er ausgetrunken hatte, eine Spinne gesehen.

»Was ich möchte, ist, den jungen Leuten eine Chance zu geben. Ich glaube, London wimmelt nur so von erstklassigen ungeschriebenen Theaterstücken. Ich möchte einfach zu ihnen sagen: ›Hier habt ihr das Theater. Nun mal los.‹«

»Wissen Sie, meine Liebe, ich werde für die Jacob Nathans einen Raum ausgestalten. Ach, ich würde am liebsten ein richtiges Bratheringsprojekt machen, die Stuhllehnen in Form von Bratpfannen und auf den Vorhängen überall köstliche Kartoffelchips.«

»Der Haken bei unseren jungen Schriftstellern ist, daß sie noch viel zu romantisch sind. Man kann sich eben nicht auf hohe See wagen, ohne daß man seekrank wird und ein Speibecken braucht. Also, warum haben sie nicht den Mut zu diesen Becken?«

»Ein *schreckliches* Gedicht von einem *Mädchen*, an dem sich ein Bettler *ohne* Nase in einem klei-nen Wäldchen *vergangen* hat…«

Miß Fulton ließ sich in den niedrigsten, tiefsten Sessel sinken, und Harry bot ringsum Zigaretten an.

An der Art, wie er vor ihr stand, die silberne Dose schüttelte und barsch hervorstieß: »Ägyptisch? Türkisch? Virginia? Sie liegen alle durcheinander«, merkte Bertha, daß sie ihn nicht nur langweilte; sie war ihm einfach zuwider. Und der Art, wie Miß Fulton sagte: »Nein, danke, ich rauche jetzt nicht«, entnahm sie, daß sie es auch spürte und gekränkt war.

»Ach, Harry, lehne sie doch nicht ab. Du hast nicht recht, was sie betrifft. Sie ist wunderbar, einfach wunderbar. Und außerdem, wie kannst du so ganz anders gegenüber jemandem empfinden, der mir so viel bedeutet? Wenn wir nachher im Bett sind, werde ich dir zu erzählen versuchen, was geschehen ist. Was sie und ich zusammen erlebt haben.«

Bei diesen letzten Worten fuhr Bertha etwas Merkwürdiges und beinahe Erschreckendes durch den Sinn. Und dieses dunkle, lächelnde Etwas flüsterte ihr zu: »Bald werden diese Leute gehen. Im Hause wird es ruhig sein – ganz ruhig. Die Lichter werden gelöscht sein. Und du und er, ihr werdet miteinander allein sein in dem dunklen Zimmer – dem warmen Bett ...«

Sie sprang aus ihrem Sessel auf und lief zum Klavier hinüber. »Wie schade, daß niemand spielt!« rief sie. »Wie schade, daß keiner spielt!«

Zum ersten Mal in ihrem Leben begehrte Bertha Young ihren Mann. Oh, sie hatte ihn geliebt – sie war natürlich in ihn verliebt gewesen, in jeder anderen Beziehung, nur nicht so. Und genauso hatte sie natürlich verstanden, daß es bei ihm anders war. Sie hatten so oft darüber gesprochen. Es hatte sie zuerst sehr bedrückt, als sie entdeckte, daß sie so kalt war, aber nach einer Weile schien es keine Rolle mehr zu spielen. Sie waren so offen zueinander – solch gute Kameraden. Das war das Beste an dem ganzen Modernsein.

Jetzt aber – voller Glut! Voller Glut! Die Worte schmerzten in ihrem glühendheißen Körper. Dazu hatte also dieses Gefühl der Seligkeit geführt? Aber dann, dann –

»Meine Lieben«, sagte Mrs. Norman Knight. »Sie kennen unsere Schmach. Wir sind die Opfer von Zeit und Zügen. Wir wohnen in Hampstead. Es war so reizend.«

»Ich komme mit Ihnen hinaus«, sagte Bertha. »Es war sehr schön, daß Sie da waren. Aber den letzten Zug dürfen Sie nicht verpassen. Das ist wirklich schrecklich, ja?«

»Noch einen Whisky, Knight, ehe Sie gehen?« rief Harry.

»Nein danke, mein Alter.«

Dafür drückte Bertha ihm einen Augenblick ganz fest die Hand, als sie ihm zum Abschied die ihre reichte.

»Gute Nacht! Auf Wiedersehen!« rief sie von der obersten Stufe. Ihr war, als ob sich dieses ihr Ich für immer von ihnen verabschiedete.

Als sie ins Wohnzimmer zurückkehrte, waren die andern im Aufbruch begriffen.

»... Dann können Sie ein Stück in meinem Taxi mitfahren.«

»Ich bin *so* dankbar, wenn ich nach meiner *schrecklichen* Erfahrung nicht *noch* einmal *allein* fahren muß.«

»Sie können am Taxistand, gleich hier unten in der Straße, ein Taxi kriegen. Es sind bloß ein paar Schritte von hier.«

»Sehr schön. Da werd ich mir mal den Mantel anziehen.«

Miß Fulton ging in Richtung Halle, und Bertha wollte ihr gerade nachgehen, als Harry sich beinahe vorbeidrängte.

»Ich helfe Ihnen.«

Bertha wußte, daß er seine Unhöflichkeit bereute – sie ließ ihn gewähren. Was für ein kleiner Junge er doch in mancher Beziehung war – so impulsiv – so – einfach.

Und Eddie und sie blieben am Feuer zurück.

»*Haben* Sie eigentlich das neue Gedicht von Bilks, ›Table d'Hôte‹, gelesen?« fragte Eddie leise. »Es ist *so* wunderbar. In der letzten Anthologie. Haben Sie die? Ich würde es Ihnen *so* gern *zeigen*. Es beginnt mit einer *unglaublich* schönen Zeile: ›Warum muß es immer Tomatensuppe sein?‹«

»Ja«, erwiderte Bertha. Und lautlos trat sie zu dem Tischchen gegenüber der Wohnzimmertür, und ebenso lautlos glitt Eddie hinter ihr her. Sie hob das Büchlein auf und gab es ihm; sie hatten kein Geräusch verursacht.

Während er das Gedicht suchte, wandte sie den Kopf zur Halle. Und da sah sie ... Harry mit Miß Fultons Mantel im Arm, und Miß Fulton, mit dem Rücken zu ihm, den Kopf gesenkt. Er schleuderte den Mantel weg, legte ihr die Hände auf die Schultern und drehte sie heftig zu sich herum. Sein Mund sagte: »Ich bete dich an«, und Miß Fulton legte ihm ihre mondstrahlgleichen Finger an die Wangen und lächelte ihr schläfriges Lächeln. Harrys Nasenflügel bebten; sein Mund verzog sich zu einem häßlichen Grinsen, als er flüsterte: »Morgen«, und mit den Augenlidern zwinkerte Miß Fulton: »Ja.«

»Hier«, sagte Eddie. »›Warum muß es immer Tomatensuppe sein?‹ Das ist so von *Grund* auf wahr, spüren Sie das nicht auch? Tomatensuppe ist so *furchtbar* ewig.«

»Wenn es Ihnen lieber ist«, ertönte Harrys Stimme sehr laut aus der Halle, »kann ich für Sie nach einem Taxi telefonieren.«

»Ach nein. Das ist nicht nötig«, antwortete Miß Fulton, und sie trat auf Bertha zu und reichte ihr die schlanken Finger. »Auf Wiedersehen! Und vielen Dank.«

»Auf Wiedersehen!« sagte Bertha.

Miß Fulton behielt ihre Hand noch einen Augenblick in der ihren.

»Ihr wunderschöner Birnbaum!« murmelte sie.

Und dann war sie fort, und Eddie hinterdrein, genau wie die schwarze Katze hinter der grauen herlief.

»Ich mache den Laden dicht«, sagte Harry, außerordentlich kühl und gefaßt.

»Ihr wunderschöner Birnbaum – Birnbaum – Birnbaum!«

Bertha lief förmlich zu den hohen Fenstern hinüber.

»Ach, was wird denn nun geschehen?« rief sie.

Aber der Birnbaum war so wunderschön wie zuvor und genauso blütenübersät und genauso still.

Der Wind weht

Plötzlich – fürchterlich – wacht sie auf. Was ist geschehen? Etwas Fürchterliches ist geschehen. Nein – nichts ist passiert. Es ist nur der Wind, der am Haus rüttelt, die Fenster klappern, ein Stück Eisen aufs Dach knallen und ihr Bett erzittern läßt. Blätter wirbeln am Fenster vorbei, auf und davon; unten in der Allee flattert eine ganze Zeitung durch die Luft wie ein verirrter Drachen und fällt herunter, wird auf einer Kiefer aufgespießt. Es ist kalt. Der Sommer ist vorüber – es ist Herbst – alles ist häßlich. Die Wagen rattern, hin und her schaukelnd, vorbei; zwei Chinesen trotten unter ihrem hölzernen Joch mit den sich biegenden Gemüsekörben dahin – die Zöpfe und blauen Blusen flattern im Wind. Hinterm Tor jault ein weißer Hund auf drei Beinen. Es ist alles vorbei! Was? Ach, alles! Und mit zitternden Fingern beginnt sie sich die Haare zu flechten, dabei wagt sie nicht, in den Spiegel zu sehen. In der Diele redet die Mutter mit der Großmutter.

»Ein ausgemachter Idiot! Stell dir vor, läßt bei solchem Wetter alles draußen auf der Leine … Nun ist meine beste kleine Teneriffadecke nur noch ein Fetzen. Was riecht denn da so komisch? Der Haferbrei brennt an. Ach, du lieber Himmel – dieser Wind!«

Um zehn hat sie Musikstunde. Bei dem Gedanken fängt der Beethoven-Satz in Moll in ihrem Kopf zu spielen an, lang und schrecklich die Triller, wie kleine Trommelwirbel … Marie Swainson kommt in den Nachbargarten gerannt, um die ›Chrysemen‹ zu pflücken, ehe sie kaputtgehen. Bis über die Taille weht es ihr den Rock hoch; sie versucht, ihn herunterzuschlagen, ihn zwischen die Beine zu klemmen, während sie sich bückt, aber vergebens – er fliegt hoch. Um sie herum peitscht es alle Bäume und Büsche. Sie pfückt, so schnell sie kann, aber sie ist nicht bei der Sache. Sie achtet nicht auf das, was sie tut – unter Fluchen, mit dem Fuß stampfend, reißt sie die Pflanzen mit der Wurzel heraus und zieht und zerrt an ihnen herum.

»Um Himmels willen, laß die Haustür zu! Geh hinten herum!« brüllt jemand. Und dann hört sie Bogey:

»Mutter, du wirst am Telefon verlangt. Telefon, Mutter. Es ist der Fleischer.«

Wie gräßlich das Leben doch ist – widerlich, einfach widerlich... Und nun ist auch noch das Gummiband an ihrem Hut gerissen. Natürlich. Da wird sie eben die alte Baskenmütze aufsetzen und durch die Hintertür schlüpfen. Aber die Mutter hat sie gesehen.

»Matilda! Matilda! Komm so-fort zurück! Was um alles in der Welt hast du da auf dem Kopf? Das sieht ja aus wie eine Teehaube. Und warum hast du so eine Haarmähne auf der Stirn?«

»Ich kann nicht zurückkommen, Mutter. Sonst komme ich noch zu spät zu meiner Stunde.«

»Komm sofort her!«

Nein. Das wird sie nicht. Sie haßt Mutter. »Scher dich zum Teufel!« schreit sie und rennt die Straße hinunter.

In Wellen, in Wolken, in großen runden Wirbeln fliegt der Staub auf und sticht wie mit Nadeln, und mit ihm kleine Stücke Stroh und Spreu und Mist. Laut heult es in den Bäumen im Garten, und als sie auf der Straße unten vor Mr. Bullens Tor steht, kann sie das Meer schluchzen hören: »Ah! ... Ah! ... Ah-h!« Doch in Mr. Bullens Wohnzimmer ist es so still wie in einer Höhle. Die Fenster sind geschlossen, die Jalousien halb heruntergezogen, und sie kommt nicht zu spät. Das-Mädchen-vor-ihr hat eben erst angefangen, MacDowells ›An einen Eisberg‹ zu spielen. Mr. Bullen sieht zu ihr herüber und lächelt halbwegs.

»Setz dich«, sagte er. »Setz dich dort in die Sofaecke, kleines Fräulein.«

Wie komisch er ist. Er lacht einen nicht direkt an ... aber da ist einfach etwas ... Ach, wie friedlich es hier ist. Ihr gefällt dieses Zimmer. Es riecht nach Kunstserge und schalem Rauch und Chrysanthemen ... davon steht eine große Vase auf dem Kaminsims hinter der blassen Fotografie Rubinsteins ... *à mon ami Robert Bullen* ... Über dem schwarzglänzenden Klavier hängt ›Die Einsamkeit‹ – eine dunkle tragische Frau, in Weiß drapiert, sitzt auf einem Felsen, die Beine übereinandergeschlagen, das Kinn in den Händen.

»Nein, nein!« sagt Mr. Bullen, und er beugt sich über das andere Mädchen, legt die Arme über ihre Schultern und spielt ihr die Passage vor. Die dumme Trine – sie wird dabei rot! Wie lächerlich!

Nun ist das-Mädchen-vor-ihr gegangen; die Haustür schlägt zu. Mr. Bullen kommt zurück und geht auf und ab, sehr leise, und wartet auf sie. Wie sonderbar. Die Finger zittern ihr so, daß sie den Knoten in der Notenmappe nicht aufbekommt. Es ist der Wind ... Und ihr Herz klopft so heftig, daß sie das Gefühl hat, ihre Bluse müsse auf und ab gehen. Mr. Bullen sagt kein Wort. Die abgewetzte rote Klavierbank ist lang genug, daß zwei Leute nebeneinander darauf sitzen können. Mr. Bullen setzt sich neben sie.

»Soll ich mit Tonleitern anfangen?« fragt sie, die Hände zusammengepreßt. »Ich hatte auch ein paar Arpeggios auf.«

Doch er antwortet nicht. Er hört ihr wohl gar nicht zu ... und dann langt seine kühle Hand mit dem Ring daran plötzlich herüber und schlägt Beethoven auf.

»Spielen wir doch etwas vom alten Meister«, sagt er.

Aber warum spricht er so freundlich – so furchtbar freundlich – und so, als ob sie sich schon viele, viele Jahre kennten und alles voneinander wüßten.

Langsam blättert er um. Sie beobachtet seine Hand – es

ist eine sehr schöne Hand, und immer sieht sie wie frisch gewaschen aus.

»Da hätten wir's«, sagt Mr. Bullen.

Ach, diese freundliche Stimme – Ach, dieser Moll-Satz. Hier kommen die kleinen Trommeln ...

»Soll ich die Wiederholung spielen?«

»Ja, Kindchen.«

Seine Stimme ist viel, viel zu freundlich. Die Viertel- und Achtelnoten hüpfen auf den Notenlinien auf und ab wie kleine schwarze Jungen auf einem Zaun. Warum ist er so ... Sie wird doch nicht weinen – weswegen sollte sie denn weinen ...

»Was ist denn, Kindchen?«

Mr. Bullen nimmt ihre Hände. Da ist seine Schulter – gleich neben ihrem Kopf. Sie lehnt sich nur ein ganz kleines bißchen daran, das Gesicht in dem weichen Tweed.

»Das Leben ist so furchtbar«, murmelt sie, aber es kommt ihr gar nicht so furchbar vor. Er sagt etwas von »Warten« und »auf der Stelle treten« und »diesem außergewöhnlichen Wesen, einer Frau«, aber sie hört nicht hin. Es ist so tröstlich ... für immer ...

Plötzlich geht die Tür auf, und herein platzt Marie Swainson, Stunden vor ihrer Zeit.

»Spiel das Allegretto ein bißchen schneller«, sagt Mr. Bullen und steht auf und beginnt wieder auf und ab zu gehen.

»Setz dich in die Sofaecke, kleines Fräulein«, sagte er zu Marie.

Der Wind, der Wind. Es ist zum Fürchten, in ihrem Zimmer hier allein zu sein. Das Bett, der Spiegel, der weiße Krug und die Schüssel glänzen wie der Himmel draußen. Es ist das Bett, das zum Fürchten ist. Da liegt es, in tiefem Schlaf ... Bildet sich denn die Mutter auch nur einen Augenblick wirklich ein, daß sie diese ganzen Strümpfe stopft, die da wie ein Knäuel Schlangen auf der Bettdecke liegen? Nein. Nein, Mutter. Ich sehe nicht ein, warum ... Der Wind – der Wind! Ein komischer Rußgeruch kommt aus dem Kamin. Hat denn keiner Gedichte auf den Wind geschrieben? ... »Den Blättern und dem Regenguß bring ich einen Blumengruß.« ... Was für ein Unsinn.

»Bist du's, Bogey?«

»Komm, wir gehen auf der Promenade spazieren, Matilda. Ich kann das nicht mehr aushalten.«

»Gut! Ich ziehe nur meinen Ulster an. Ist das nicht ein schrecklicher Tag!« Bogeys Ulstermantel ist genau wie ihrer. Als sie den Kragen zuhakt, sieht sie sich im Spiegel an. Ihr Gesicht ist blaß, sie haben die gleichen aufgeregten Augen und heißen Lippen. Ah, sie kennen diese beiden da im Spiegel. Auf Wiedersehen, ihr Lieben; wir sind bald wieder da.

»Das ist besser, nicht wahr?«

»Hak dich ein«, sagt Bogey.

Sie können gar nicht schnell genug laufen. Den Kopf gesenkt, die Beine berühren sich ganz leicht, so gehen sie mit großen Schritten wie eine einzige ungeduldige Person durch die Stadt, den asphaltierten Zickzackweg hinunter, wo der Fenchel wild wächst, und weiter auf die Promenade. Es ist dämmerig – es fängt gerade an zu dämmern. Der Wind ist so stark, daß sie sich dagegen anstemmen müssen und wie zwei alte Säufer schwanken. All die armen kleinen Pahutukawas auf der Promenade biegen sich zur Erde.

»Komm! Komm schon! Gehen wir nahe ran.«

Drüben am Wellenbrecher geht die See sehr hoch. Sie zerren die Hüte herunter, und es bläst ihr die Haare über den Mund, die salzig schmecken. Es ist so hoher Seegang, daß sich die Wellen überhaupt nicht brechen; dumpf schlagen sie gegen die Mauer aus unbehauenen Steinen und verschlingen die algenbedeckten, tropfnassen Stufen. Feiner Gischt fliegt vom Wasser direkt über die Promenade herüber. Sie werden vollgespritzt; das Innere ihres Mundes schmeckt naß und kalt.

Bogey ist im Stimmbruch. Wenn er spricht, eilt er die Tonleiter rauf und runter. Das ist komisch – zum Lachen – und paßt doch genau zu dem Tag. Der Wind trägt ihre Stimmen fort – die Sätze fliegen wie die schmalen Bänder davon.

»Schneller! Schneller!«

Es wird nun sehr dunkel. Im Hafen sind auf den Kohlehulken zwei Lichter zu sehen – eines hoch oben an einem Mast und eines am Heck.

»Sieh mal, Bogey. Sieh mal da drüben.«

Ein großer schwarzer Dampfer, eine lange Rauchfahne hinter sich herziehend, die Bullaugen erleuchtet, Lichter überall, sticht langsam in See. Der Wind hält ihn nicht auf; er zerteilt die Wellen, nimmt Kurs auf die enge Durchfahrt zwischen den spitzen Klippen, und die führt nach ... Es ist das Licht, das ihn so unheimlich schön und geheimnisvoll aussehen läßt ... *Sie* sind an Bord, Arm in Arm über die Reling gelehnt.

»... Wer sind sie?«

»... Geschwister.«

»Sieh mal, Bogey, dort ist die Stadt. Sieht sie nicht klein aus? Da ist die Uhr vom Postamt, die zum letzten Mal die Stunde schlägt. Dort ist die Promenade, wo wir an jenem stürmischen Tag spazierengegangen sind. Weißt du noch? An dem Tag habe ich in meiner Musikstunde geweint – wie viele Jahre ist das her! Auf Wiedersehen, kleine Insel, auf Wiedersehen ...«

Nun breitet die Dunkelheit einen Flügel über die sich heranwälzenden Fluten aus. Sie können die beiden nicht mehr sehen. Auf Wiedersehen, auf Wiedersehen. Vergiß nicht ... Aber nun ist das Schiff fort.

Der Wind – der Wind.

Psychologie

Als sie die Tür öffnete und ihn da stehen sah, freute sie sich wie noch nie, und auch er schien sehr, sehr froh zu sein, als er ihr ins Atelier folgte.

»Nicht bei der Arbeit?«

»Nein. Wollte gerade Tee trinken.«

»Und Sie erwarten auch niemandem?«

»Gar niemandem.»

»Ah! Fein.«

Er legte Hut und Mantel sachte, ja gemächlich ab, als hätte er Zeit, ausreichend Zeit für alles, oder als wolle er sich für immer davon verabschieden. Dann trat er ans Feuer und streckte die Hände den hurtigen, züngelnden Flammen entgegen.

Einen Augenblick lang standen sie beide still in dem zukkenden Lichtschein. Auf ihren lächelnden Lippen schmeckten sie gleichsam noch das süße Erschrecken der Begrüßung. Ihre geheimen Ichs flüsterten: »Warum sollten wir denn sprechen? Ist das nicht genug?«

»Mehr als genug. Bis zu diesem Augenblick habe ich nie gemerkt...«

»Wie gut das tut, einfach so bei dir zu sein...«

»Es ist wie...«

»Es ist mehr als genug.«

Aber plötzlich drehte er sich um und sah sie an, und sie ging rasch woandershin.

»Eine Zigarette? Ich setze nur mal den Kessel auf. Haben Sie schon großen Teedurst?«

»Nein. Nicht gerade.«

»Hm, aber ich.«

»Ach, Sie!« Er versetzte dem armenischen Kissen einen

ordentlichen Knuff und warf sich auf den Diwan. »Sie sind ja eine richtige kleine Chinafrau.«

»Oh ja«, lachte sie. »Ich bin genauso auf Tee versessen wie starke Männer auf Wein.«

Sie zündete die Lampe unter dem weiten orangefarbenen Schirm an, zog die Vorhänge zu und rückte den Teetisch heran. Zwei Vögel sangen im Kessel; das Feuer flackerte. Er setzte sich auf und umklammerte seine Knie. Es war köstlich – diese ganze Sache mit dem Teetrinken –, und bei ihr gab es immer so leckere Sachen – herzhafte Sandwiches, süße mürbe Mandelstangen und einen dunklen, schweren Kuchen, der nach Rum schmeckte –, allerdings war es eine Unterbrechung. Er wünschte, es wäre vorbei, der Tisch weggeschoben, die beiden Sessel ans Licht gerückt und der Augenblick gekommen, da er seine Pfeife herausholte, sie stopfte und, während er den Tabak fest andrückte, sagte: »Ich hab darüber nachgedacht, was Sie das letzte Mal gesagt haben, und mir scheint ...«

Ja, das war's, worauf er wartete und sie auch. Ja, als sie die Teekanne über der Spiritusflamme trockenschwenkte und anwärmte, sah sie die beiden anderen, ihn, wie er bequem in die Kissen zurückgelehnt dasaß, und sie, *en escargot* in dem blau überzogenen Sessel. Das Bild wirkte so klar und so aufs I-Tüpfelchen genau, es hätte auf dem Deckel der blauen Teekanne gemalt sein können. Und doch konnte sie nichts übereilen. Sie hätte rufen mögen: »Lassen Sie mir Zeit!« Sie brauchte Zeit, um ruhig zu werden. Sie brauchte Zeit, um sich von all den vertrauten Dingen zu befreien, mit denen sie so intensiv lebte. Denn all diese heiteren Dinge um sie her waren ein Teil von ihr – sie hatte sie geschaffen, und sie wußten das und erhoben die größten, leidenschaftlichsten Ansprüche. Jetzt aber mußten sie abtreten. Sie mußten weggefegt, weggescheucht werden, wie Kinder, die man die düstern Treppen hinaufschickt, ins Bett steckt, mit dem ausdrücklichen Befehl, sofort einzuschlafen – ohne einen Mucks!

Denn der ganz besondere Zauber ihrer Freundschaft lag in ihrer völligen Preisgabe. Wie zwei offene Städte inmitten einer unermeßlichen Ebene, so lagen ihrer beider Gedanken offen füreinander da. Und nicht etwa, daß er, bis an die Zähne bewaffnet, in die ihre hineingeritten käme wie ein Eroberer, der nur für das fröhliche Seidengeflatter Augenmerk hat – noch daß sie in die seine eintrat wie eine Königin, die auf Blütenblättern sacht dahinschreitet. Nein, sie waren eifrige, ernste Reisende, ganz darein vertieft, zu verstehen, was es da zu sehen gab, und zu entdecken, was da verborgen war. Sie kosteten diese außergewöhnliche, vollkommene Gelegenheit aus, die es ihm ermöglichte, völlig aufrichtig ihr gegenüber zu sein, und ihr, völlig offen mit ihm zu sein.

Und das beste daran war, sie waren beide alt genug, ihr Abenteuer in vollen Zügen zu genießen, ohne irgendwelche dummen gefühlsduseligen Komplikationen. Leidenschaft hätte alles verdorben; das war ihnen völlig klar. Außerdem war derlei ein für allemal vorbei für sie beide – er war einunddreißig, sie dreißig – sie hatten ihre Erfahrungen gemacht, und die waren vielfältig und reichhaltig gewesen, aber jetzt war die Zeit der Ernte gekommen – der Ernte. Hatten nicht seine Romane das Zeug zu wirklich großen Romanen? Und ihre Dramen. Wer noch außer ihr besaß diesen vortrefflichen Sinn für echte englische Komödie? …

Behutsam schnitt sie den Kuchen in dicke Stückchen, und er langte nach einem.

»Nun nehmen Sie aber auch zur Kenntnis, wie gut er ist«, beschwor sie ihn. »Essen Sie ihn mit Verstand. Verdrehen Sie die Augen, wenn Sie können, und lassen Sie ihn auf der Zunge zergehen. Das ist kein Allerweltskuchen – es ist die Art von Kuchen, von der es im ersten Buch Mose hätte heißen können: ›Und Gott sprach: Es werde Kuchen. Und es ward Kuchen. Und Gott sah, daß er gut war.‹«

»Sie brauchen mich durchaus nicht zu bitten«, sagte er. »Wahrhaftig nicht. Es ist schon komisch, aber hier registriere ich immer, was ich esse, und woanders nie. Das kommt sicher daher, daß ich schon so lange allein lebe und beim Essen immer lese ... für gewöhnlich betrachte ich etwas zu essen eben nur als etwas zu essen ... etwas, was zu bestimmen Zeiten da ist ... um verschlungen zu werden ... um ... nicht mehr da zu sein.« Er lachte. »Jetzt sind Sie sicher entsetzt.«

»Bis ins Mark«, sagte sie.

»Aber – sehen Sie –« Er schob seine Tasse weg und begann sehr schnell zu sprechen. »Ich habe einfach überhaupt kein äußeres Leben. Ich habe keine Ahnung, wie die Dinge heißen, Bäume und so weiter – und ich achte nie auf Räumlichkeiten oder Möbel oder darauf, wie die Leute aussehen. Für mich sind alle Zimmer gleich – ein Ort, wo man sitzen und lesen oder sich unterhalten kann – außer«, und hier hielt er inne, lächelte auf eine seltsam naive Weise und sagte: »außer dieses Atelier.« Er sah umher, und dann blickte er sie an; er lachte vor Erstaunen und Freude. Er glich einem Mann in einem Eisenbahnzug, der aufwacht und entdeckt, daß er bereits am Ziel der Reise angekommen ist.

»Und noch etwas Seltsames. Wenn ich die Augen schließe, kann ich dieses Zimmer bis in die letzte Einzelheit – die allerletzte Einzelheit sehen ... Wenn ich's bedenke, ist mir das bisher noch nie bewußt geworden. Oft, wenn ich woanders bin, suche ich es in Gedanken wieder auf – schlendere zwischen Ihren roten Sesseln umher, bestaune die Obstschale auf dem schwarzen Tisch – und streife nur so ganz leicht über diesen wunderbaren Kopf eines schlafenden Knaben.«

Er sah dorthin, als er sprach. Die Plastik stand auf der

Ecke vom Kaminsims; der Kopf hing kraftlos zur Seite, der Mund war geöffnet, als lauschte der Kleine im Schlaf einem süßen Klang...

»Ich liebe diesen kleinen Jungen«, murmelte er. Und darauf waren sie beide still.

Ein neues Schweigen trat zwischen sie. Es war in nichts wie die Pause voll Zufriedenheit, die ihren Begrüßungen gefolgt war – dem »Also denn, da wären wir wieder beisammen, und es gibt keinen Grund, warum wir nicht da weitermachen sollten, wo wir das letzte Mal abgebrochen hatten«. Für jenes Schweigen war Raum im Kreise des warmen, köstlichen Feuers und Lampenlichts. Wie oft hatten sie nicht etwas hineingeworfen, einfach weil es ihnen Spaß machte zu beobachten, wie sich die Kabbelwellen an den seichten Ufern brachen. Aber in dieses ihnen fremde Gewässer fiel der Kopf des Knäbleins, das seinen zeitlosen Schlaf schlief – und die Kabbelwellen flossen dahin, weit, weit weg – in grenzenlose Ferne – in tiefe glitzernde Dunkelheit.

Und dann brachen sie beide das Schweigen. Sie sagte: »Ich muß das Feuer schüren«, und er: »Ich hab mal probiert...« Beide flohen sie. Sie schürte das Feuer und stellte den Tisch wieder zurück, der blaue Sessel wurde herangerollt, sie kuschelte sich hinein, und er lehnte sich in die Kissen zurück. Geschwind! Geschwind! Sie mußten verhindern, daß es noch einmal geschähe.

»Also, ich habe das Buch gelesen, daß Sie letztes Mal hiergelassen hatten.«

»Aha, und was halten Sie davon?«

Sie waren darüber weg, und alles war wie immer. Wirklich? Waren sie nicht ein wenig zu flink, zu prompt mit ihren Antworten, allzu bereit, aufeinander einzugehen? War das denn wirklich mehr als nur eine äußerst gekonnte Nachahmung anderer Male? Ihm klopfte das Herz; ihr brannte das Gesicht, und das Dumme war, daß sie nicht zu entdecken vermochte, wo sie eigentlich waren oder was denn eigentlich vor sich ging. Sie hatte keine Zeit, zurückzublicken. Und als sie gerade so weit gekommen war, geschah es wieder. Sie stockten, zauderten, brachen ab, schwiegen. Abermals waren sie sich des grenzenlosen, fragenden Dunkels bewußt. Und wieder waren sie da – zwei Jäger, über das Feuer gebeugt, hörten sie plötzlich aus dem Dschungel drüben einen Windstoß und einen lauten, fragenden Ruf...

Sie hob den Kopf. »Es regnet«, murmelte sie. Und ihre Stimme glich seiner, als er gesagt hatte: »Ich liebe diesen kleinen Jungen.«

Nun gut. Warum gaben sie nicht einfach nach – ergaben sich – und warteten ab, was dann geschähe? Aber nein. So verstört sie auch waren und so wenig sie alles fassen konnten, wußten sie doch genug, um zu begreifen, daß ihrer kostbaren Freundschaft Gefahr drohte. Sie war es, die zerstört werden würde – nicht sie beide – und sie wollten damit nichts zu tun haben.

Er stand auf, klopfte die Pfeife aus, fuhr sich mit der Hand durchs Haar und sagte: »In letzter Zeit habe ich mir viel Gedanken darüber gemacht, ob der Roman der Zukunft ein psychologischer Roman sein wird oder nicht. Wie groß ist denn die Gewißheit, daß Psychologie *qua* Psychologie überhaupt etwas mit Literatur zu tun hat?«

»Soll das heißen, Sie sind der Meinung, es könne durchaus sein, daß die mysteriösen, nichtexistierenden Wesen – die jungen Schriftsteller von heute – versuchen, sich einfach über den Psychoanalytiker hinwegzusetzen?«

»Ja, genau. Und ich glaube, das kommt daher, weil diese Generation eben klug genug ist, um zu erkennen, daß sie krank ist, und um zu begreifen, daß sie nur dann Aussichten auf Heilung hat, wenn sie die Symptome darlegt – ausgiebige Untersuchungen darüber anstellt – sie erforscht – versucht, die Wurzel des Übels bloßzulegen.«

»Oh je«, jammerte sie. »Was für furchtbar düstere Aussichten!«

»Überhaupt nicht«, entgegnete er. »Sehn Sie...« Weiter ging das Gespräch. Und jetzt schien es, als wäre es ihnen wirklich gelungen. Sie wandte sich in ihrem Sessel, um ihn anzusehen, als sie antwortete. Ihr Lächeln hieß soviel wie: »Wir haben gewonnen.« Und voller Zuverischt erwiderte er das Lächeln: »Auf der ganzen Linie.«

Aber das Lächeln verriet sie. Es dauerte zu lange; ein Grinsen wurde daraus. Sie sahen sich als zwei kleine grinsende Marionetten, die im Nichts draufloszappelten.

›Wovon haben wir denn nur gesprochen?‹ dachte er. Beinahe hätte er aufgestöhnt, so langweilte er sich.

›Was für ein Theater wir aufgeführt haben‹, dachte sie. Und sie sah ihn, wie er mühselig – ach, so mühselig – das Gelände absteckte, und sich selbst, wie sie hinterherlief, hier einen Baum setzte und da einen blühenden Busch und hier einen Schwapp glitzernder Fische in ein Becken tat. Dieses Mal schwiegen sie, so tief war ihre Bestürzung.

Die Uhr schlug sechsmal ihr lustiges Ping!, und das Feuer flackerte leicht. Was für Dummköpfe sie doch waren – schwerfällig, linkisch, ältlich – regelrecht borniert!

Und jetzt schlug sie die Stille in Bann wie feierliche Musik. Es war eine Qual – die Stille zu ertragen war eine Qual für sie, und er würde sterben – er würde sterben, wenn sie durchbrochen würde... Und doch verlangte es ihn danach, den Bann zu brechen. Nicht mit Worten. Jedenfalls nicht mit ihrem üblichen, einem den Verstand raubenden Geschwätz. Es gab eine andere Art, wie sie zueinander sprechen konnten, und auf diese neue Art und Weise wollte er murmeln: »Spürst du das auch? Kannst du das verstehen?«...

Statt dessen hörte er sich zu seinem Entsetzen sagen: »Ich muß mich auf den Weg machen; um sechs bin ich mit Brand verabredet.«

Welcher Teufel gab ihm diese Worte ein statt der anderen? Sie sprang auf – sprang förmlich aus ihrem Sessel, und er hörte sie rufen: »Dann müssen Sie sich beeilen. Er ist immer so pünktlich. Warum haben Sie das nicht eher gesagt?«

›Du hast mir weh getan; du hast mir weh getan! Wir haben versagt!‹ raunte ihr heimliches Ich, während sie ihm, fröhlich lächelnd, Hut und Stock reichte. Und ehe er noch etwas sagen konnte, war sie schon durch den Korridor gelaufen und hatte die mächtige Eingangstür geöffnet.

Konnten sie so auseinandergehen? Wie konnten sie nur? Er stand draußen auf der Stufe, und sie hielt von innen die Tür. Im Augenblick regnete es nicht.

›Du hast mir weh getan – weh getan‹, flüsterte ihr Herz. ›Warum gehst du nicht? Nein, geh nicht! Bleib. Nein – geh!‹ Und sie sah hinaus in die Nacht.

Sie sah die herrlich geschwungene Treppe, den dunklen, mit glitzerndem Efeu eingefaßten Garten, die gewaltigen kahlen Weiden auf der anderen Straßenseite und darüber den weiten sternglänzenden Himmel. Doch er würde natürlich nichts von all dem wahrnehmen. Er war über alles erhaben. Er – mit seinem wunderbaren ›verinnerlichten‹ Blick!

Sie hatte recht. Er sah wirklich nichts von alledem. Ein Jammer! Er hatte es verpaßt. Jetzt war es zu spät, irgend etwas zu tun. War es wirklich zu spät? Ja. Ein Windstoß, kalt und abscheulich, fauchte durch den Garten. Zum Kuckuck mit dem Leben! Er hörte sie »au revoir« rufen, und die Tür schlug zu.

Ins Atelier zurückgekehrt, benahm sie sich so merkwürdig. Mit erhobenen Armen lief sie auf und ab und rief: »Ach! Ach! Wie dumm! Wie idiotisch! Wie blöd!« Und dann warf sie sich auf den Diwan und dachte an nichts – sie lag einfach da in ihrem Zorn. Alles war vorbei. Was war vorbei? Oh – etwas. Und sie würde ihn nie wiedersehen –

nie. Nachdem lange, lange Zeit (vielleicht waren es auch nur zehn Minuten) in diesem schwarzen Abgrund vergangen waren, ertönte das kurze, schrille Gebimmel der Klingel. Das war natürlich er. Und genauso natürlich hätte sie sich nicht im geringsten darum kümmern, sondern es einfach immerzu klingeln lassen sollen. Sie flog förmlich zur Tür.

Auf der Treppe vor der Tür stand eine ältliche Jungfer, ein bemitleidenswertes Geschöpf, das sie einfach vergötterte (der Himmel weiß, warum) und die Angewohnheit hatte, aufzutauchen, zu klingeln und dann, wenn sie die Tür öffnete, zu sagen: »Meine Liebe, schicken Sie mich wieder fort!« Was sie nie tat. Für gewöhnlich bat sie sie herein und ließ sie alles bewundern und nahm – übergnädig – den Strauß etwas schmuddelig aussehender Blumen an. Heute aber …

»Ach, es tut mir ja so leid«, rief sie. »Aber ich habe Besuch. Wir arbeiten gerade an ein paar Holzschnitten. Ich werde bestimmt den ganzen Abend zu tun haben.«

»Das macht nichts. Das macht überhaupt nichts, meine Liebe«, erwiderte die gute Freundin. »Ich kam gerade vorbei, und da habe ich mir gedacht, ich bringe Ihnen ein paar Veilchen.« Sie fummelte zwischen den Speichen eines riesigen alten Schirms herum. »Ich hab sie hier hineingetan. Ein so guter Platz, Blumen vor dem Wind zu schützen. Hier sind sie«, sagte sie und schüttelte ein welkes Sträußchen.

Einen Augenblick lang nahm sie die Veilchen nicht. Aber während sie da stand und von innen die Tür hielt, geschah etwas Seltsames … Wieder sah sie den herrlichen Schwung der Treppe, den dunklen, in glitzerndem Efeu eingefaßten Garten, die Weiden, den weiten leuchtenden Himmel. Wieder spürte sie das Schweigen, das einer Frage glich. Doch dieses Mal zögerte sie nicht. Sie trat einen Schritt vor. Sehr zart und behutsam, als fürchte sie, dieses grenzenlose Gewässer von Stille aufzurühren, legte sie die Arme um die Freundin.

»Meine Liebe«, murmelte die glückliche Freundin, von solcher Dankbarkeit schier überwältigt. »Das ist doch wirklich nichts weiter. Bloß ein ganz einfaches Drei-Pence-Sträußchen.«

Aber als sie sprach, wurde sie umarmt – wurde zärtlicher, wundervoller umschlungen, mit solch süßem Druck und so lange, daß dem armen lieben Wesen direkt schwindlig wurde und sie gerade noch die Kraft hatte, mit zitternder Stimme hervorzustoßen: »Dann bin ich Ihnen wohl wirklich nicht so unangenehm?«

»Gute Nacht, liebe Freundin«, flüsterte die andere. »Kommen Sie nur bald wieder.«

»Oh ja. Gewiß.«

Diesmal ging sie langsam ins Atelier zurück, und als sie mit halbgeschlossenen Augen mitten im Zimmer stand, fühlte sie sich so leicht, so ausgeruht, als wäre sie aus kindlichem Schlaf aufgewacht. Sogar das Atmen war eine Freude ...

Der Diwan war sehr unordentlich. Alle Kissen ›wie Berge im Aufruhr‹, wie sie es nannte. Sie rückte sie wieder zurecht, ehe sie zum Schreibtisch hinüberging.

›Ich habe über unser Gespräch über den psychologischen Roman nachgedacht‹, warf sie schnell hin, ›es ist wirklich ungemein interessant ...‹ Und so weiter und so fort.

Und zum Schluß schrieb sie: ›Gute Nacht, lieber Freund. Kommen Sie nur bald wieder.‹

Filmen

Acht Uhr morgens. Miß Ada Moss lag in einem schwarzen eisernen Bett und starrte an die Decke. Ihr Hinterzimmer im obersten Stockwerk eines Hauses in Bloomsbury roch nach Ruß, Puder und dem Einwickelpapier von Bratkartoffeln, die sie sich am Abend zuvor zum Abendbrot mitgebracht hatte.

»Ach Gott, ist mir kalt! Ich möchte mal wissen, warum ich jetzt früh immer so friere beim Aufwachen. Knie und Füße und Rücken, ja besonders der Rücken, wie 'n Stück Eis. Und früher hatte ich immer solche Hitze. Ich bin doch auch nicht dünn, bin noch genauso füllig, wie ich immer war. Nein, das ist eben, weil ich abends kein gutes warmes Essen mehr habe.«

Eine Bilderfolge von guten warmen Essen zog an der Decke vorbei, jedes begleitet von einer Flasche nahrhaften starken Porters …

»Ja, wenn ich jetzt aufstünde und ein ordentliches kräftiges Frühstück hätte …« Eine Serie von ordentlichen kräftigen Frühmahlzeiten folgte den Hauptgerichten die Decke entlang, angeführt von einem riesigen, weißen Stück Schinken. Miß Moss schauderte und kroch unter die Bettdecke. Auf einmal platzte die Wirtin herein.

»Hier ist ein Brief für Sie, Miß Moss.«

»Oh, vielen Dank, Mrs. Pine«, sagte Miß Moss übertrieben freundlich. »Das ist wirklich nett von Ihnen, daß Sie sich selbst bemühen.«

»Nicht der Rede wert«, erwiderte die Wirtin. »Ich dachte mir, vielleicht ist das der Brief, den Sie die ganze Zeit erwartet haben.«

»Ach so, ja freilich«, sagte Miß Moss lebhaft, »vielleicht

ist er's.« Sie neigte den Kopf und sah leise lächelnd auf den Brief. »Ich wäre nicht überrascht.«

Der Wirtin fielen beinahe die Augen heraus. »Aber ich, Miß Moss«, entgegnete sie, »und das steht fest. Und ich würde Sie bitten, den Brief gleich aufzumachen. Viele an meiner Stelle hätten das selber gemacht, und es wäre ihr gutes Recht gewesen. Denn so kann's nicht weitergehn, Miß Moss, nein, auf keinen Fall. Wochenlang geht das nun so, mal haben Sie was bekommen, und dann haben Sie wieder nichts bekommen, und dann ist wieder ein Brief auf der Post weggekommen oder ein Direktor ist nach Brighton gefahren, ist aber ganz bestimmt am Dienstag wieder da – mir reicht's jetzt, ich hab das restlos satt und mach das nicht mehr mit. Warum denn auch, Miß Moss, ich frage Sie, wenn die Zeiten so sind, die Preise wie verrückt steigen und mein armer Junge in Frankreich ist? Erst gestern sagte Eliza, was meine Schwester ist, zu mir: ›Minnie‹, sagt sie, ›du bist zu gutmütig. Du hättest das Zimmer schon ... zigmal wieder vermieten können‹, sagt sie, ›und wenn man in solchen Zeiten nicht selber sieht, wo man bleibt, tut's keiner‹, sagt sie. ›Sie mag auf dem Konservatorium gewesen sein und in Konzerten in West End gesungen haben‹, sagt sie, ›aber wenn deine Lizzie sagt, wie's ist‹, sagt sie, ›und sie wäscht ihr Zeugs selber und trocknet's auf dem Handtuchhalter, na, da kann man doch sehn, was los ist. Und es wird höchste Zeit, daß du Schluß machst‹, sagt sie.«

Miß Moss rührte sich nicht, als hätte sie nichts gehört. Sie setzte sich im Bett auf, riß den Briefumschlag auf und las:

Sehr geehrte Dame!

Haben Ihr Schreiben erhalten. Zur Zeit laufen keine Dreharbeiten. Haben Ihr Lichtbild jetzt in unserer Kartei, werden gegebenenfalls darauf zurückkommen.

Hochachtungsvoll
Backwash Film Co.

Dieser Brief schien ihr besondere Zufriedenheit zu bereiten. Sie las ihn zweimal durch, ehe sie der Wirtin antwortete.

»Nun, Mrs. Pine, ich denke, es wird Ihnen leid tun, was Sie eben gesagt haben. Der Brief ist von einem Filmdirektor, ich soll kommenden Sonnabendmorgen zehn Uhr in Abendtoilette dort vorsprechen.«

Doch die Wirtin ließ sich nichts vormachen. Sie schnellte vor und riß den Brief an sich.

»So, das wollen wir gleich mal sehn!« rief sie.

»Geben Sie mir den Brief wieder! Geben Sie ihn sofort her, Sie unverschämtes Weib!« schrie Miß Moss, die das Bett nicht verlassen konnte, weil ihr Nachthemd hinten einen langen Riß hatte. »Das ist mein privater Brief, geben Sie ihn wieder her!« Die Wirtin schob sich langsam rückwärts aus dem Zimmer, den Brief an ihre zugeknöpfte Untertaille gepreßt.

»Dahin ist's also gekommen, sieh mal einer an«, sagte sie. »Nun, Miß Moss, wenn ich bis heute abend acht Uhr die Miete nicht habe, werden wir ja sehn, wer hier das unverschämte Weib ist – das wär's.« Und sie nickte geheimnisvoll mit dem Kopf. »Und diesen Brief behalte ich.« Sie hob die Stimme: »Der wird ein ganz hübsches Beweisstück abgeben!« Und mit Grabesstimme: »Meine Dame!«

Die Tür knallte zu, und Miß Moss war allein. Sie warf die Decke zurück, saß bebend vor Zorn auf dem Bettrand und betrachtete ihre dicken weißen Beine mit den großen Knoten grünlichblauer Adern.

»Alte Dreckassel! Ja, das ist sie, 'ne alte Dreckassel! Ich könnte sie belangen lassen, weil sie meinen Brief an sich gerissen hat. Ganz bestimmt!« Während sie das Nachthemd noch anbehielt, begann sie, sich anzuziehen.

»Ach, wenn ich der Frau nur das Geld geben könnte! Ich würde ihr so gehörig die Meinung sagen, daß sie's nicht so bald vergißt. Ich würde ihr ein paar passende Worte sagen.« Sie ging zur Kommode, um eine Sicherheitsnadel zu holen. Als sie sich im Spiegel sah, lächelte sie leicht und schüttelte den Kopf. »Also, altes Haus«, murmelte sie, »diesmal sitzt du drin, daran läßt sich nicht rütteln.« Aber die Frau im Spiegel schnitt ihr eine häßliche Fratze.

»Du dummes Ding!« schimpfte Miß Moss. »Da, was hast du von der Heulerei, du kriegst bloß 'ne rote Nase. Nein, du ziehst dich jetzt an und gehst los, dein Glück zu versuchen, ja, das mußt du jetzt tun.«

Sie machte ihre Handtasche vom Bettpfosten los, durchwühlte sie, schüttelte sie, kehrte das Innere nach außen.

»Ich werde in einem Imbiß eine gute Tasse Tee trinken, damit ich wieder zurechtkomme, ehe ich irgendwohin gehe«, beschloß sie. »Ich habe noch einen Shilling und drei Pence, ja, gerade noch einsdrei.«

Zehn Minuten später sang eine korpulente Dame in blauem Serge, mit einem Strauß künstlicher Nelken an der Brust, einem schwarzen, von violetten Stiefmütterchen umsäumten Hut, weißen Handschuhen, hohen weißen Schuhen und einer Handtasche, in der ein Shilling und drei Pence waren, in gedämpftem Alt:

»Denk dran, mein Schatz, auch in größter Not
folgt auf die Nacht das Morgenrot.«

Aber die Frau im Spiegel schnitt ihr eine Grimasse, und Miß Moss ging. Die ganze Straße entlang waren graue Gestalten dabei, Wasser über graue Steinstufen zu schwappen. Mit seinem seltsamen Hökerruf und Kannengeklapper machte der Milchmann seine Runde. Vor Brittweilers Schweizerhaus verspritzte er etwas Milch, und eine alte braune Katze ohne Schwanz tauchte plötzlich von irgendwoher auf und begann, gierig und ruhig die verschüttete Milch aufzulecken. Bei diesem Anblick befiel Miß Moss ein eigenartiges Gefühl, das man Schwäche nennen könnte.

Aber als sie zu der Imbißstube kam, war die Tür aufgesperrt. Ein Mann mit Tragbrettern voll Brötchen ging aus und ein, und drin waren nur eine Kellnerin, die sich kämmte, und die Kassiererin, die soeben die Kasse aufschloß. Miß Moss stand da, mitten im Raum, doch keine der beiden sah sie.

»Mein Schatz kam gestern abend nach Hause«, sang die Kellnerin.

»Oh, großartig! Das ist ja prima für dich!« sagte die Kassiererin in einem glucksenden Ton.

»Ja, nicht wahr«, sang die Kellnerin. »Er hat mir 'ne süße kleine Brosche mitgebracht. Sieh mal, da steht ›Dieppe‹ drauf.«

Die Kassiererin rannte quer durchs Lokal, besah sich die Brosche und legte den Arm um den Nacken der Kellnerin.

»Oh, großartig«, gluckste die Kassiererin. Als sie in ihren Käfig zurücklief, wäre sie beinahe mit Miß Moss zusammengestoßen. »'ne Wucht!« Dann kam der Mann mit den Brötchen wieder herein und ging mit einer ausweichenden Bewegung an ihr vorbei.

»Kann ich eine Tasse Tee haben, Fräulein?« fragte sie.

Aber die Kellnerin kämmte sich weiter die Haare. »Oh«, sang sie, »wir haben noch nicht geöffnet.« Sie wandte sich um und winkte der Kassiererin mit ihrem Kamm.

»Nicht wahr, meine Liebe?«

»Oh nein«, antwortete die Kassiererin. Miß Moss ging hinaus.

»Ich geh zum Bahnhof Charing Cross. Ja, das mach ich«, beschloß sie für sich. »Aber ich trinke keinen Tee. Nein, ich werde Kaffee trinken. Kaffee regt mehr an ... Frech sind diese Mädchen! Ihr Schatz ist gestern abend heimgekommen. Er hat ihr 'ne Brosche mitgebracht, auf der ›Dieppe‹ steht.« Sie schickte sich an, die Straße zu überqueren ...

»Paß auf, Dicke, schlaf nicht!« schrie ein Taxifahrer. Sie tat, als hörte sie nichts.

»Nein, ich geh nicht zum Charing Cross«, entschied sie. »Ich gehe gleich zu Kig und Kadgit. Sie machen um neun auf. Wenn ich zeitig dort bin, hat Mr. Kadgit vielleicht was mit der Morgenpost ... Freut mich, daß Sie so früh gekommen sind, Miß Moss. Ich habe da eben eine Anfrage von einem Direktor, er braucht eine Dame ... Sie dürften gerade die Richtige sein. Hier ist meine Karte, suchen Sie ihn auf! Drei Pfund die Woche und alles frei. An Ihrer Stelle würde ich sofort hingehen. Gut, daß Sie so zeitig gekommen sind ...«

Aber bei Kig und Kadgit war niemand da, nur die Reinmachefrau wischte im Gang das Linoleum.

»Noch niemand da, Miß«, sagte sie.

»Ach, ist Mr. Kadgit noch nicht hier?« fragte Miß Moss und versuchte, Bürste und Eimer auszuweichen. »Nun gut, da warte ich eben einen Augenblick, wenn ich darf.«

»Sie können nich' ins Wartezimmer, Miß. Ich hab das noch nich' gemacht. Sonnabends ist Mr. Kadgit nie vor halb zwölfe hier. Manchmal kommt er gar nich'.« Und die Scheuerfrau begann, auf sie zuzukriechen.

»Ach ja, wie dumm von mir«, sagte Miß Moss. »Ich habe doch ganz vergessen, daß Sonnabend ist.«

»Passen Sie bitte auf Ihre Füße auf, Miß!« mahnte die Frau. Und Miß Moss war wieder draußen.

Das mußte man Beit und Bithems lassen, es ging dort lebhaft zu. Man kam ins Wartezimmer und hinein in ein Stimmengewirr, und da waren sie alle. Man kannte beinahe jeden. Die zuerst da waren, saßen auf Stühlen, und die später gekommen waren, saßen den Zuerstgekommenen auf dem Schoß. Die Herren lehnten lässig an der Wand oder stellten sich vor den bewundernden Blicken der Damen in Positur.

»Hallo!« rief Miß Moss beschwingt. »Da wärn wir wieder!«

Und der junge Mr. Clayton spielte auf seinem Spazierstock wie auf einem Banjo und sang: »Und warten, warten noch ein Weilchen ...«

»Mr. Bithem schon da?« fragte Miß Moss. Sie nahm eine alte Puderquaste heraus und puderte sich die Nase.

»Aber ja, Teuerste!« schrie der Chor. »Er ist schon seit 'ner Ewigkeit hier. Wir warten hier schon alle über eine Stunde.«

»Ach, du meine Güte!« rief Miß Moss. »Tut sich hier was, was meint ihr?«

»Ach, 'n paar Jobs in Südafrika«, erwiderte der junge Mr. Clayton. »Zweijähriger Kontrakt, hundertfünfzig die Woche.«

»Oh!« schrie der Chor. »Sie sind zu komisch! Einfach zum Piepen! 'ne tolle Nummer! Ach, Mr. Clayton, ich könnt mich scheckig lachen! Wirklich, zum Schreien!«

Ein dunkles grämliches Mädchen berührte Miß Moss am Arm.

»Gestern hab ich um ein Haar einen herrlichen Job verpaßt«, sagte sie. »Sechs Wochen Provinz und dann West End. Der Direktor hat gesagt, ich hätte ihn ganz bestimmt gekriegt, wenn ich etwas kräftiger gewesen wäre. Er hat gesagt, die Rolle wäre wie für mich gemacht, wenn ich nur etwas voller wäre.« Sie schaute Miß Moss an, und unter der Hutkrempe sah die schmutzigdunkelrote Nase aus, als ob sie etwas von dem Unglück mit abgekriegt hätte und auch geknickt wäre.

»Ach, da hatten Sie aber Pech!« Miß Moss bemühte sich, unbeteiligt zu erscheinen. »Was war es denn – wenn ich fragen darf?«

Aber das dunkle grämliche Mädchen durchschaute sie, und in ihren schwermütigen Augen leuchtete es boshaft auf.

»Ach, nichts für Sie, meine Liebe. Er wollte nämlich etwas Junges haben, einen dunklen spanischen Typ, so was wie mich, aber mit mehr Figur, das war alles.«

Die nach innen führende Tür öffnete sich, und Mr. Bithem erschien in Hemdsärmeln, eine Hand auf der Klinke, bereit, sofort wieder zu verschwinden, die andere hatte er erhoben.

»Hören Sie, meine Damen –«, und dann hielt er inne, grinste sein berühmtes Grinsen, ehe er sagte, »und Ju-hungens!« Darüber lachte das Wartezimmer so laut, daß er beide Hände hochheben mußte: »Es hat keinen Zweck, heute vormittag zu warten. Kommen Sie am Montag wieder. Ich erwarte da einige Anfragen.«

Miß Moss stürzte voller Verzweiflung nach vorn. »Mr. Bithem, ich wüßte gern, ob Sie von ...«

»Warten Sie mal«, sagte Mr. Bithem langsam, wobei er sie ansah; er hatte Miß Moss nur viermal in der Woche in den letzten – wieviel Wochen? gesehen. »Hm, wie war Ihr Name?«

»Ada Moss.«

»Ach ja, natürlich, meine Liebe. Noch nicht, Verehrteste. Eben hatte ich eine Anfrage nach achtundzwanzig Damen, aber sie mußten jung sein und bißchen hopsen können, verstehn Sie? Und dann noch eine nach sechzehn, aber da wurde 'n bißchen Sandtanz verlangt. Hörn Sie, Verehrteste, ich hab heute vormittag 'ne Menge zu tun. Kommen Sie Montag in einer Woche wieder. Vorher hat's keinen Zweck.« Er schenkte ihr ein ganzes Grinsen und klopfte ihr auf den dikken Rücken. »Nur Mut, meine Dame, nur Mut!«

Bei der North-East Film Company stand das ganze Treppenhaus voll. Miß Moss sah sich neben einem blonden, kleinen, kindlichen Ding um die dreißig in einem weißen Spitzenhut mit Kirschen ringsum.

»So ein Gedränge!« sagte sie. »Gibt's was Besonderes?«

»Was, Sie wissen gar nicht?« fragte die Kleine und riß ihre großen hellen Augen weit auf. »Halb zehn kam eine Anfrage nach attraktiven Mädchen. Wir warten hier alle schon stundenlang. Haben Sie schon mal für diese Gesellschaft gespielt?« Miß Moss neigte den Kopf. »Nein, ich glaube nicht.«

»Für diese Gesellschaft läßt sich's prima arbeiten«, erzählte die Kleine. »Eine Freundin von mir hat eine Freundin, die kriegt dreißig Pfund pro Tag... Haben Sie schon viel für den Fil-lem ges-pült?«

»Hm, eigentlich bin ich keine Schauspielerin«, gestand Miß Moss. »Ich bin Altistin. Aber in der letzten Zeit sah's da so böse aus, da hab ich 'n bißchen geschauspielert.«

»Ja, so ist das nun mal«, sagte die Kleine.

»Ich hatte eine ausgezeichnete Ausbildung auf der Musikhochschule«, erzählte Miß Moss, »und ich habe für meinen Gesang eine Silbermedaille bekommen. Ich habe oft in Konzerten in West End gesungen. Aber ich dachte, ich könnte zur Abwechslung mal mein Glück versuchen...«

»Ja, so ist das nun mal«, sagte die Kleine.

In diesem Augenblick erschien oben auf der Treppe ein wunderhübsches Schreibmaschinenfräulein.

»Warten Sie alle wegen der Anfrage der North-East?«

»Ja!« schrie der Chor.

»Nun, damit ist's aus. Eben kam ein Anruf.«

»Aber hören Sie mal! Was ist mit unseren Auslagen?« rief eine Stimme.

Das Schreibmaschinenfräulein sah auf sie herab und mußte lachen.

»Ach, Geld hätten Sie sowieso nicht bekommen. Die North-East zahlt nie für ihre Statisten.«

Bei der Bitter Orange Company gab es nur ein rundes Fensterchen. Kein Wartezimmer, nur ein Mädchen, das auf das Klopfen von Miß Moss an das Fensterchen kam. »Nun?«

»Kann ich bitte den Produzenten sprechen?« fragte Miß Moss liebenswürdig. Das Mädchen lehnte auf dem Fensterbrett, die Augen halb geschlossen, und sah aus, als ob sie einschlafen wollte. Miß Moss lächelte ihr zu. Das Mädchen runzelte nicht nur die Stirn, sie schien irgend etwas leicht Unangenehmes zu wittern. Sie rümpfte die Nase, drehte sich abrupt um, kam mit einem Blatt Papier zurück und warf es Miß Moss hin.

»Füllen Sie das Formular aus!« sagte sie. Und knallte den Schalter zu.

»Können Sie fliegen, vom Turm springen, Auto fahren, vom Pferd springen, schießen?« las Miß Moss. Als sie die Straße entlangging, legte sie sich selbst diese Fragen vor. Ein starker, kalter Wind wehte, zerrte an ihr, peitschte ihr höhnisch ins Gesicht. Er wußte, diese Fragen konnte sie nicht beantworten. Im Park warf sie den Fragebogen in einen Papierkorb. Und dann setzte sie sich auf eine Bank, um sich die Nase zu pudern. Doch das Gesicht in dem Taschenspiegel verzerrte sich zu einer Grimasse, das war zuviel für Miß Moss. Sie weinte sich gründlich aus. Das tat so richtig wohl.

»Das wäre also vorbei«, seufzte sie. »Jedenfalls ist's eine Wohltat, mal die Füße auszuruhn. Und meine Nase wird in der frischen Luft bald wieder abkühlen... Es ist sehr hübsch hier drin. Sieh mal die Sperlinge. Tschiep. Tschiep. Wie nahe sie kommen! Bestimmt werden sie gefüttert. Nein, ich hab nichts für euch, ihr frechen kleinen Dinger...« Sie wandte den Blick ab. Was war das für ein großes Gebäude da gegenüber – war das nicht das Café de Madrid? Du meine Güte, war die Kleine aber hingefallen! Armes kleines Ding! Mach dir nichts draus – schon wieder auf... Bis heute abend um acht... Café de Madrid. »Ich könnte ja mal hineingehen, da sitzen und einen Kaffee trinken, weiter nichts. Außerdem verkehren dort auch so viele Künstler.

Ich könnte ja auch ebensogut mal Glück haben... Vielleicht kommt ein dunkler gutaussehender Herr im Pelzmantel mit einem Freund herein und setzt sich an meinen Tisch. ›Nein, alter Junge, ich habe schon in ganz London nach einer Altistin gesucht und kann keine finden. Diese Partie ist eben schwierig. Sieh mal!‹ Und Miß Moss hörte sich sagen: ›Entschuldigen Sie, ich bin zufällig Altistin, und ich habe diesen Part schon viele Male gesungen...‹ Was für ein Zufall! ›Kommen Sie doch jetzt gleich mit mir und singen Sie mir vor!‹ ... Zehn Pfund die Woche... Warum sollte ich denn Angst haben? Angst ist das nicht. Warum sollte ich denn nicht ins Café de Madrid gehen? Ich bin eine ehrbare Frau – eine Altistin. Und ich zittere ja nur, weil ich heute noch nichts gegessen habe... ›Ein hübsches kleines Beweisstück meine Dame!‹ ... Also gut, Mrs. Pine. Café de Madrid. Dort ist abends immer Konzert... ›Warum fangen sie denn nicht an?‹ Die Altistin ist noch nicht da... ›Entschuldigen Sie, ich bin zufällig Altistin. Ich habe das schon viele Male gesungen.‹«

Im Cafe war es dämmrig. Männer, Palmen, rote Plüschsessel, weiße Marmortische, Kellner in weißen Jacken, durch all das ging Miß Moss hindurch. Kaum hatte sie sich hingesetzt, als sich ein beleibter Herr in den Stuhl ihr gegenüber fallen ließ. Ein winziger Hut segelte ihm wie eine kleine Jacht auf dem Kopf.

»Guten Abend!« sagte er.

Freundlich erwiderte Miß Moss: »Guten Abend!«

»Ein schöner Abend«, bemerkte der beleibte Herr.

»Ja, sehr schön. Richtig prachtvoll, nicht wahr?«

Er winkte dem Kellner mit seinem Wurstfinger. »Bringen Sie mir einen großen Whisky!« Und zu Miß Moss gewandt: »Was möchten Sie?«

»Ich hätte gern einen Kognak, wenn's Ihnen egal ist.«

Fünf Minuten später lehnte der beleibte Herr über den

Tisch und blies ihr ein Wölkchen Zigarrenrauch voll ins Gesicht.

»Das ist ja ein sehr verführerisches Band.«

Miß Moss wurde rot und fühlte ein Pochen in den Schläfen, wie sie es noch nie zuvor gespürt hatte.

»Ich war schon immer für Rosa«, sagte sie.

Der beleibte Herr betrachtete sie, wie sie da so mit den Fingern auf dem Tisch trommelte.

»Ich mag sie fest und gut gepolstert.«

Zu ihrer eigenen Überraschung kicherte Miß Moss laut los.

Fünf Minuten später erhob sich der beleibte Herr schwerfällig. »Also denn, gehen wir zu Ihnen oder zu mir?« fragte er.

»Ich komme mit Ihnen mit, wenn's Ihnen egal ist«, entgegnete Miß Moss. Und sie segelte hinter der kleinen Jacht aus dem Café.

Der Mann ohne Temperament

Er stand an der Tür zum Vestibül und drehte den Ring, drehte den schweren Siegelring an seinem kleinen Finger, während sein Blick kalt, mit Bedacht über die runden Tische und Korbstühle schweifte, die in der verglasten Veranda umherstanden. Er spitzte den Mund, als ob er pfeifen wolle – aber er pfiff nicht – er drehte nur den Ring, drehte den Ring an seinen rosigen, frisch gewaschenen Händen.

Drüben in der Ecke saßen die beiden Damen mit der Kauzfrisur. Sie tranken ein Gebräu, das sie stets um diese Tageszeit tranken – etwas Weißliches, Gräuliches, in Gläsern, obendrauf schwamm so etwas wie kleine Schoten. Dazu wühlten sie in einer Büchse voller Papierschnitzel nach gesprenkelten Keksstückchen, die sie entzweibrachen, in die Gläser fallen ließen, um sie dann mit dem Löffel herauszuangeln. Ihrer beider Strickknäuel lagen, schlummernd wie zwei Schlangen, neben dem Tablett.

Die Amerikanerin saß da, wo sie immer saß, vor der Glaswand, im Schatten eines gewaltigen kriechenden Etwas mit weit aufgerissenen purpurroten Augen, das sich an das Glas preßte, ja, sich daran plattdrückte und sie gierig beobachtete.

Und sie wußte, daß es da war – sie wußte, daß es sie so ansah. Sie ging darauf ein; sie spielte sich ein wenig auf. Manchmal zeigte sie sogar darauf und rief: »Ist das nicht das Scheußlichste, was Sie je gesehen haben? Ist das nicht geradezu dämonisch!« Schließlich war es auf der anderen Seite der Veranda ... und außerdem konnte es sie nicht berühren, ja, Klaymongso? Sie war Amerikanerin, nicht wahr, Klaymongso, und sie würde geradewegs zu ihrem Konsul gehen. Klaymongso lag zusammengerollt auf ihrem Schoß unter einer abgewetzten altmodischen Brokattasche, einem schmuddeligen Taschentuch und einem Stoß Briefe von zu Hause, und nieste als Antwort.

Die anderen Tische waren leer. Die Amerikanerin und die beiden ›Käuze‹ wechselten einen Blick. Sie zuckte auf fremdländische Weise die Achseln; sie winkten verständnisvoll mit einem Keks. Er aber sah nichts. Jetzt war er ruhig, jetzt sah man seinen Augen an, daß er lauschte. ›Huu-i-Sip-Suu-uu!‹ hörte man den Lift. Klirrend öffnete sich der eiserne Käfig. Das Geräusch leichter, schleppender Schritte kam durch die Halle auf ihn zu.

Wie ein Blatt fiel ihm eine Hand leicht auf die Schulter. Eine leise Stimme sagte: »Setzen wir uns dorthin – wo wir die Auffahrt sehen können. Die Bäume sind so wunderbar.« Und er setzte sich in Bewegung, noch immer die Hand auf der Schulter und neben sich die leichten, schleppenden Schritte. Er zog einen Stuhl vor, und sie ließ sich langsam darauf nieder, ließ den Kopf an das Rückenpolster sinken und die Arme auf die Seitenlehne fallen.

»Willst du den andern nicht näher heranrücken? Er ist ja meilenweit weg.« Aber er rührte sich nicht.

»Wo ist dein Schal?« fragte er.

»Oh!« stöhnte sie leise und bestürzt. »Wie dumm von mir, ich habe ihn oben auf dem Bett gelassen. Macht nichts. Bitte, hol ihn nicht. Ich brauche ihn nicht, ich brauche ihn ganz bestimmt nicht.«

»Es ist besser, wenn du ihn hast.« Und er machte kehrt und ging mit raschen Schritten durch die Veranda in die dämmrige Halle mit dem roten Plüsch und den vergoldeten Möbeln – den Möbeln eines Zauberkünstlers –, der Ankündigung der Gottesdienste in der Englischen Kirche, der grünen Friestafel, auf der die noch nicht abgeholten Briefe das schwarze Gitter hinaufrankten, der kolossalen Uhr, einer Schenkung, die die halben Stunden schlug, Stapeln von

Stöcken und Schirmen und Sonnenschirmen in den Armen eines braunen Holzbären, vorbei an den beiden verkrüppelten Palmen, den beiden uralten Bettlern am Fuße der Treppe, dann die Marmorstufen hinauf, drei auf einmal, vorbei an der lebensgroßen Gruppe zweier draller Bauernkinder auf dem Treppenabsatz, deren marmorne Schürzen marmorne Trauben füllten, und den Gang entlang, wo Gerümpelhaufen alter Blechbüchsen, Lederkoffer, Segeltuchtaschen lagen, zu ihrem Zimmer.

Dort war das Zimmermädchen. Es sang laut, als es Seifenwasser in einen Eimer schüttete. Die Fenster standen weit offen, die Läden waren zurückgeschlagen, und das Licht fiel gleißend herein. Es hatte die Teppiche und die mächtigen weißen Kopfkissen über das Balkongeländer geworfen; die Moskitonetze über den Betten waren hochgebunden; auf dem Schreibtisch stand ein Napf voller Fusseln und abgebrannter Streichhölzer. Als sie ihn sah, funkelten ihre kleinen frechen Augen, und ihr Gesang wurde zu einem Summen. Aber er ließ sich nichts anmerken. Seine Augen durchsuchten das gleißende Zimmer. Wo zum Teufel war denn der Schal!

»*Vous désirez, Monsieur?*« spottete das Mädchen.

Keine Antwort. Er hatte den Schal entdeckt. Er ging durch das Zimmer, ergriff das graue Spinnengeweb und ging hinaus, wobei er die Tür hinter sich zuschlug. Hinter ihm ertönte die Stimme des Mädchens, lauter und schriller als zuvor.

»Ach, da bist du ja. Was ist passiert? Was hat dich aufgehalten? Der Tee ist bereits da, wie du siehst. Ich habe gerade Antonio nach dem heißen Wasser geschickt. Ist das nicht sehr merkwürdig? Ich muß ihm das doch schon mindestens an die sechzigmal gesagt haben, und trotzdem bringt er's nicht mit. Danke. Das ist sehr nett. Man spürt tatsächlich ein Lüftchen, wenn man sich vorbeugt.«

»Danke.« Er nahm seinen Tee und setzte sich in den anderen Stuhl. »Nein, nichts zu essen.«

»Oh doch! Nur einen, du hast so wenig zu Mittag gegessen, und bis zum Dinner ist's noch lange.«

Ihr Schal fiel herunter, als sie sich vorbeugte, um ihm die Kekse zu reichen. Er nahm einen und legte ihn auf die Untertasse.

»Ach, diese Bäume längs des Fahrwegs!« rief sie. »Ich könnte sie immerzu anschauen. Sie sind wie hochedle Riesenfarne. Und siehst du den dort mit der silbergrauen Rinde und den Büscheln cremefarbender Blüten, gestern habe ich so ein Köpfchen Blüten heruntergezogen, um daran zu riechen, und sie dufteten« – sie schloß die Augen bei der Erinnerung daran, und ihre Stimme wurde immer leiser, klang nur noch dünn, zart – »wie frischgemahlene Muskatnüsse.« Eine kleine Pause. Lächelnd wandte sie sich ihm zu. »Du weißt doch sicher, wie Muskatnüsse riechen, ja, Robert?«

Und er erwiderte das Lächeln. »Wie kann ich dir nun beweisen, daß ich's weiß?«

Da kam Antonio zurück, nicht nur mit dem heißen Wasser, auf einem Tablett brachte er Briefe und drei Zeitungsrollen.

»Oh, die Post! Ach, wie schön! Oh, Robert, die dürfen nicht alle für dich sein! Sind sie gerade erst gekommen, Antonio?« Ihre schmalen Hände flogen hoch und verweilten über den Briefen, die Antonio ihr hinhielt, wobei er sich vorneigte.

»Eben in diesem Augenblick, Signora«, grinste Antonio. »Ich hab – ehem – sie mir vom Briefträger geben lassen.«

»Edler Antonio!« lachte sie. »Da – das sind meine, Robert, der Rest ist für dich.«

Antonio drehte sich auf dem Absatz um, erstarrte förmlich, das Grinsen verschwand aus seinem Gesicht. Das gestreifte Leinenjackett und die enganliegenden schimmernden Ponyfransen ließen ihn wie eine hölzerne Puppe aussehen.

Mr. Salesby steckte die Briefe in die Tasche; die Zeitungen lagen auf dem Tisch. Er drehte den Ring, drehte den Siegelring an seinem kleinen Finger und starrte mit einem ausdruckslosen Blinzeln vor sich hin.

Sie jedoch – in einer Hand die Teetasse, in der anderen die dünnen Papierbogen – hielt den Kopf nach hinten geneigt, ihr Mund war geöffnet, die Backenknochen wie mit leuchtender Farbe angepinselt, und sie nippte, nippte, trank ... trank ...

»Von Lottie«, murmelte sie leise. »Die Ärmste ... solche Beschwerden ... linken Fuß. Sie hatte gedacht ... Nervenentzündung ... Doktor Blyth ... Plattfuß ... Massage. So viele Rotkehlchen dieses Jahr ... äußerst zufrieden mit dem Mädchen ... Indischer Oberst ... jedes Reiskorn gesondert ... sehr starker Schneefall.« Und sie hob ihre großen glänzenden Augen von dem Brief. »Schnee, Robert! Denk doch mal.« Und sie strich über die kleinen dunklen Veilchen, die sie sich an die schmächtige Brust gesteckt hatte, und kehrte zu ihrem Brief zurück.

... Schnee. Schnee in London. Millie mit dem Frühmorgentee. »In der Nacht hat es fürchterlich geschneit, Sir.« – »Oh, wirklich, Millie?« Die Vorhänge gehen auf und lassen das fade, widerstrebende Licht herein. Er richtet sich im Bett auf; die soliden Häuser von gegenüber tauchen vor seinem flüchtigen Blick auf, weiß eingerahmt, die Blumenkästen voller wundervoller Zweige aus weißen Korallen ... Im Badezimmer – es geht nach hinten zum Garten hinaus. Schnee – überall dichter Schnee. Den Rasen bedecken wellenförmige Muster wie von Katzenpfoten; der Gartentisch ist von einer dicken, dicken Eisschicht überzogen; die verdorrten

Schoten des Goldregens sind weiße Quasten; nur im Efeu zeigt sich hier und da ein dunkles Blatt ... Er wärmt sich den Rücken am Feuer im Eßzimmer, über einem Stuhl trocknet die Zeitung. Millie mit dem Speck. »Ach, wenn es Ihnen recht ist, Sir, da sind zwei kleine Jungs draußen, die wollen für einen Shilling die Stufen und vorm Haus saubermachen, soll ich sie lassen?« ... Und dann Jinnie – wie sie leicht, ganz leicht die Treppen herunterschwebt. »Ach, Robert, ist das nicht herrlich? Ach, wie schade, daß das alles schmelzen muß. Wo ist denn die Miezekatze?« – »Millie wird sie holen.« – »Millie, geben Sie mir doch mal das Kätzchen, wenn es bei Ihnen unten ist.« – »Sehr wohl, Sir.« Unter seiner Hand spürt er das kleine Herz schlagen. »Komm schon, alter Freund, deine Herrin verlangt nach dir.« – »Oh Robert, zeig ihr doch den Schnee – seinen ersten Schnee. Soll ich das Fenster aufmachen und ihr ein klein bißchen auf die Pfote geben?« ...

»Na ja, das klingt ja im ganzen recht zufriedenstellend – sehr sogar. Arme Lottie! Anne, Liebes! Ich wünschte nur, ich könnte ihnen etwas davon schicken«, rief sie und winkte mit den Briefen zu dem strahlenden, blendenden Garten hinaus.

»Noch Tee, Robert? Robert, Lieber, noch Tee?«

»Nein, danke. Er war sehr gut«, sagte er schleppend.

»Nun, meiner nicht. Meiner schmeckte wie kleingehäckseltes Heu. Oh, da kommen ja die beiden Hochzeitsreisenden.«

Halb laufend, halb rennend, zwischen sich einen Korb und Ruten und Schnüre, so kamen sie den Fahrweg, dann die flachen Stufen herauf.

»Meine Güte! Sind Sie angeln gewesen?« rief die Amerikanerin. Sie waren außer Atem, keuchten: »Ja, ja, den ganzen Tag sind wir in einem kleinen Boot draußen gewesen.

Sieben Stück haben wir gefangen. Vier sind gut zum Essen. Aber drei geben wir weg. Den Kindern.«

Mrs. Salesby schob den Stuhl herum, um sie anzusehen; die ›Käuze‹ legten die Schlangen ab. Es war ein sehr dunkles junges Paar – schwarzes Haar, olivfarbene Haut, glänzende Augen und Zähne. Er war nach ›englischer Mode‹ gekleidet, Flanelljacke, weiße Hosen und Schuhe. Um den Hals trug er einen Seidenschal. Der Kopf mit dem zurückgekämmten Haar war unbedeckt. Und ständig wischte er sich die Stirn, rieb sich die Hände mit einem leuchtenden Taschentuch. Ihr weißer Rock hatte einen nassen Fleck; Hals und Nacken waren dunkelrot getönt. Als sie die Arme hob, hatte der Schweiß große Halbkreise unter den Achselhöhlen gezeichnet. Das Haar klebte ihr in nassen Locken im Gesicht. Sie sah aus, als ob ihr junger Ehemann sie ins Meer getaucht hätte, um sie dann wieder herauszufischen, an der Sonne zu trocknen, und dann – wieder hinein mit ihr – den lieben langen Tag.

»Ob Klaymongso einen Fisch möchte?« schrien sie. Schwer vor Begeisterung prallten ihre lachenden Stimmen wie Vögel gegen die eingeglaste Veranda, und dem Korb entstieg ein eigentümlicher, salzartiger Geruch.

»Heute nacht werden Sie gut schlafen«, ließ sich einer der ›Käuze‹ hören und kratzte sich mit der Stricknadel im Ohr, während der andere ›Kauz‹ lächelnd dazu nickte.

Die beiden Hochzeitsreisenden sahen sich an. Eine gewaltige Woge schien über sie hinzugehen. Sie rangen nach Luft, schluckten, zögerten ein wenig, und dann platzten sie heraus und lachten und lachten.

»Wir können nicht hinaufgehen. Wir sind einfach zu müde. Wir müssen so, wie wir sind, unsern Tee trinken. Hier Kaffee. Nein – Tee. Nein – Kaffee. Tee – Kaffee, Antonio!« Mrs. Salesby wandte sich ab.

»Robert! Robert!« Wo war er nur? Er war nicht da. Ach,

da stand er ja am anderen Ende der Veranda, mit dem Rükken zu ihr, und rauchte eine Zigarette. »Robert, machen wir jetzt unsere kleine Runde?«

»Gut.« Er drückte die Zigarette im Aschenbecher aus und kam herübergeschlendert, die Augen auf den Boden gerichtet. »Ist dir auch warm genug?«

»Oh ja.«

»Bestimmt?«

»Hm«, sie legte ihm die Hand auf den Arm, »vielleicht«, und ganz leicht drückte sie seinen Arm – »es ist nicht oben, es ist nur in der Halle – vielleicht könntest du mir mein Cape holen. Es hängt dort.«

Er kam damit zurück, und sie neigte den schmächtigen Kopf, während er es ihr auf die Schultern gleiten ließ. Darauf bot er ihr sehr steif den Arm. Sie verneigte sich freundlich vor den Leuten auf der Veranda, während er gerade noch ein Gähnen unterdrückte, und dann gingen sie zusammen die Stufen hinunter.

»*Vous avez voo ça!*« ließ sich die Amerikanerin hören.

»Er ist kein Mann«, sagten die beiden ›Käuze‹, »er ist ein Ochse. Früh und abends, wenn wir im Bett sind, sage ich zu meiner Schwester – er ist kein Mann, sondern ein Ochse, sage ich!«

Quirlend, sich überschlagend, Kobolz schießend brach sich das Gelächter der Jungvermählten an den Glasscheiben der Veranda.

Die Sonne stand noch hoch. Jedes Blatt, jede Blume im Garten lag weit geöffnet da, regungslos, wie erschöpft, und ein süßer, schwerer, scharfer Geruch füllte die zitternde Luft. Aus den dicken, fleischigen Blättern eines Kaktus wuchs ein mit blassen Blüten überladener Aloestamm, die Blüten sahen aus, als wären sie aus Butter modelliert worden. Die hochaufragenden Palmenwedel blinkten im Licht; über einem Beet tiefroter glänzender Blumen ›ssss-summten‹ dicke schwarze Insekten; ein großer prunkvoller Wurm, orange mit pechschwarzen Flecken, kroch auf eine Wand zu.

»Ich brauche mein Cape doch nicht«, sagte sie. »Es ist wirklich zu warm.« So nahm er es ihr denn ab und trug es über dem Arm. »Laß uns diesen Weg langgehen. Ich fühle mich so gut heute, erstaunlich besser. Du lieber Himmel – guck dir mal die Kinder da an! Und das im November!«

In einer Ecke des Gartens standen zwei Bottiche, bis zum Rand mit Wasser gefüllt. Drei kleine Mädchen tummelten sich darin und planschten auf und ab. Die Schlüpfer hatten sie vorsorglich ausgezogen und an einen Busch gehängt, die Röcke hielten sie bis zur Taille hochgerafft. Die Haare fielen ihnen ins Gesicht, sie kreischten und bespritzten sich. Doch plötzlich blickte die Kleinste, die einen Zuber für sich hatte, auf und sah die Zuschauer. Einen Augenblick schien sie vor Schreck ganz benommen zu sein, dann kämpfte und mühte sie sich tolpatschig aus ihrem Bottich, die Kleider noch immer über die Taille gerafft. »Der Engländer! Der Engländer!« schrie sie und lief fort, um sich zu verstecken. Unter Schreien und Kreischen folgten ihr die beiden anderen. Augenblicklich waren sie verschwunden; augenblicklich waren da nur noch die beiden Bottiche und die kleinen Schlüpfer auf dem Busch.

»Wie – wie – seltsam!« sagte sie. »Was hat sie denn so erschreckt? Sie waren doch auf jeden Fall viel zu jung, um ...« Sie sah zu ihm auf. Er kam ihr blaß vor – aber wunderschön vor dem großen tropischen Gewächs mit den langen, spitzen Dornen.

Er antwortete nicht gleich. Dann begegnete er ihrem Blick und lächelte sein bedächtiges Lächeln. »*Très* komisch!« sagte er.

Très komisch! Ach, ihr war ganz schwach. Ach, warum mußte sie ihn denn so sehr lieben, nur weil er so etwas sagte.

Très komisch! Das war ganz und gar Robert. Niemand außer Robert konnte überhaupt so etwas sagen. So wunderbar, so brillant, so gebildet zu sein und dann mit der eigentümlichen Jungenstimme zu sagen... Sie hätte weinen mögen.

»Weißt du, manchmal bist du sehr wunderlich«, sagte sie.

»Ja«, antwortete er. Und sie gingen weiter.

Aber sie war müde. Sie hatte genug. Sie wollte nicht mehr laufen.

»Laß mich hier und mach du weiter deinen Verdauungsspaziergang, ja? Ich bin dann in einem der Liegestühle hier. Wie gut, daß du mein Cape geholt hast; du brauchst nicht hinaufzugehen, um mir eine Decke zu holen. Danke, Robert, ich werde dieses köstliche Heliotrop bewundern... Du bleibst nicht zu lange?«

»Nein – nein. Dir macht es doch nichts aus, hierzubleiben?«

»Unsinn! Ich möchte, daß du gehst. Ich kann nicht erwarten, daß du ständig hinter deiner kranken Frau herzukkelst... Wie lange wirst du weg sein?«

Er zog seine Uhr heraus. »Es ist genau halb fünf. Viertel sechs bin ich wieder da.«

»Viertel sechs wieder da«, wiederholte sie, und still lag sie in dem Liegestuhl und faltete die Hände.

Er ging. Auf einmal war er wieder da. »Hör mal, möchtest du meine Uhr haben?« Und er ließ sie vor ihr baumeln.

»Oh!« Sie hielt den Atem an. »Sehr, sehr gern.« Und sie umklammerte die Uhr, die warme Uhr, die allerliebste Uhr mit den Fingern. »Jetzt geh aber schnell.«

Die Tore der Pension Villa Excelsior standen weit offen, hatten ein paar verwegene Geranien eingequetscht. Leicht gebückt, den Blick starr geradeaus gerichtet, ging er mit raschen Schritten hindurch und begann, den Berg hinaufzusteigen, der die Stadt einschloß und sich wie ein mächtiges

Tau um die Villen spannte. Dick lag der Staub. Ein Wagen rollte in Richtung ›Excelsior‹ heran. Darin saßen der General und die Gräfin. Sie kamen von der täglichen Ausfahrt. Mr. Salesby trat zur Seite, doch der Staub wirbelte hoch, dick, weiß, zum Ersticken, wie Wolle. Die Gräfin hatte gerade noch Zeit, den General heimlich anzustoßen. »Da geht er«, sagte sie maliziös.

Aber der General ließ ein lautes Krächzen hören und sah geflissentlich in die andere Richtung.

»Das ist der Engländer«, sagte der Kutscher, als er sich mit einem Lächeln umwandte. Und die Gräfin warf die Hände hoch und nickte so liebenswürdig, daß er vor Genugtuung ausspie und dem stolpernden Pferd einen Hieb versetzte.

Weiter – weiter – vorbei an den schönsten Villen der Stadt, großartigen Palästen, Palästen, die anzusehen jede noch so weite Reise lohnte, vorbei an den öffentlichen Anlagen mit den in Stein gehauenen Grotten und Statuen und steinernen Tieren, die aus dem Brunnen tranken, in ein ärmlicheres Viertel. Hier schlängelte sich die Straße eng und schmutzig zwischen hohen, schmalbrüstigen Häusern dahin, die zu ebener Erde für Ställe und Zimmermannswerkstätten gleichsam ausgeweidet worden waren. An einem Brunnen vor ihm klopften zwei alte Frauen Wäsche. Als er an ihnen vorbeiging, hockten sie sich hin, starrten ihn an, und dann hörte er hinter sich ihr »A-hak-kak-kak!«, wie der Stein auf die Wäsche schlug und schlug.

Er erreichte die Höhe; er bog um eine Ecke, und die Stadt war nicht mehr zu sehen. Drunten blickte er in ein tiefes Tal mit einem ausgetrockneten Flußbett ganz unten. Hüben und drüben standen kleine baufällige Häuser, auf deren bruchigen Steinveranden Obst zum Trocknen lag, im Garten gab es Tomatenreihen und von der Gartentür zum Haus ein Rebenspalier. Das Sonnenlicht des Spätnachmittags lag tief und golden in der Talmulde. Ein Geruch von Holzkohle hing in der Luft. In den Gärten waren die Männer dabei, die Weintrauben abzuschneiden. Er sah einem Mann zu, der im grünlichen Schatten stand, wie er eine schwarze Traube hochhob, sie in einer Hand hielt, das Messer vom Gürtel nahm, sie abschnitt und in einen flachen, bootsförmigen Korb legte. Der Mann arbeitete ohne Hast, ruhig, brauchte eine Ewigkeit für diese Arbeit. An den Hecken über der Straße waren die Weintrauben klein wie Beeren, wild wuchsen sie zwischen den Steinen. Er lehnte sich an eine Hauswand, stopfte die Pfeife, hielt ein Streichholz daran ...

Lehnte sich über ein Gartentor und schlug den Kragen seines Regenmantels hoch. Gleich würde es zu regnen anfangen. Es machte nichts, er war darauf eingerichtet. Im November erwartete man nichts anderes. Er blickte über das kahle Feld. Von der Ecke neben dem Tor kam der Geruch von Steckrüben, da lag ein großer Berg, naß, schmutzfarben. Zwei Männer gingen vorbei auf die verstreuten Häuser des Dorfes zu. »Guten Tag!« – »Guten Tag!« Um Himmels willen! Er mußte sich beeilen, wenn er den Zug nach Hause erreichen wollte. Über das Tor, querfeldein, über einen Zauntritt, einen Feldweg lang, in strömendem Regen marschierte er dahin durch die Dämmerung ... Gerade noch zeitig genug wieder zu Hause, um vor dem Abendessen ein Bad zu nehmen und sich umzuziehen ... Im Wohnzimmer; Jinnie sitzt beinahe im Feuer. »Oh, Robert, ich hab dich nicht hereinkommen hören. War's schön? Wie gut du riechst! Ein Geschenk?« – »Ein paar Brombeeren, die ich für dich gepflückt habe. Schöne Farbe.« – »Oh ja, fein, Robert! Dennis und Beaty kommen zum Abendessen.« Das Abendessen – kalter Rinderbraten, Pellkartoffeln, Rotwein, gewöhnliches Bäckerbrot. Sie sind fröhlich – alle lachen. »Ach, wir alle kennen doch Robert«, sagte Dennis, er haucht seine Brille an und poliert sie. »Übrigens, Dennis, habe ich eine sehr hübsche kleine Ausgabe von ...«

Eine Uhr schlug. Er fuhr herum. Wie spät war es? Fünf? Viertel sechs? Zurück, den Weg zurück, den er gekommen war. Als er durch das Gartentor trat, sah er sie auf Beobachtungsposten. Sie stand auf, winkte und kam ihm langsam entgegen, das schwere Cape zerrte sie hinter sich her. In der Hand trug sie einen Heliotropzweig.

»Du kommst zu spät«, rief sie fröhlich. »Du kommst drei Minuten zu spät. Hier ist deine Uhr, sie hat mir gute Dienste geleistet, während du weg warst. War's schön? Hat dir's gefallen? Erzähle. Wo warst du?«

»Hör mal – zieh das an«, sagte er und nahm ihr das Cape ab.

»Ja, mach ich. Ja, es wird langsam kühl. Gehen wir aufs Zimmer?«

Als sie zum Lift kamen, hustete sie. Er runzelte die Stirn.

»Das ist nichts weiter. Ich bin nicht zu lange draußen gewesen. Sei nicht böse.« Sie setzte sich auf einen der roten Plüschsessel, dieweil er läutete und läutete und dann, da sich nichts rührte, den Finger auf der Klingel ließ.

»Oh, Robert, meinst du wirklich, du solltest das tun?«

»Sollte was tun?«

Die Tür zum Salon ging auf. »Was ist denn? Wer macht hier so einen Lärm?« tönte es von drinnen. Klaymongso begann zu kläffen. »Krrr! Krrr!« krächzte der General. Ein ›Kauz‹ kam herausgestürzt, eine Hand am Ohr, öffnete die Tür fürs Personal und schrie: »Mr. Queet! Mr. Queet!« Das brachte sofort den Direktor auf den Plan.

»Sind Sie's, der läutet, Mr. Salesby? Möchten Sie den Fahrstuhl? Sehr wohl, mein Herr. Ich werde Sie selbst nach oben bringen. Bei Antonio hätte es keine Minute mehr gedauert, er hat gerade seine Schürze abgenommen –« Und nachdem der salbungsvolle Direktor sie hineingeleitet hatte, ging er zur Salontür. »Tut mir sehr leid für die Störung, meine Damen und Herren.« Salesby stand im Aufzug, sog an der Unterlippe, starrte an die Decke und drehte den Ring, drehte den Siegelring an seinem kleinen Finger ...

In Ihrem Zimmer angelangt, ging er sofort zum Waschtisch, schüttelte die Flasche, goß ihr eine Dosis ein und brachte ihr die Arznei.

»Setz dich. Trink. Und nicht reden!« Und er stand da, über sie gebeugt, während sie gehorchte. Dann nahm er das Glas, spülte es aus und stellte es wieder ins Regal zurück. »Möchtest du ein Kissen?«

»Nein, ich bin ganz in Ordnung. Komm hierher. Setz dich nur einen Augenblick zu mir, ja, Robert? Ach, das tut sehr gut.« Sie wandte sich ihm zu und steckte den Heliotropzweig in den Aufschlag seines Rockes. »Das ist äußerst kleidsam.« Und dann lehnte sie den Kopf an seine Schulter, und er legte den Arm um sie.

»Robert –« Ihre Stimme glich einem Seufzer – einem Hauch.

»Ja –«

Lange saßen sie so da. Der Himmel flammte auf, verblaßte; die beiden weißen Betten waren wie zwei Schiffe ... Schließlich hörte er das Mädchen mit den Krügen heißen Wassers über den Gang laufen, und sanft ließ er sie los und schaltete das Licht an.

»Ach, wie spät ist es? Oh, was für ein himmlischer Abend. Ach, Robert, während du heute nachmittag fort warst, habe ich nachgedacht ...«

Sie waren das letzte Paar, das den Speisesaal betrat. Da saß die Gräfin mit Lorgnon und Fächer, da saß der General in seinem Spezialstuhl mit dem aufgeblasenen Kissen und der kleinen Decke über den Knien. Da saß die Amerikanerin und zeigte Klaymongso eine Ausgabe der ›Saturday Evening Post‹ … ›Ein wahres Labsal der Vernunft, dazu ein überströmend Herz.‹ Da saßen die beiden ›Käuze‹ und betasteten die Pfirsiche und Birnen in ihrer Obstschale und legten die beiseite, die sie für unreif oder überreif hielten, um sie dem Direktor zu zeigen, und die Jungvermählten lehnten über dem Tisch, flüsterten, bemüht, nicht laut loszulachen.

Mr. Queet, in Alltagskleidung und weißen Leinenschuhen, teilte die Suppe aus, und Antonio, im Frack, trug sie auf.

»Nein«, sagte die Amerikanerin, »nehmen Sie sie wieder mit, Antonio. Wir können keine Suppe essen. Wir können doch nichts Breiiges essen, nicht wahr, Klaymongso?«

»Bringen Sie sie zurück und machen Sie den Teller voll bis zum Rand!« sagten die ›Käuze‹, und sie drehten sich um und paßten auf, als Antonio ihre Botschaft ausrichtete.

»Was ist das? Reis? Gekocht?« Die Gräfin spähte durch das Lorgnon. »Mr. Queet, der General kann etwas von dieser Suppe essen, wenn der Reis gekocht ist.«

»Sehr wohl, Frau Gräfin.«

Die Jungvermählten aßen statt dessen ihren Fisch.

»Gib mir den. Den habe ich gefangen. Nein, das ist er nicht. Ja, doch. Nein. Nun, er guckt mich so mit dem Auge an, daß er es sein muß. Los! He! He!« Ihre Füße waren unterm Tisch umeinandergeschlungen.

»Robert, du ißt doch schon wieder nichts. Fehlt dir etwas?«

»Nein. Mag nicht mehr, das ist alles.«

»Ach, wie dumm! Da kommen Spinat und Ei. Du magst doch keinen Spinat. Fürs nächste Mal muß ich ihnen das sagen …«

Ein Ei und Kartoffelbrei für den General.

»Mr. Queet! Mr. Queet!«

»Ja, Frau Gräfin.«

»Das Ei für den General ist schon wieder zu hart.«

»Krr! Krr! Krr!«

»Tut mir sehr leid, Frau Gräfin. Soll ich Ihnen ein anderes kochen lassen, Herr General?«

...Sie sind die ersten, die den Speisesaal verlassen. Sie erhebt sich, nimmt ihren Schal, und er steht abseits und wartet, daß sie vorbeigeht, er dreht den Ring, dreht den Siegelring an seinem kleinen Finger. In der Halle schwebt Mr. Queet auf sie zu. »Ich dachte mir, Sie möchten vielleicht nicht auf den Fahrstuhl warten. Antonio serviert gerade die Fingerschalen. Und es tut mir leid, die Klingel geht nicht, sie ist kaputt. Ich kann mir nicht erklären, was damit ist.«

»Oh, ich hoffe sehr ...« von ihr.

»Geh rein«, sagt er.

Mr. Queet folgt ihnen und schlägt die Tür zu ...

»... Robert, hast du etwas dagegen, wenn ich mich sehr zeitig schlafen lege? Möchtest du nicht in den Salon oder in den Garten gehn? Oder vielleicht möchtest du auch auf dem Balkon eine Zigarre rauchen. Es ist herrlich draußen. Und ich mag Zigarrenrauch. Immer schon. Aber wenn du lieber...«

»Nein, ich bleibe hier sitzen.«

Er nimmt einen Stuhl und setzt sich auf den Balkon. Er hört sie im Zimmer hin und her gehen, hört leicht, ganz leicht, ihre Bewegungen und Rascheln. Dann kommt sie zu ihm herüber. »Gute Nacht, Robert.«

»Gute Nacht.« Er nimmt ihre Hand und küßt sie auf die Innenseite. »Erkälte dich nicht!«

Der Himmel ist jadegrün, sternenübersät. Ein riesiger weißer Mond hängt über dem Garten. In der Ferne zittert ein Blitz auf – zittert wie ein Flügel – flattert wie ein lahmer Vogel, der zu fliegen versucht, wieder herabsinkt, aufs neue kämpft.

Auf den Gartenweg scheinen die Lichter aus dem Salon, dazu ertönen die Klänge eines Klaviers. Und einmal ruft die Amerikanerin, als sie die Verandatür öffnet, um Klaymongso in den Garten zu lassen: »Haben Sie diesen Mond gesehen?« Aber niemand antwortet.

Ihm wird sehr kalt, wie er da sitzt und das Balkongitter anstarrt. Schließlich geht er hinein. Der Mond – das Zimmer ist in weißes Mondlicht getaucht. In den Spiegeln erzittert das Licht; die beiden Betten scheinen zu schweben. Sie schläft. Er sieht sie durch die Moskitonetze, sie sitzt, halb von Kissen gestützt, die weißen Hände auf der Decke gefaltet. Versilbert sind die weißen Wangen, das helle Haar ins Kopfkissen gepreßt. Rasch, leise zieht er sich aus und geht ins Bett. Da liegt er nun, die Hände hinter dem Kopf verschränkt ...

... In seinem Arbeitszimmer. Spätsommer. Der wilde Wein kurz vorm Verblühen ...

»Ja, mein Lieber, so sieht's aus. Das ist der langen Rede kurzer Sinn. Wenn sie für die nächsen zwei Jahre nicht von hier verschwinden kann, um es mit einem zuträglichen Klima zu versuchen, dann – hm, macht sie's nicht mehr lange. Wir wollen doch das Kind beim Namen nennen.« – »Ja, gewiß ...« – »Und verdammt noch mal, altes Haus, was hält dich denn eigentlich davon ab mitzufahren? Du hast doch nicht so eine geregelte Arbeit wie wir Lohnempfänger. Was du machst, kannst du überall machen, ganz egal, wo –« – »Zwei Jahre«. – »Ja, ich würde zwei Jahre annehmen. Das Haus hier zu vermieten ist bestimmt kein Problem. Um die Wahrheit zu sagen ...«

... Er ist bei ihr. »Robert, das dumme ist – das ist bestimmt die Krankheit –, ich hab einfach das Gefühl, daß ich nicht allein wegfahren könnte. Du mußt verstehen – du bist mein ein und alles. Du bist das Brot und der Wein, Robert, das Brot und der Wein. Ach, Liebster, was rede ich denn da! Natürlich könnte ich, natürlich werde ich dich nicht hier weglotsen ...«

Er hört, wie sie sich rührt. Möchte sie etwas?

»Boogles?«

Du lieber Himmel! Sie spricht im Schlaf. Diesen Namen haben sie schon ewig nicht mehr benutzt.

»Boogles. Bist du wach?«

»Ja, brauchst du irgend etwas?«

»Ach, ich falle dir langsam zur Last. Entschuldige. Wärst du so nett? In meinem Netz ist ein verdammter Moskito – ich kann ihn summen hören. Würdest du ihn fangen? Ich möchte mich nicht bewegen wegen meines Herzens.«

»Nein, beweg dich nicht. Bleib, wo du bist.« Er macht das Licht an, hebt das Netz hoch. »Wo ist der kleine Kerl? Weißt du, wo er ist?«

»Ja, da drüben in der Ecke. Ach, ich komme mir so hundsgemein vor, dich aus dem Bett aufgescheucht zu haben. Findest du das schlimm?«

»Nein, natürlich nicht.« Einen Augenblick steht er da in seinem blauweißen Schlafanzug. Dann: »Hab ihn«, sagte er.

»Oh fein. War's ein dicker?«

»Schrecklich.« Er ging hinüber zum Waschtisch und tauchte die Finger ins Wasser. »Ist jetzt alles in Ordnung? Soll ich das Licht ausmachen?«

»Ja, bitte. Nein. Boogles! Komm noch mal her. Setz dich zu mir. Gib mir deine Hand!« Sie dreht seinen Siegelring. »Warum hast du nicht geschlafen? Boogles, hör zu. Komm näher. Manchmal frage ich mich – findest du's schlimm, mit mir hier zu sein?«

Er beugt sich zu ihr hinab. Er küßt sie. Er deckt sie gut zu, streicht das Kopfkissen glatt.

»Dummes Zeug!« flüstert er.

Mr. Reginald Peacocks grosser Tag

Wenn es etwas gab, was er ganz und gar nicht mochte, dann war es die Art, wie sie ihn morgens weckte. Natürlich war das Absicht. Auf diese Weise bewies sie ihren Groll für den Tag, und auf keinen Fall wollte er sie wissen lassen, wie erfolgreich sie damit war. Aber weiß der Himmel, es war direkt gefährlich, einen empfindsamen Menschen so zu wecken. Er brauchte Stunden, um darüber hinwegzukommen – geradezu Stunden! In einer zugeknöpften Kittelschürze kam sie in das Zimmer, ein Tuch um den Kopf – zum Zeichen, daß sie selbst seit dem Morgengrauen auf den Beinen war und schuftete –, und rief mit leiser, gebietender Stimme: »Reginald!«

»He! Was! Was ist denn? Was ist los?«

»Zeit zum Aufstehn. Es ist halb neun.« Schon ging sie wieder hinaus und schloß die Tür leise hinter sich, bestimmt, um sich an ihrem Triumph zu weiden.

Als er sich in dem großen Bett auf die andere Seite drehte, schlug sein Herz noch immer rasch und dumpf, und mit jedem Schlag fühlte er, wie seine Kraft schwand, wie seine – seine Inspiration für den Tag unter diesen dumpfen Schlägen verging. Sie schien eine hämische Freude daran zu haben, ihm das Leben schwerer zu machen, als es – weiß der Himmel – war, indem sie ihm seine Rechte als Künstler absprach und versuchte, ihn auf ihr Niveau herabzuziehen. Was war nur mit ihr los? Was zum Teufel wollte sie eigentlich? Hatte er jetzt nicht dreimal so viele Schüler wie damals, als sie frisch verheiratet waren, verdiente er nicht dreimal soviel, zahlte er nicht für jeden Knopf, den sie besaßen, und hatte er jetzt nicht begonnen, für Adrians Kindergarten zu blechen? ... Und hatte er ihr jemals vorgehalten, daß sie nicht einen Penny ihr eigen nannte? Mit keinem Wort – mit keiner Miene! In Wahrheit war es so, daß eine Frau, hat man sie einmal geheiratet, unersättlich wird, und in Wahrheit war nichts verhängnisvoller für einen Künstler als die Ehe, jedenfalls bis er weit über die vierzig war ... Warum hatte er sie geheiratet? Diese Frage stellte er sich durchschnittlich so dreimal am Tag, aber er konnte sie nie zufriedenstellend beantworten. Sie hatte ihn in einem schwachen Augenblick gefangen, als das erste Eintauchen in die Wirklichkeit ihn eine Zeitlang bestürzt und überwältigt hatte. Wenn er zurückschaute, sah er ein rührendes junges Geschöpf, halb Kind, halb wilder, ungezähmter Vogel, völlig unfähig, mit Rechnungen, Gläubigern und all den unerquicklichen kleinen Dingen des Daseins umzugehen. Nun, sie hatte ihr Bestes getan, ihm die Flügel zu stutzen, wenn ihr das eine Genugtuung war, und sie konnte sich zum Erfolg dieser Frühmorgennummer gratulieren. Man sollte zögernd, mit Feingefühl wecken, dachte er und kroch tief in das warme Bett. Er fing an, sich eine Reihe bezaubernder Szenen vorzustellen, die damit endeten, daß seine neueste, reizendste Schülerin ihm ihre bloßen, duftenden Arme um den Hals schlang und ihn mit ihrem langen, wohlriechenden Haar bedeckte. »Wach auf, mein Lieb!« ...

Während das Wasser in die Wanne lief, prüfte Reginald Peacock, seiner täglichen Gewohnheit folgend, seine Stimme.

> »Wenn die Mutter vorm lachenden Spiegel
> die Bänder ihr schnürt, das Haar ihr flicht ...«

sang er, zuerst verhalten, auf die Färbung der Töne lauschend. Er schonte seine Stimme, bis er zum dritten Vers kam:

»Da denkt sie oft: Dies wilde Ding, ach, wär's getraut ...«

Bei dem Wort ›getraut‹ brach er in solch ein Triumphgeschrei aus, daß der Zahnputzbecher auf dem Wandbord im

Bad wackelte und sogar der Wasserhahn stürmischen Applaus auszuströmen schien...

Nun, mit seiner Stimme war alles in Ordnung, dachte er, sprang in die Wanne und seifte sich den weichen rosa Körper von oben bis unten mit einem Schwamm ein, der wie ein Fisch aussah. Er hätte Covent Garden damit füllen können! »Getraut!« schmetterte er wieder, ergriff das Handtuch mit einer großartigen Operngeste und sang weiter, während er sich abrieb, als wäre er Lohengrin, der, von einem unvorsichtigen Schwan ins Wasser gekippt, sich jetzt in größter Hast abtrocknete, ehe diese lästige Elsa auftauchte...

Wieder im Schlafzimmer, zog er mit einem Ruck die Jalousie hoch. Dann stand er da in dem bleichen Viereck voll Sonnenlicht, das wie ein Blatt cremefarbenes Löschpapier auf dem Teppich lag, und begann mit der Gymnastik – er atmete tief, beugte sich vor und zurück, hockte sich hin wie ein Frosch und streckte die Beine aus; denn wenn es etwas gab, wovor ihm graute, dann war es das Dickwerden, und Männer seines Berufes neigten in erschreckendem Maße dazu. Zur Zeit jedoch war davon nichts zu spüren. Er war, stellte er fest, gerade richtig, hatte genau die passenden Maße. In der Tat konnte er sich eines wohlgefälligen Schauders nicht erwehren, als er sich im Spiegel sah, in Cutaway, dunkelgrauen Hosen, grauen Socken und schwarzer Krawatte mit einem Silberfaden darin. Nicht daß er eitel gewesen wäre – er konnte eitle Männer nicht ausstehen – nein, ganz und gar nicht. Sein Anblick bereitete ihm das Gefühl einer rein ästhetischen Zufriedenheit. »*Voilà tout!*« sagte er und strich mit der Hand über sein glattes Haar.

Diese kleine, leichte französische Wendung, die so leicht wie ein Rauchwölkchen seinen Lippen entstieg, erinnerte ihn daran, daß ihn am Abend zuvor erneut jemand gefragt hatte, ob er Engländer sei. Es schien den Leuten schwerzufallen zu glauben, daß er kein südliches Blut habe. Es stimmte schon, sein Gesang verriet eine gefühlvolle Färbung, die nichts von einem typischen Engländer an sich hatte ... Die Türklinke knarrte und wurde hin und her gedreht. Adrians Kopf schob sich plötzlich herein.

»Bitte, Vater, die Mutter sagt, das Frühstück ist fertig, bitte.«

»Ausgezeichnet«, sagte Reginald. Dann, gerade als Adrian verschwand: »Adrian!«

»Ja, Vater.«

»Du hast nicht ›guten Morgen‹ gesagt.«

Vor einigen Monaten hatte Reginald ein Wochenende bei einer überaus aristokratischen Familie verbracht, wo der Vater seine kleinen Söhne am Morgen mit einem Händedruck empfing. Reginald fand diese Sitte bezaubernd und führte sie unverzüglich ein. Aber Adrian kam sich furchtbar albern dabei vor, jeden Morgen seinem eigenen Vater die Hand geben zu müssen. Und warum gebrauchte sein Vater ihm gegenüber immer so eine Art Singsang, anstatt zu sprechen? ...

In ausgezeichneter Stimmung betrat Reginald das Eßzimmer und setzte sich vor einen Stoß Briefe, eine Nummer der ›Times‹ und eine kleine zugedeckte Schüssel. Er warf einen Blick auf die Briefe und dann auf sein Frühstück, zwei dünne Scheiben Speck und ein Ei.

»Ißt du denn keinen Speck?« fragte er.

»Nein, ich mag lieber einen kalten Bratapfel. Ich muß nicht jeden Morgen Speck essen.«

Sollte das etwa heißen, daß auch er nicht jeden Morgen Speck zu essen brauchte und daß sie grollte, welchen für ihn machen zu müssen?

»Wenn du das Frühstück nicht zubereiten willst«, sagte er, »warum nimmst du dir dann kein Mädchen? Du weißt, wir können es uns leisten, und du weißt auch, wie zuwider mir das ist, wenn ich sehen muß, wie meine Frau die Arbeit macht. Nur weil mit all den Frauen, die wir bisher hatten, nichts los war und sie meine Ordnung vollständig durcheinanderbrachten und es nahezu unmöglich machten, daß ich hier Schüler empfing, hast du es aufgegeben, eine anständige Frau zu suchen. Es ist doch nicht unmöglich, ein Dienstmädchen anzulernen, nicht wahr? Ich meine, das erfordert doch kein Genie?«

»Aber ich mache die Arbeit lieber selbst. Das Leben ist dann viel friedlicher ... Beeil dich, Adrian, mein Liebling, mach dich für die Schule fertig.«

»Ach nein, das ist's nicht!« Reginald tat, als lächelte er. »Du machst die Arbeit selber, weil es dir aus irgendeinem unerfindlichen Grunde Spaß macht, mich zu erniedrigen. Objektiv gesehen weißt du das vielleicht nicht, aber subjektiv ist das so.« Die letzte Bemerkung entzückte ihn derart, daß er einen Briefumschlag mit einem Anstand öffnete, als ob er auf der Bühne wäre ...

Verehrter Mr. Peacock!

Mir ist, als ob ich nicht schlafen könne, ehe ich Ihnen nicht nochmals für die einzigartige Freude gedankt habe, die Ihr Gesang mir heute abend bereitet hat. Einfach unvergeßlich! Sie machen mich neugierig, wie ich es seit meiner Kindheit nicht mehr war, ob das *alles* ist. Ich meine, ob diese gemeine Welt *alles* ist. Ob nicht vielleicht diejenigen unter uns, die verstehen, göttliche Schönheit und Vielfalt erwartet, wenn wir nur den *Mut* haben, sie zu sehen. Und sie zu der unseren zu machen ... Das Haus ist so still. Ich wünschte, Sie wären jetzt hier, damit ich Ihnen persönlich danken könnte. Sie vollbringen etwas Großes. Sie lehren die Welt, dem Leben zu entfliehen. Ihre ergebenste

Aenone Fell

P.S. Ich bin diese Woche jeden Nachmittag zu Hause ...

Der Brief war mit violetter Tinte auf dickes, handgeschöpftes Papier gekritzelt. Und wieder hob Eitelkeit, dieser glänzende Vogel, die Schwingen, hob sie, bis er glaubte, die Brust werde ihm gesprengt.

»Nun gut, wir wollen uns nicht streiten«, sagte er und streckte tatsächlich seiner Frau eine Hand hin.

Aber sie hatte nicht genug Größe, darauf einzugehen.

»Ich muß mich beeilen und Adrian in die Schule bringen«, sagte sie. »Dein Zimmer ist fertig.«

Also gut, dann eben offener Krieg zwischen ihnen. Doch er wollte verdammt sein, wenn er den Anfang machte, es wieder einzurenken!

Er ging in seinem Zimmer auf und ab und wurde erst wieder ruhig, als er die Wohnungstür sich hinter Adrian und seiner Frau schließen hörte. Wenn das so weiterging, mußte er natürlich eine andere Regelung finden. Das war klar. So in Fesseln geschlagen, wie er war, wie konnte er da der Welt helfen, dem Leben zu entfliehen? Er öffnete das Klavier und sah nach, welche Schüler am Morgen kämen. Miß Betty Brittle, die Gräfin Wilkowska und Miß Marian Morrow. Sie waren bezaubernd, alle drei.

Pünktlich halb elf läutete es. Er ging zur Tür. Miß Betty Brittle stand davor, ganz in Weiß, die Noten in einem Futteral aus blauer Seide.

»Ich fürchte, ich bin zu früh da«, sagte sie, scheu errötend, und öffnete weit ihre großen blauen Augen, »nicht wahr?«

»Aber nicht doch, meine Teuerste. Ich bin entzückt«, sagte Reginald. »Wollen Sie nicht hereinkommen?«

»Es ist so ein himmlischer Morgen«, sagte Miß Brittle. »Ich bin durch den Park gegangen. Die Blumen waren einfach wunderbar.«

»Dann denken Sie an die Blumen, wenn Sie Ihre Übungen singen«, sagte Reginald, als er sich ans Klavier setzte. »Das wird Ihrer Stimme Farbe und Wärme geben.«

Ach, was für eine bezaubernde Idee! Mr. Peacock war einfach ein Genie! Sie öffnete die hübschen Lippen und begann wie ein Stiefmütterchen zu singen.

»Sehr gut, wirklich sehr gut«, sagte Reginald und schlug Akkorde an, die einen hartgesottenen Sünder in höhere Gefilde tragen würden. »Runden Sie die Töne ab. Nur keine Angst. Lassen Sie sie nachklingen, hauchen Sie sie wie Parfüm!«

Wie hübsch sie aussah, wie sie in ihrem weißen Kleid dastand, den kleinen blonden Kopf neigte und ihre milchige Kehle zeigte.

»Üben Sie manchmal vor dem Spiegel?« fragte Reginald. »Sie sollten das tun, wissen Sie. Das macht die Lippen beweglicher. Kommen Sie hierher!«

Sie gingen zum Spiegel und standen nebeneinander.

»Und jetzt singen Sie: mu-i-ku-i-u-i-e!«

Doch ihr versagte die Stimme, und sie errötete, schöner denn je.

»Ach«, rief sie, »ich kann nicht. Ich komme mir so albern vor. Ich muß da lachen. Ich sehe wirklich zu komisch aus!«

»Nein, überhaupt nicht. Keine Angst«, sagte Reginald, aber auch er lachte ein freundliches Lachen. »Jetzt versuchen Sie's noch einmal!«

Die Stunde verflog nur so, und Betty Brittle legte ihre Scheu völlig ab.

»Wann kann ich wiederkommen?« fragte sie, als sie die Noten wieder in das Futteral aus blauer Seide band. »Ich möchte jetzt so viele Stunden wie nur möglich nehmen. Ach, Mr. Peacock, es macht mir einfach zu großen Spaß. Darf ich übermorgen kommen?«

»Meine Teuerste, ich wäre entzückt«, sagte Reginald, als er sie unter Verbeugungen hinausgeleitete.

Ein wunderbares Mädchen! Und als sie vor dem Spiegel gestanden hatten, hatte ihr weißer Ärmel seinen schwarzen gestreift. Er konnte, ja tatsächlich, er konnte die warme, glühende Stelle spüren, und er strich darüber. Sie liebte die Stunden. Seine Frau kam herein.

»Reginald, kannst du mir Geld geben? Ich muß die Milchrechnung bezahlen. Und bist du heute abend zum Essen da?«

»Ja, du weißt ja, ich singe heute halb zehn bei Lord Timbuck. Kannst du mir klare Brühe mit Ei machen?«

»Ja. Und das Geld, Reginald. Acht Shilling und sechs Pence.«

»Das ist aber viel, findest du nicht auch?«

»Nein, genau so viel, wie es sein muß. Und Adrian braucht Milch.«

Da hatte er es wieder – es ging wieder los. Jetzt ergriff sie auch noch für Adrian gegen ihn Partei.

»Ich wünsche nicht im geringsten, meinem Kind die nötige Menge Milch zu versagen«, sagte er. »Hier sind zehn Shilling.«

Es läutete. Er ging zur Tür.

»Ach«, sagte die Gräfin Wilkowska, »die Stufen. Ich bin ganz außer Atem.« Und sie legte die Hand aufs Herz, als sie ihm ins Musikzimmer folgte. Sie war ganz in Schwarz, mit einem kleinen schwarzen Hut mit wehendem Schleier und mit Veilchen an der Brust.

»Lassen Sie mich heute keine Übungen singen«, rief sie und hob die Hände auf ihre entzückende fremdländische Art. »Nein, heute möchte ich nur Lieder singen ... Und darf ich die Veilchen ablegen? Sie welken so schnell.«

»Sie welken so schnell – sie welken so schnell«, spielte Reginald auf dem Klavier.

»Darf ich sie hierhin stellen?« fragte die Gräfin und ließ sie in eine kleine Vase fallen, die vor einer von Reginalds Fotografien stand.

»Meine Teuerste, ich wäre entzückt!«

Sie begann zu singen, und alles ging gut, bis sie zu der Stelle kam: »Du liebst mich. Ja, ich *weiß*, daß du mich liebst!« Er ließ die Hände von den Tasten sinken, drehte sich um und sah sie an.

»Nein, nein, so nicht. Sie können es doch besser«, rief Reginald voller Eifer. »Sie müssen singen, als wären Sie verliebt. Hören Sie zu, ich will versuchen, es Ihnen zu zeigen.« Und er sang.

»Ach ja, ja, ich weiß, was Sie meinen«, stammelte die kleine Gräfin. »Darf ich's noch einmal probieren?«

»Gewiß. Keine Angst. Lassen Sie sich gehen. Offenbaren Sie sich. Ergeben Sie sich stolz!« übertönte er die Musik. Und sie sang.

»Ja, das war besser. Doch ich glaube, daß Sie es immer noch besser können. Versuchen Sie's mit mir zusammen. Es muß auch eine Art frohlockende Herausforderung dabeisein – fühlen Sie das nicht?« Und sie sangen zusammen. Ah! jetzt verstand sie es ganz bestimmt. »Kann ich's noch mal probieren?«

»Du liebst mich. Ja, ich *weiß*, daß du mich liebst.«

Die Stunde war um, ehe diese Stelle richtig saß. Die kleinen fremdländischen Hände zitterten, als sie die Notenblätter zusammenlegten.

»Vergessen Sie nicht Ihre Veilchen«, sagte Reginald weich.

»Ja, ich denke, ich will sie vergessen«, erwiderte die Gräfin und biß sich auf die Unterlippe. Wie faszinierend diese fremdländischen Frauen waren!

»Und am Sonntag werden Sie zu mir kommen und musizieren?« fragte sie.

»Meine Teuerste, ich werde entzückt sein!«

> »Weint nicht mehr, ihr traurigen Bächlein,
> warum fließet ihr so schnell dahin?«,

sang Miß Marian Morrow, aber ihre Augen füllten sich mit Tränen, und ihr Kinn bebte.

»Singen Sie jetzt nicht«, sagte Reginald. »Ich will es für Sie spielen.« Er spielte so weich.

»Ist etwas nicht in Ordnung?« fragte Reginald. »Sie sind heute morgen nicht so richtig froh.«

Nein, das war sie nicht, ihr war ganz elend zumute.

»Wollen Sie mir's nicht sagen?«

Es war wirklich nichts Besonderes. Sie hatte manchmal solche Stimmungen, daß das Leben fast unerträglich zu sein schien.

»Oh, ich weiß«, sagte er, »wenn ich nur helfen könnte!«

»Aber Sie helfen mir doch, ganz bestimmt, das tun Sie! Ach, wenn nicht diese Musikstunden wären, ich glaube nicht, daß ich weiterleben könnte!«

»Setzen Sie sich in den Sessel, genießen Sie den Veilchenduft, und lassen Sie mich für Sie singen. Das wird Ihnen genauso guttun wie eine Stunde.«

Warum waren nicht alle Männer wie Mr. Peacock?

»Ich habe gestern abend nach dem Konzert ein Gedicht geschrieben, nur so, was ich fühlte. Natürlich nichts *Persönliches*. Darf ich es Ihnen schicken?«

»Meine Teuerste, ich wäre entzückt!«

Als der Nachmittag zu Ende ging, war er müde und lag auf dem Sofa, um seine Stimme auszuruhen, ehe er sich umkleiden mußte. Die Tür seines Zimmers stand offen. Er konnte Adrian und seine Frau im Eßzimmer reden hören.

»Weißt du, woran mich die Teekanne erinnert, Mutti? Sie erinnert mich an ein kleines kauerndes Kätzchen.«

»Wirklich, Mr. Närrisch?«

Reginald nickte ein. Telefonläuten weckte ihn.

»Hier ist Aenone Fell. Mr. Peacock, ich habe eben erfahren, daß Sie heute abend bei Lord Timbuck singen. Wollen Sie bei mir essen, und wir können dann zusammen hinfahren?« Und die Worte seiner Erwiderung fielen wie Blüten ins Telefon.

»Meine Teuerste, ich wäre entzückt.«

Was für ein erfolgreicher Abend! Das kleine Essen tête-à-tête mit Aenone Fell, die Fahrt zu Lord Timbucks Haus in ihrem weißen Automobil, als sie ihm nochmals für die unvergeßliche Freude dankte! Erfolg über Erfolg! Und Lord Timbucks Sekt floß nur so.

»Noch etwas Champagner, Peacock«, sagte Lord Timbuck. Peacock, wohlgemerkt, nicht Mr. Peacock, sondern Peacock, als wäre er ihresgleichen. Und war er es nicht auch? Er war Künstler. Er konnte sie alle beherrschen. Und lehrte er nicht sie alle, dem Leben zu entfliehen? Wie er sang! Und als er sang, sah er wie in einem Traum ihre Federn und Blumen und Fächer, wie sie ihm dargeboten, vor ihn gelegt wurden wie ein riesiges Bukett.

»Noch ein Glas Wein, Peacock.«

›Ich hätte jede haben können, wenn ich nur mit dem Finger gewinkt hätte‹, dachte Peacock, als er hochgestimmt nach Hause wankte.

Aber als er sich in die dunkle Wohnung einließ, begann sein wunderbares Hochgefühl zu schwinden. Er machte im Schlafzimmer Licht. Seine Frau lag da und schlief, ganz auf ihre Seite des Bettes gedrückt. Plötzlich fiel ihm ein, wie sie, als er ihr gesagt hatte, daß er zum Essen ausginge, geäußert hatte: »Das hättest du mir auch früher sagen können!« Und wie er geantwortet hatte: »Kannst du nicht wenigstens einmal mit mir sprechen, ohne den guten Ton zu verletzen?« Es war unglaublich, dachte er, daß sie sich so wenig aus ihm machte – unglaublich, daß sie nicht im geringsten an seinen Erfolgen und seiner künstlerischen Laufbahn interessiert war. So viele Frauen an ihrer Stelle hätten sonst etwas darum gegeben ... Ja, er wußte das ... Warum sollte man das nicht zugeben? ... Und da lag sie, eine Feindin, sogar im Schlaf ... ›Muß das immer so sein?‹ dachte er, immer noch unter dem Einfluß des Champagners. ›Ach, wenn wir nur

Freunde wären, was könnte ich ihr jetzt nicht alles erzählen! Von diesem Abend, auch von Timbucks Art mir gegenüber und allem, was man zu mir gesagt hat, und so weiter und so fort. Wenn ich nur das Gefühl hätte, daß sie hier wäre, damit ich zu ihr zurückkehren kann, daß ich mich ihr anvertrauen könnte, und so weiter und so fort.‹

In seinem Gefühlsüberschwang zog er einen Lackschuh aus und schleuderte ihn einfach in die Ecke. Der Lärm weckte seine Frau und ließ sie erschrocken hochfahren. Sie setze sich, strich sich das Haar zurück. Und plötzlich entschloß er sich, es noch einmal zu versuchen, sie als Freundin zu behandeln, ihr alles zu erzählen, sie zu gewinnen. Er setzte sich auf die Bettkante und ergriff eine ihrer Hände. Aber von all den großartigen Dingen, die er zu sagen hatte, konnte er kein einziges herausbringen. Aus irgendeinem teuflischen Grunde waren die einzigen Worte, die er hervorbrachte: »Meine Teuerste, ich wäre so entzückt – so entzückt!«

Sun und Moon

Am Nachmittag kamen die Stühle, ein ganzer großer Wagen voll kleiner goldener Stühle, die Beine in die Luft. Und dann kamen die Blumen. Wenn man vom Balkon oben auf die Leute hinunterschaute, die sie trugen, sahen die Blumentöpfe aus wie kleine lustige, wunderhübsche Hüte, die den Weg entlangwippten.

Moon dachte, es wären Hüte. Sie sagte: »Guck mal, da trägt ein Mann eine Palme auf dem Kopf.« Denn sie konnte nie zwischen wirklichen und nicht wirklichen Dingen unterscheiden.

Niemand kümmerte sich um Sun und Moon. Das Kindermädchen half Annie dabei, Mutters Kleid zu ändern, das viel zu lang und unter den Armen zu eng war, und die Mutter lief durchs ganze Haus und telefonierte ständig mit dem Vater, daß er ja nichts vergessen sollte. Sie hatte nur Zeit zu sagen: »Aus dem Weg, Kinder!«

Sie gingen ihr aus dem Weg – jedenfalls Sun. Er haßte es ja so sehr, wieder ins Kinderzimmer geschickt zu werden. Moon machte es nichts aus. Wenn sie den Leuten zwischen den Beinen herumquirlte, warfen sie sie nur hoch und schüttelten sie, bis sie quiekte. Doch Sun war dafür zu schwer. Er war so schwer, daß der dicke Mann, der sonntags zum Essen kam, immer sagte: »Na, junger Mann, versuchen wir doch mal, dich hochzuheben.« Und dann schob er Sun die Daumen unter die Arme und ächzte und probierte es und gab es schließlich auf, indem er sagte: »Er ist ja eine richtige kleine Tonne Ziegelsteine!«

Aus dem Eßzimmer hatte man fast alle Möbel hinausgeräumt. Das große Klavier hatte man in eine Ecke gerückt, und dann kam eine Reihe Blumentöpfe, und dann kamen die goldenen Stühle. Das war für das Konzert. Als Sun hineinsah, saß ein blasser Mann am Klavier – er spielte nicht, sondern hämmerte darauf herum und blickte dann hinein. Eine Werkzeugtasche lag auf dem Klavier, und den Hut hatte er einer Statue an der Wand aufgesetzt. Manchmal fing er einfach zu spielen an, und dann sprang er wieder auf und blickte hinein. Sun hoffte, daß er nicht das Konzert wäre.

Doch der Ort, wo man unbedingt sein mußte, war natürlich die Küche. Dort half ein Mann aus, der hatte eine Mütze wie Flammerie, und ihre richtige Köchin, Minnie, war hochrot im Gesicht und lachte. Kein bißchen böse. Sie gab jedem von ihnen eine Mandelstange und hob sie auf den Mehlkasten hinauf, so daß sie zusehen konnten, welche Köstlichkeiten sie und der Mann für das Abendessen zubereiteten. Die Köchin brachte die Sachen herein, und er legte alles auf Platten und garnierte es. Da waren ganze Fische, noch mit Kopf und Augen und Schwanz, die er mit roten und grünen und gelben Stückchen bestreute; auf die Sülzen machte er lauter Schnörkel, auf einen Schinken steckte er einen Kragen und spießte eine sehr dünne Art von Gabel hinein; er streute Mandeln und winzige runde Kekse auf die Cremespreisen. Und es kamen immer mehr Sachen.

»Ah, aber ihr habt die Eisbombe ja noch nicht gesehen«, sagte die Köchin. »Kommt mit.« Warum war sie nur so nett, dachte Sun, als sie jeden an eine Hand nahm. Und sie guckten in den Eisschrank.

Oh! Oh! Oh! Da war ja ein kleines Haus. Ein kleines rosarotes Haus mit weißem Schnee auf dem Dach und grünen Fenstern und einer braunen Tür, und in der Tür steckte eine Nuß als Klinke.

Als Sun die Nuß sah, wurde er ganz müde und mußte sich an die Köchin anlehnen.

»Darf ich es mal anfassen? Darf ich bloß mal den Finger auf das Dach legen?« fragte Moon und hüpfte auf und nieder. Immer wollte sie alles Eßbare anfassen. Sun nicht.

»Na, Mädchen, beeil dich mal ein bißchen mit der Tafel«, sagte die Köchin, als das Hausmädchen hereinkam.

»Das ist ein Gedicht, Min«, sagte Nellie. »Kommt mit und guckt euch das mal an.« Also gingen sie alle ins Eßzimmer. Sun und Moon hatten beinahe Angst. Zuerst wollten sie gar nicht zum Tisch hingehen; sie standen an der Tür und schielten begehrlich darauf.

Es war noch nicht richtig dunkel, aber im Eßzimmer waren die Rouleaus heruntergezogen und die Lichter an – und alle Lichter waren rote Rosen. Rote Bänder und Rosensträuße schmückten den Tisch an den Ecken. In der Mitte befand sich ein See, darauf schwammen Rosenblätter.

»Dorthin kommt die Eisbombe«, sagte die Köchin.

Zwei silberne Löwen mit Flügeln trugen Obst auf dem Rücken, und die Salzfäßchen waren winzige, aus Schüsselchen trinkende Vögel.

Und all die blitzenden Gläser und schimmernden Teller und funkelnden Messer und Gabeln – und all die Speisen. Und die kleinen roten Servietten, zu Rosen gefaltet...

»Essen die Leute das alles?« fragte Sun.

»Das sollte ich meinen«, lachte die Köchin, und Nellie lachte mit. Auch Moon lachte; sie machte anderen Leuten immer alles nach. Aber Sun wollte nicht lachen. Die Hände auf dem Rücken spazierte er unaufhörlich rundherum. Vielleicht hätte er nie damit aufgehört, wenn nicht plötzlich das Kindermädchen gerufen hätte: »Also, Kinder. Es ist höchste Zeit zum Waschen und Anziehen.« Und es ging ab ins Kinderzimmer.

Während sie aufgeknöpft wurden, sah die Mutter herein, etwas Weißes über den Schultern; sie schmierte sich Zeug ins Gesicht.

»Ich läute, wenn ich sie brauche, Fräulein, und dann können sie einfach runterkommen, sich zeigen und wieder raufgehen«, sagte sie.

Zuerst wurde Sun fast bis auf die Haut ausgezogen und dann wieder angezogen: ein weißes Hemd mit roten und weißen Gänseblümchen darauf, Kniehosen mit Kordeln an der Seite und Hosenträgern darüber, weiße Söckchen und rote Schuhe.

»Das ist nun also dein russischer Anzug«, sagte das Kinderfräulein und strich ihm den Pony glatt.

»Ja?« sagte Sun.

»Ja. Bleib ruhig auf dem Stuhl da sitzen und sieh deiner kleinen Schwester zu.«

Moon brauchte ewig. Als sie die Söckchen angezogen hatte, ließ sie sich, wie gewöhnlich, wieder aufs Bett fallen, strampelte mit den Beinen und trat nach dem Kinderfräulein, und jedes Mal, wenn das Fräulein versuchte, ihr mit einem Finger und einer nassen Bürste Löckchen zu machen, drehte sie sich um und bat das Fräulein, ihr doch das Foto in ihrer Brosche oder etwas dergleichen zu zeigen. Aber endlich war auch sie fertig. Ihr Kleidchen, ganz weiß, mit Pelz darauf, stand ab; sogar an den Beinen ihrer Schlüpfer war kuscheliges Fell. Die Schuhe waren weiß mit großen Bommeln darauf. »Das wär's, mein Schäfchen«, sagte das Kindermädchen. »Und du siehst aus wie ein süßes kleines Engelchen von einer Puderquaste.« Das Kinderfräulein rannte zur Tür. »Ma'am, einen Augenblick mal.«

Die Mutter kam herein, das Haar zur Hälfte offen.

»Oh!« rief sie. »Wie allerliebst!«

»Nicht wahr«, sagte das Kinderfräulein.

Und Moon hielt die Röcke am Saum hoch und machte einen Kratzfuß. Sun störte es nicht, wenn man ihn nicht beachtete – nicht sehr ...

Danach spielten sie saubere ordentliche Spiele am Tisch,

während das Kinderfräulein an der Tür stand, und als die Wagen vorzufahren begannen und von unten Gelächter und Stimmen und leises Rascheln heraufdrangen, flüsterte sie: »Also, Kinder, bleibt, wo ihr seid.« Moon zerrte immerzu am Tischtuch, so daß es ganz auf ihrer Seite herunterhing und Sun keines hatte – und dann tat sie so, als ob sie das nicht mit Absicht machte.

Endlich läutete es. Das Kinderfräulein stürzte sich mit der Haarbürste auf sie, strich seinen Pony glatt, zupfte ihre Schleife zurecht und legte ihre Hände ineinander.

»Runter mit euch!« flüsterte sie.

Und sie gingen hinunter. Sun kam sich albern vor, Moon so bei der Hand zu halten, aber Moon schien es zu gefallen. Sie schwenkte den Arm, und das Glöckchen an ihrem Korallenarmband bimmelte.

An der Salontür stand die Mutter und fächelte sich mit einem schwarzen Fächer. Der Salon war voller duftender seideraschelnder Damen und Männer in Schwarz mit ulkigen Schwänzen am Rock – wie Käfer. Unter ihnen war der Vater, er redete sehr laut und klimperte mit etwas in seiner Tasche.

»Wie allerliebst!« riefen die Damen. »Oh, wie niedlich! Oh, wie goldig! Oh, wie reizend! Oh, wie süß!«

Wer nicht an Moon herankommen konnte, küßte Sun, und eine spindeldürre alte Dame, deren Zähne klickten, sagte: »So ein ernstes kleines Schätzchen«, und fuhr ihm mit etwas Hartem über den Kopf.

Sun sah sich um, ob dasselbe Konzert da wäre, aber der Mann war weg. Statt dessen lehnte ein dicker Mann mit rosigem Kopf am Klavier und unterhielt sich mit einem Mädchen, das eine Geige am Ohr hielt.

Nur ein Mann war da, der Sun richtig gefiel. Es war ein kleiner grauer Mann, der hatte einen langen grauen Backenbart und ging für sich allein herum. Er kam zu Sun und rollte sehr freundlich die Augen und sagte: »Hallo, mein Junge.« Dann ging er weg. Aber bald kam er wieder und fragte: »Magst du Hunde?« Sun sagte: »Ja.« Aber da ging er wieder weg, und obwohl Sun ihn überall suchte, konnte er ihn nicht finden. Er dachte, vielleicht wäre er nach draußen gegangen, um einen Welpen hereinzuholen.

»Gute Nacht, meine kleinen Lieblinge«, sagte die Mutter und schloß sie in ihre bloßen Arme. »Husch husch, hinauf ins Bettchen.«

Dann benahm sich Moon wieder richtig albern. Vor allen Leuten hob sie die Arme hoch und sagte: »Mein Papi muß mich tragen.«

Doch ihnen schien es zu gefallen, und der Papi packte sie blitzschnell und hob sie hoch, wie er es immer tat.

Das Kindermädchen hatte es so eilig, sie ins Bett zu bringen, daß sie Sun sogar mitten im Gebet unterbrach und sagte: »Na, mach schon, Kind, *los*.« Und gleich darauf lagen sie im Bett und im Dunkeln, mit Ausnahme des Nachtlichts in dem kleinen Untersetzer.

»Schläfst du?« fragte Moon.

»Nein«, erwiderte Sun. »Du?«

»Nein«, sagte Moon.

Nach einer geraumen Weile wachte Sun wieder auf. Von unten drang Lärm herauf, lautes, lautes Klatschen, wie wenn es regnet. Er hörte, wie sich Moon herumdrehte.

»Moon, bist du wach?«

»Ja, du?«

»Ja. Los, wir gucken mal zur Treppe runter.«

Sie hatten sich gerade auf die oberste Stufe gesetzt, als die Salontür aufging und sie die ganze Gesellschaft durch die Diele ins Eßzimmer gehen hörten. Dann schloß sich diese Tür; man hörte es »knallen« und lachen. Dann hörte das auf, und Sun sah, wie sie alle um die wunderschöne Tafel herumgingen, immer rundherum, die Hände auf dem

Rücken, wie er es getan hatte... Rundherum gingen sie, immer rundherum, und guckten und gafften. Dem Mann mit dem grauen Backenbart gefiel das kleine Haus am besten. Als er die Türklinke in Gestalt einer Nuß sah, rollte er wie schon zuvor die Augen und sagte zu Sun: »Die Nuß gesehen?«

»Wackel nicht so mit dem Kopf, Moon.«

»Ich wackel ja gar nicht. Du wackelst.«

»Nein. Ich wackel nie mit dem Kopf.«

»O-oh, doch. Jetzt eben.«

»Nein. Tu ich nicht. Ich mach dir nur vor, wie man es nicht macht.« Als sie wieder wach wurden, konnten sie nur Vaters Stimme sehr laut hören und die Mutter, die laut auflachte. Der Vater kam aus dem Eßzimmer, sprang die Treppe hinauf und wäre beinahe über sie gefallen.

»Hallo!« sagte er. »Ach du liebe Zeit, Kitty, nun sieh dir doch das mal an.«

Die Mutter kam heraus. »Ach, ihr bösen Kinder«, sagte sie von der Diele herauf.

»Sollen sie doch runterkommen, daß sie auch was zu beißen kriegen von dem Zeug«, sagte der Vater. Sun hatte ihn noch nie so aufgekratzt gesehen.

»Nein, auf gar keinen Fall«, sagte die Mutter.

»Ach, bitte, Papi! Laß uns runterkommen!« sagte Moon.

»Warum denn nicht, zum Teufel«, rief der Vater. »Das lasse ich mir nicht nehmen. Kitty – Platz da!« Und er hob sie hoch und klemmte sich unter jeden Arm eines.

Sun dachte, die Mutter würde nun schrecklich böse. Aber nein. Sie lachte nur weiter über Vater.

»Ach, Junge, du bist schrecklich!« sagte sie. Aber sie meinte nicht Sun.

»Kommt, Kinder. Eßt was von den Resten«, sagte dieser aufgekratzte Vater. Aber Moon blieb einen Augenblick lang stehen. »Mutter – dein Kleid ist ja an der Seite offen.«

»Ach ja?« erwiderte die Mutter. Und der Vater sagte: »Ja«, und tat, als wolle er sie in die weiße Schulter beißen, doch sie schob ihn weg.

Und so gingen sie wieder in das wunderschöne Eßzimmer.

Aber – ach! ach! was war nur geschehen? Die Bänder und die Rosen waren alle losgezerrt. Die kleinen roten Servietten lagen auf dem Boden, all die schimmernden Teller und all die blitzenden Gläser waren schmutzig. Die ganzen Köstlichkeiten, die der Mann so herrlich garniert hatte, waren alle durcheinandergewürfelt, und überall lagen Knochen und Stückchen und Haut und Schalen. Sogar eine Flasche lag da, und der Inhalt floß auf das Tischtuch, ohne daß einer sie wieder hingestellt hätte.

Und das kleine rosarote Haus mit dem Schneedach und den grünen Fenstern war kaputt – kaputt – halb zerschmolzen da mitten auf dem Tisch.

»Komm schon, Sun«, sagte der Vater, er tat, als merkte er nichts.

Moon hob die Beine ihres Schlafanzugs hoch und schlurfte zum Tisch und stand auf einem Stuhl und kreischte los.

»Iß was von dem Eis«, sagte der Vater, indem er das Dach noch weiter einriß.

Die Mutter nahm einen kleinen Teller und hielt ihn dem Vater hin; den andern Arm schlang sie um seinen Hals.

»Papi! Papi!« schrie Moon. »Die kleine Klinke ist noch da. Die kleine Nuß. Darf ich sie essen?« Und sie langte hinüber und zupfte sie ab und zerkaute sie, dabei biß sie fest zu und blinzelte.

»Hier, mein Junge«, sagte der Vater.

Doch Sun rührte sich nicht von der Tür. Plötzlich hob er den Kopf und weinte laut los.

»Das ist ja schrecklich – schrecklich – schrecklich!« schluchzte er.

»Da siehst du's!« sagte die Mutter. »Da siehst du's!«

»Fort mit dir«, sagte der Vater, gar nicht mehr vergnügt. »Auf der Stelle. Fort mit dir!«

Und laut weinend stapfte Sun fort ins Kinderzimmer.

Feuille d'album

Er war wirklich ein unmöglicher Mensch. Im ganzen viel zu schüchtern. Hatte absolut nichts für sich zu sagen. Und geradezu eine Last. Wenn er einmal ins Atelier kam, wußte er nie, wann er gehen mußte, sondern er blieb sitzen und sitzen, so lange, bis man beinahe losbrüllte und ihm am liebsten etwas Gewaltiges hinterhergeworfen hätte, wenn er dann endlich, errötend, doch ging – so etwas wie den Schildpattofen zum Beispiel. Das Seltsame dabei war, daß er auf den ersten Blick äußerst interessant wirkte. Darüber waren sich alle einig. Eines Abends kam man einfach so ins Café, und da sah man einen dünnen, dunklen jungen Mann, eine Tasse Kaffee vor sich, in einer Ecke sitzen; er trug eine blaue Weste, darüber eine kleine graue Flanelljacke. Und irgendwie gaben ihm diese blaue Weste und die graue Jacke mit den zu kurzen Ärmeln das Aussehen eines Jungen, der sich entschlossen hat, davonzulaufen und zur See zu gehen. Ja, der in der Tat davongelaufen ist und gleich aufstehen und ein zusammengeknotetes Halstuch, das sein Nachthemd und ein Bild seiner Mutter enthält, ans Ende eines Stocks schlingen und in die Nacht hinausgehen und ertrinken wird... Auf dem Weg zum Schiff noch über den Rand des Kais stolpert... Er hatte schwarzes, kurzgeschnittenes Haar, graue Augen mit langen Wimpern, ein blasses Gesicht und einen schmollend aufgeworfenen Mund, wie wenn er entschlossen wäre, nicht zu weinen... Wie hätte man ihm wohl widerstehen können? Ach, das Herz zog sich einem zusammen bei dem Anblick. Und als wäre das nicht genug, hatte er noch die Angewohnheit zu erröten... Immer wenn der Kellner in seine Nähe kam, wurde er hochrot – vielleicht war er gerade aus dem Gefängnis gekommen, und der Kellner wußte Bescheid ...

»Du, wer ist das? Kennst du ihn?«

»Ja. Er heißt Ian French. Maler. Furchtbar begabt, sagt man. Irgendeine hat wohl angefangen, ihm zarte mütterliche Fürsorge angedeihen zu lassen. Sie hat ihn gefragt, wie oft er denn von zu Hause höre, ob er genügend Decken auf dem Bett habe, wieviel Milch er am Tag trinke. Aber als sie bei seinem Atelier vorbeikam, um einen Blick auf seine Socken zu werfen, läutete sie und läutete, und obwohl sie hätte schwören können, daß sie drin jemanden atmen hörte, kam niemand an die Tür ... Hoffnungslos!«

Eine andere befand, daß er sich verlieben müsse. Sie befahl ihn an ihre Seite, nannte ihn ›Junge‹, beugte sich über ihn, so daß er den bezaubernden Duft ihres Haars riechen konnte, ergriff seinen Arm, erzählte ihm, wie wunderbar das Leben doch sein könne, wenn man nur den Mut dazu hätte, und ging eines Abends zu seinem Atelier und klingelte und klingelte ... Hoffnungslos.

»Was dem Ärmsten wirklich fehlt, ist eine gründliche Aufmunterung«, sagte eine dritte. Also gingen sie in Cafés und Kabaretts, auf kleine Bälle, in Lokale, wo man etwas trank, das wie eingemachter Aprikosensaft schmeckte, aber siebenundzwanzig Shilling die Flasche kostete und sich Champagner nannte, in andere Lokale, zu aufregend für Worte, wo man in schrecklichster Düsternis saß und wo jedesmal jemand am Abend zuvor erschossen worden war. Doch er zuckte nicht mit der Wimper. Bloß einmal wurde er sehr betrunken, aber anstatt aufzublühen, saß er da, wie versteinert, zwei rote Flecken im Gesicht, wie, meine Liebe, ja, wie die reglose Verkörperung dieses Jazzdings da, das sie da spielten, so etwas wie die ›Zerbrochene Puppe‹. Aber als sie ihn heimbrachte, zu seinem Atelier, hatte er sich wieder ganz erholt und sagte ihr unten auf der Straße ›gute Nacht‹, als ob sie zusammen aus der Kirche gekommen wären … Hoffnungslos.

Nach weiß der Himmel wie vielen weiteren Versuchen – denn der Geist der Nächstenliebe stirbt nur sehr schwer bei Frauen – gaben sie ihn auf. Natürlich waren sie noch immer ganz und gar reizend zu ihm und luden ihn in ihre Ausstellungen ein und unterhielten sich mit ihm im Café, aber das war alles. Wenn man Künstlerin ist, hat man einfach keine Zeit für Leute, bei denen man auf keine Gegenliebe stößt. Oder?

»Und außerdem, ich glaube wirklich, irgendwo ist da etwas ziemlich faul … meinst du nicht auch? So unschuldig, wie es aussieht, kann das alles nicht sein! Warum nach Paris kommen, wenn man das Gänseblümchen auf der grünen Wiese spielen will? Nein, ich bin zwar nicht mißtrauisch. Aber –«

Er wohnte ganz oben in einem hohen düsteren Gebäude, das über den Fluß blickte. Einem jener Häuser, die in Regennächten und mondhellen Nächten so romantisch aussehen, wenn die Fensterläden und die schwere Tür geschlossen sind und das Schild ›kleines Zimmer ab sofort zu vermieten‹ so unbeschreiblich verloren schimmert. Einem jener Häuser, die das ganze Jahr über so gar nicht romantisch riechen und wo im Parterre in einem Glaskäfig die Concierge wohnt, in einen schmutzigen Schal eingewickelt, in einem Topf herumrührt und dem aufgedunsenen alten Hund, der sich auf einem perlenbestickten Kissen rekelt, mit einem Schöpflöffel Leckerbissen herausfischt … Hoch droben in der Luft hatte das Atelier eine wundervolle Aussicht. Die beiden großen Fenster gingen aufs Wasser hinaus; er konnte die auf und ab schaukelnden Boote und Schleppkähne sehen und, wie ein Rundbeet, eine mit Bäumen umsäumte Insel. Das Seitenfenster sah auf ein anderes Haus hinüber, noch schäbiger und auch kleiner, und unten war ein Blumenmarkt. Man konnte auf riesige Schirme hinabblicken, unter denen Rüschen leuchtender Blumen hervorquollen, bedeckte Stände mit gestreiften Markisen, wo Pflanzen in Kästen und große naßglänzende Palmen in Terrakottakübeln verkauft wurden. Wie Krabben huschten die alten Frauen zwischen den Blumen hin und her. Eigentlich hatte er es nicht nötig auszugehen. Auch wenn er am Fenster gesessen hätte, bis sein weißer Bart über die Fensterbank herabfiel, hätte er noch immer etwas zum Zeichnen gefunden...

Wie überrascht diese liebevollen Frauen gewesen wären, hätten sie sich Zutritt verschaffen können. Denn sein Atelier hielt er blitzblank sauber. Alles war so geordnet, daß es ein Muster bildete, ein kleines ›Stilleben‹ gewissermaßen – die Töpfe mit den Deckeln an der Wand hinter dem Gaskocher, die Eierschüssel, der Milchkrug und die Teekanne auf dem Regal, die Bücher und die Lampe mit dem knitterigen Papierschirm auf dem Tisch. Ein indianischer Vorhang, um den rote Leoparden auf einer Kante ringsherum marschierten, bedeckte tagsüber das Bett, und an der Wand neben dem Bett, in Augenhöhe, wenn man darin lag, hing ein kleines, säuberlich in Druckschrift geschriebenes Schild: SOFORT AUFSTEHEN!

Ein Tag glich so ziemlich dem andern. Solange das Licht gut war, malte er im Schweiße seines Angesichts, bereitete dann seine Mahlzeiten zu und räumte auf. Und abends ging er ins Café oder saß zu Hause und las oder stellte die hochkomplizierte Ausgabenliste zusammen, die mit der Überschrift »Womit ich auskommen müßte« begann und mit einem Schwur endete: ... »Ich schwöre, diesen Betrag für den nächsten Monat nicht zu überziehen. Unterschrift: Ian French.«

Nichts, was daran so faul gewesen wäre; doch diese weitblickenden Frauen hatten ganz recht. Das war nicht alles.

Eines Abends saß er an dem Seitenfenster, aß Pflaumen und warf die Kerne auf die riesigen Schirme des verlassenen Blumenmarkts hinunter. Es hatte geregnet – der erste richtige Frühlingsregen des Jahres war niedergegangen – leuchtender Glitzerschmuck hing auf allem, und die Luft roch nach Knospen und feuchter Erde. Die dämmerige Luft hallte von vielen Stimmen wider, die gleichgültig und zufrieden klangen, und die Menschen, die an die Fenster gekommen waren, um diese zu schließen und die Läden dichtzumachen, lehnten sich statt dessen hinaus. Unten auf dem Markt waren die Bäume mit frischem Grün überzogen. Was waren das für Bäume? fragte er sich. Und nun kam der Lampenanzünder. Er starrte auf das Haus gegenüber, dieses kleine, schäbige Haus, und plötzlich, gleichsam als Antwort auf sein Starren, gingen zwei Fensterflügel auf, und ein Mädchen, das einen Narzissentopf trug, trat auf den winzigen Balkon heraus. Es war ein sonderbar dünnes Mädchen in einer schwarzen Schürze, über das Haar hatte sie ein rosarotes Tuch gebunden. Die Ärmel waren fast bis zu den Schultern hochgekrempelt, und vor dem dunklen Stoff schimmerten ihre schlanken Arme.

»Ja, es ist warm genug. Es wird ihnen gut tun«, sagte sie, indem sie den Topf abstellte und sich irgend jemandem drinnen im Zimmer zuwandte. Als sie sich umdrehte, hob sie die Hände an das Tuch und zupfte ein paar Haarsträhnen zurecht. Sie blickte auf den verlassenen Markt hinab und zum Himmel hinauf, aber wo er saß, hätte genausogut ein Loch in der Luft sein können. Das Haus gegenüber sah sie einfach nicht. Und dann verschwand sie.

Sein Herz fiel aus dem Seitenfenster seines Ateliers hinaus und auf den Balkon des gegenüberliegenden Hauses hinab – vergrub sich in dem Narzissentopf unter den halb geöffneten Blüten und grünen Blättern ... Dieses Zimmer mit dem Balkon war das Wohnzimmer und der Raum daneben die

Küche. Er hörte das Klappern von Geschirr, als sie nach dem Abendessen abwusch, und dann kam sie ans Fenster, klopfte eine kleine Spülbürste am Sims aus und hängte sie zum Trocknen an einen Nagel. Nie sang sie oder flocht sich die Haare auf oder reckte die Arme zum Mond empor, wie es junge Mädchen doch eigentlich tun sollen. Und immer trug sie dieselbe dunkle Schürze und das rosarote Tuch um das Haar... Mit wem wohnte sie da? Sonst kam niemand an diese beiden Fenster, und doch redete sie immer mit jemandem im Zimmer. Ihre Mutter, so schloß er, war invalide. Sie nahmen Näharbeiten an. Der Vater war tot... Er war Journalist gewesen – sehr blaß, mit langem Schnurrbart, eine schwarze Haarsträhne fiel ihm in die Stirn.

Indem sie den ganzen Tag arbeiteten, verdienten sie gerade genug Geld zum Leben, aber sie gingen niemals aus, und sie hatten keine Freunde. Als er sich nun an den Tisch setzte, mußte er eine gänzlich neue Art von Schwüren verfassen... Nicht vor einer bestimmten Uhrzeit ans Seitenfenster zu gehen, unterzeichnet: Ian French. Erst an sie zu denken, wenn er seine Malsachen für den Tag weggelegt hatte, unterzeichnet: Ian French.

Es war ganz einfach. Sie war die einzige Person, die er wirklich kennenlernen wollte, weil sie, befand er, die einzige andere Person auf der Welt in genau seinem Alter war. Kichernde Mädchen konnte er nicht ausstehen, und für erwachsene Frauen hatte er keine Verwendung... Sie war in seinem Alter, sie war – nun, genau wie er. Er saß in seinem dämmerigen Atelier, müde, der eine Arm hing über die Stuhllehne, starrte zu ihrem Fenster hinab und sah sich mit ihr dort drin. Sie hatte ein hitziges Temperament; manchmal zankten sie sich fürchterlich, er und sie. Sie hatte so eine Art, mit dem Fuß aufzustampfen und die Hände in der Schürze zu verdrehen... wütend. Und sie lachte nur sehr selten. Bloß wenn sie ihm von einem albernen kleinen Kätzchen erzählte, das sie einmal besessen hatte, das immer brüllte und so tat, als wäre es ein Löwe, wenn es Fleisch zu fressen bekam. Über so etwas mußte sie lachen ... Doch in der Regel saßen sie sehr still beieinander: er, genauso wie er jetzt dasaß, und sie, die Hände im Schoß gefaltet und die Füße untergeschlagen, und sie unterhielten sich leise, oder sie schwiegen und waren müde nach des Tages Arbeit. Selbstverständlich fragte sie ihn nie nach seinen Bildern, und selbstverständlich machte er die wunderbarsten Zeichnungen von ihr, die sie haßte, weil er sie so dünn und so dunkel zeichnete ... Aber wie könnte er sie kennenlernen? Das könnte noch jahrelang so weitergehen ...

Dann fand er heraus, daß sie einmal in der Woche abends einkaufen ging. An zwei aufeinanderfolgenden Donnerstagen kam sie in einer altmodischen Pelerine über der Schürze, einen Korb in der Hand, ans Fenster. Von dort, wo er saß, konnte er die Tür ihres Hauses nicht sehen, aber am nächsten Donnerstagabend zur gleichen Zeit nahm er seine Mütze und rannte die Treppe hinunter. Ein wunderschönes rosarotes Licht lag über allem. Er sah, wie es im Fluß glühte, und die Leute, die ihm entgegenkamen, hatten rosige Gesichter und rosige Hände.

An die Mauer seines Hauses gelehnt, wartete er auf sie, und er hatte keine Ahnung, was er tun oder sagen sollte. »Da kommt sie«, sagte eine Stimme in seinem Kopf. Sie ging sehr schnell, mit kleinen, leichten Schritten; in der einen Hand trug sie den Korb, mit der andern hielt sie die Pelerine zusammen ... Was könnte er tun? Er konnte nur hinterhergehen ... Zuerst ging sie in einen Lebensmittelladen und verbrachte eine lange Zeit darin, und dann ging sie zum Fleischer, wo sie warten mußte, bis sie an der Reihe war. Darauf war sie eine Ewigkeit im Schnittwarenladen, suchte irgend etwas Passendes, und danach betrat sie einen Obstladen und kaufte eine Zitrone. Während er sie beobachtete, wußte er mit größerer Sicherheit als je zuvor, daß er sie nun kennenlernen müsse. Ihre Gelassenheit, ihre Ernsthaftigkeit und ihre Einsamkeit, allein schon die Art, wie sie ging, als wollte sie keinesfalls mit dieser Welt der Erwachsenen noch etwas zu tun haben; das alles war ihm so natürlich und so unvermeidlich.

»Ja, sie ist immer so«, dachte er stolz. »Wir haben mit diesen Leuten nichts zu tun.«

Doch nun befand sie sich auf dem Heimweg, und er war so weit weg wie je ... Plötzlich ging sie in die Molkerei, und er sah durchs Fenster, wie sie ein Ei kaufte. Sie suchte es so sorgfältig aus dem Korb heraus – ein braunes, ein wunderschön geformtes, das eine, das er auch ausgewählt hätte. Und als sie aus dem Milchladen herauskam, ging er nach ihr hinein. Im nächsten Augenblick war er wieder draußen und folgte ihr, an seinem Haus vorbei, über den Blumenmarkt, schlängelte sich zwischen den riesigen Schirmen hindurch und trat auf die heruntergefallenen Blüten und die runden Flecke, wo die Töpfe gestanden hatten ... Durch ihre Tür schlich er und die Treppe hinauf, wobei er acht gab, im Takt mit ihr aufzutreten, damit sie nichts merken sollte. Endlich blieb sie auf dem Treppenabsatz stehen und nahm den Schlüssel aus der Tasche. Als sie ihn ins Schloß steckte, rannte er hinauf und stand ihr gegenüber.

Er errötete tiefer denn je, aber er blickte sie streng an und sagte, beinahe ärgerlich: »Entschuldigen Sie, Mademoiselle, Sie haben das verloren.«

Und er gab ihr ein Ei.

Dillgurke

Und dann, nach sechs Jahren, sah sie ihn wieder. Er saß an einem dieser Bambustischchen, die eine japanische Vase mit Papiernarzissen schmückte. Vor sich hatte er einen großen Teller mit Obst, und sehr sorglich, auf eine Art, die sie sofort als seine ›Eigenart‹ wiedererkannte, schälte er eine Apfelsine.

Er mußte den Schrecken gespürt haben, der sie beim Wiedererkennen durchfuhr, denn er sah auf und begegnete ihrem Blick. Unglaublich! Er kannte sie nicht! Sie lächelte; er runzelte die Stirn. Sie trat auf ihn zu. Einen winzigen Augenblick lang schloß er die Augen, als er sie jedoch öffnete, strahlte sein Gesicht, als hätte er in einem dunklen Kämmerchen ein Streichholz angezündet. Er legte die Apfelsine hin, schob den Stuhl zurück, und sie zog ihre kleine warme Hand aus dem Muff und reichte sie ihm.

»Vera!« stieß er hervor. »Wie merkwürdig! Für einen Moment hatte ich dich wirklich nicht erkannt. Möchtest du dich nicht setzen? Hast du schon gegessen? Möchtest du nicht eine Tasse Kaffee trinken?«

Sie zögerte, aber natürlich wollte sie.

»Ja, ich hätte gern einen Kaffee.« Und sie setzte sich ihm gegenüber.

»Du hast dich verändert. Du hast dich sehr verändert«, sagte er, den lebhaften, strahlenden Blick starr auf sie gerichtet. »Du siehst gut aus. So gut hast du noch nie ausgesehen.«

»Wirklich?« Sie schlug den Schleier zurück und knöpfte den hohen Pelzkragen auf. »Mir ist aber nicht besonders gut. Ich kann dieses Wetter nicht vertragen, weißt du.«

»Oh nein. Du haßt die Kälte ...«

»Verabscheue sie.« Sie schauderte. »Und das schlimmste dabei ist, je älter man wird …«

Er unterbrach sie – »entschuldige« – und klopfte auf den Tisch, um die Kellnerin zu rufen. »Bringen Sie bitte Kaffee und Sahne.« Zu ihr gewandt: »Du willst wirklich nichts essen? Vielleicht etwas Obst? Das Obst ist hier sehr gut.«

»Nein danke. Nichts.«

»Dann wäre das erledigt.« Und mit einem eine Spur zu übertriebenen Lächeln widmete er sich wieder der Apfelsine. »Du hast gerade gesagt – je älter man wird …«

»Desto kälter«, lachte sie. In Gedanken aber weilte sie bei der lebhaften Erinnerung an diese seine Angewohnheit – die Angewohnheit, sie zu unterbrechen – und wie sie sich vor sechs Jahren immer darüber geärgert hatte. Ihr war dann gewöhnlich gewesen, als ob er ihr urplötzlich, mitten in ihrer Rede, die Hand auf den Mund legte, sich von ihr abwandte, etwas völlig anderes erledigte und dann die Hand wieder wegnahm, um ihr mit genau demselben ein wenig übertriebenen Lächeln wieder seine Aufmerksamkeit zu schenken … nun sind wir bereit. Das wäre erledigt.

»Desto kälter!« Auch er lachte, als er ihre Worte wiederholte. »Ah, ah! Du sagst noch immer dieselben Sachen. Und da ist noch etwas an dir, was sich überhaupt nicht geändert hat – deine entzückende Stimme – deine entzückende Art zu reden.« Jetzt war er sehr ernst. Er beugte sich zu ihr hinüber, und sie nahm den warmen, stechenden Geruch der Apfelsinenschale wahr. »Du brauchst nur ein einziges Wort zu sagen, und unter allen anderen Stimmen würde ich deine Stimme heraushören. Ich weiß nicht, was es ist – ich habe oft darüber nachgedacht –, was deine Stimme zu so … zu so einer Erinnerung macht, die einen nicht losläßt … Weißt du noch, dieser erste Nachmittag, den wir zusammen in Kew Gardens verbracht haben? Du warst so verwundert, weil ich von keiner Blume den Namen kannte. Ich bin immer noch genauso unwissend, trotz allem, was du mir gesagt hast. Aber immer, wenn es sehr warm ist und schön und ich leuchtende Farben sehe – es ist ganz komisch –, höre ich deine Stimme sagen: ›Geranie, Ringelblume und Eisenkraut.‹ Und ich habe das Gefühl, diese drei Worte sind alles, was mir von der vergessenen, himmlischen Sprache gegenwärtig ist ... Kannst du dich noch auf diesen Nachmittag besinnen?«

»Oh ja, sehr gut.« Sie tat einen langen, leisen Atemzug, als ob die künstlichen Narzissen zwischen ihnen beinahe unerträglich süß dufteten. Doch was ihr im Gedächtnis geblieben war von jenem besonderen Nachmittag, war eine alberne Szene am Teetisch. Eine Menge Leute beim Tee in einer chinesischen Pagode, und er gebärdete sich wie ein Wahnsinniger wegen der Wespen – er fuchtelte mit den Armen, um sie zu vertreiben, hieb mit seinem Strohhut auf sie ein, ganz ernsthaft und in blinder Wut, die in gar keinem Verhältnis zum Anlaß stand. Zum Ergötzen all der kichernden Teetrinker. Während sie gelitten hatte, gelitten!

Jetzt aber, als er sprach, verblaßte diese Erinnerung. Seine kam der Wahrheit näher. Ja, es war ein wunderbarer Nachmittag gewesen, voll von Geranien und Ringelblumen und Eisenkraut und – warmem Sonnenschein. In Gedanken verweilte sie bei den letzten beiden Wörtern, sang sie förmlich.

In der Wärme entfaltete sich gleichsam noch eine Erinnerung. Sie sah sich auf einer Wiese sitzen. Er lag neben ihr, und nach langem Schweigen wälzte er sich auf einmal herum und legte den Kopf in ihren Schoß.

»Ich wünschte«, sagte er in leisem, bekümmertem Ton, »ich wünschte, ich hätte Gift genommen und es ginge ans Sterben – hier und jetzt!«

In diesem Augenblick schlüpfte ein kleines weißgekleidetes Mädchen mit einer langen tropfenden Seerose hinter einem Strauch hervor, starrte sie an und kroch wieder davon. Aber er sah nichts von alledem. Sie beugte sich über ihn.

»Oh, warum sagst du das? Ich könnte so etwas nicht sagen.«

Er aber stöhnte leise, faßte nach ihrer Hand und hob sie an sein Gesicht.

»Weil ich weiß, daß ich dich zu sehr lieben werde – viel zu sehr. Und ich werde so schrecklich leiden, Vera, weil du mich nie, niemals lieben wirst.«

Ganz sicher sah er jetzt viel besser aus als damals. All die verträumte Unbestimmtheit und Unentschlossenheit hatte er verloren. Jetzt hatte er das Auftreten eines Mannes, der seinen Platz im Leben gefunden hat und ihn mit einem Vertrauen und einer Sicherheit ausfüllt, die, gelinde gesagt, Eindruck machten. Er mußte auch zu Geld gekommen sein. Seine Kleidung war vortrefflich, und in diesem Augenblick zog er ein russisches Zigarettenetui aus der Tasche.

»Möchtest du rauchen?«

»Ja.« Ihre Hände zögerten. »Sie sehen sehr gut aus.«

»Ich denke schon. Ich lasse sie von einem kleinen Mann in der St. James Street für mich anfertigen. Ich rauche nicht sehr viel. Im Unterschied zu dir – aber wenn ich rauche, dann müssen die Zigaretten köstlich sein, sehr frisch. Rauchen ist bei mir keine Gewohnheit, sondern Luxus – wie Parfüm. Hast du noch immer diese Vorliebe für Parfüm? Ach, als ich in Rußland war...«

Sie fiel ein: »Du bist wirklich in Rußland gewesen?«

»Oh ja. Über ein Jahr war ich dort. Hast du denn vergessen, wie wir immer davon gesprochen hatten, dorthin zu fahren?«

»Nein, das habe ich nicht vergessen.«

Er ließ ein sonderbares halbes Lachen hören und lehnte sich zurück. »Ist das nicht komisch, ich habe wirklich all die Reisen gemacht, die wir geplant hatten. Ja, ich bin überall dort gewesen, wovon wir gesprochen hatten, und bin auch lange genug geblieben, um – wie du immer gesagt hast – mich dort gründlich ›durchzulüften‹. Ja, die letzten drei Jahre meines Lebens bin ich immerzu auf Reisen gewesen. Spanien, Korsika, Sibirien, Rußland, Ägypten. Das einzige Land, was noch fehlt, ist China, und wenn der Krieg vorbei ist, habe ich vor, auch dorthin zu fahren.«

Wie er so leicht dahinsprach und dabei die Zigarettenspitze am Aschenbecher abklopfte, spürte sie das eigentümliche Wesen, das so lange in ihrer Brust geschlummert hatte, sich regen, sich strecken, gähnen, die Ohren spitzen, plötzlich auf die Füße springen und seinen sehnsüchtigen, hungrigen Blick in diese Fernen richten. Aber alles, was sie mit einem leichten Lächeln sagte, war: »Wie ich dich beneide!«

Er war's zufrieden. »Es war großartig, besonders in Rußland. Rußland war ganz genauso, wie wir es uns vorgestellt hatten, und noch viel, viel schöner. Ich bin sogar ein paar Tage auf einem Schiff auf der Wolga gefahren. Erinnerst du dich noch an das Lied dieses Schiffers, das du immer gespielt hast?«

»Ja.« Es begann in ihr zu tönen, als sie sprach.

»Spielst du es jetzt noch manchmal?«

»Nein, ich habe kein Klavier.«

Das erstaunte ihn. »Aber was ist denn aus deinem wunderbaren Klavier geworden?«

Sie verzog leicht das Gesicht. »Verkauft. Schon ewig.«

»Du warst aber doch so vernarrt in Musik«, wunderte er sich.

»Ich habe jetzt keine Zeit dafür«, erwiderte sie.

Er ließ es dabei bewenden. »So ein Leben auf dem Fluß«, fuhr er fort, »ist etwas ganz Besonderes. Nach ein oder zwei Tagen kann man sich gar nicht mehr vorstellen, daß man je anderes gekannt hat. Und dazu muß man nicht die Sprache kennen – das Bootsleben knüpft ein Band zwischen dir und den Leuten, das mehr als ausreichend ist. Du ißt mit ihnen, verbringst den Tag mit ihnen, und am Abend wird dann gesungen, unentwegt gesungen.«

Sie schauderte, sie hörte das Lied des Schiffers wieder laut und trauervoll aufsteigen und sah das Schiff auf dem dunkler werdenden Fluß dahintreiben, düstere Bäume zu beiden Ufern ... »Ja, das würde mir gefallen«, sagte sie und streichelte den Muff.

»Dir würde nahezu alles am russischen Leben gefallen«, meinte er daraufhin mit Wärme. »Es ist so zwanglos, so impulsiv, so frei ohne jeden Zweifel. Und dann, die Bauern sind großartig. Sie sind so richtige Menschen – ja, das ist's. Sogar der Mann, der deinen Wagen lenkt, hat – hat wirklich Anteil an dem, was vor sich geht. Ich kann mich an einen Abend erinnern, als wir, zwei Freunde von mir und von dem einen die Frau, zum Picknick ans Schwarze Meer fuhren. Wir nahmen das Abendbrot mit und Champagner und aßen und tranken im Gras. Und wie wir da saßen und aßen, kam der Kutscher zu uns. ›Nehmen Sie doch eine Dillgurke‹, sagte er. Er wollte mit uns teilen. Das erschien mir so angemessen – so – du weißt, was ich meine?«

Und in diesem Augenblick schien sie an dem geheimnisumwobenen Schwarzen Meer im Gras zu sitzen, schwarz wie Samt plätscherten die stillen Wellen gegen die Ufer. Sie sah die Kutsche am Straßenrand und die kleine Gruppe im Gras, Gesichter und Hände weiß im Mondlicht. Sie sah das helle Kleid der Frau, übers Gras hingebreitet, und ihren zusammengeklappten Sonnenschirm wie eine riesige Perlmutthäkelnadel im Gras liegen. Etwas abseits, ein Tuch mit seinem Abendbrot auf den Knien, saß der Kutscher. »Nehmen Sie doch eine Dillgurke«, sagte er, und obgleich sie nicht genau wußte, was eine Dillgurke war, sah sie das grünlich schimmernde Glasgefäß, durch das eine rote Pfefferschote wie ein Papageienschnabel leuchtete. Ihr zog es den Mund zusammen; die Dillgurke war furchtbar sauer...

»Ja, ich weiß genau, was du meinst«, sagte sie.

In dem darauffolgenden Schweigen sahen sie einander an. Wenn sie sich früher so angeschaut hatten, war zwischen ihnen ein so grenzenloses Verstehen spürbar geworden, daß ihre Seelen sich gleichsam umschlungen hielten und im selben Meer versanken, zum Ertrinken bereit wie zwei Trauernde Liebende. Überraschend war allerdings, daß er sich jetzt zurückhielt. Er, der sagte: »Wie wunderbar du zuhören kannst! Wenn du mich mit diesen wilden Augen ansiehst, habe ich das Gefühl, daß ich dir Dinge erzählen könnte, die ich einem anderen Menschen nie anvertrauen würde.«

Lag in seiner Stimme ein winziger Hauch von Spott, oder bildete sie sich das nur ein? Sie war sich nicht sicher.

»Ehe ich dich kennenlernte«, sagte er, »hatte ich nie mit jemandem über mich gesprochen. Wie gut habe ich die eine Nacht in Erinnerung behalten, die Nacht, als ich dir das Weihnachtsbäumchen gebracht hatte; da habe ich dir alles über meine Kindheit erzählt. Und auch davon, wie mir so jämmerlich zumute war, daß ich ausriß und, ohne entdeckt zu werden, zwei Tage unter einem Pferdewagen in unserem Hof zubrachte. Und du hast zugehört, und deine Augen leuchteten, und mir war, als hättest du wie im Märchen sogar das Tannenbäumchen zum Zuhören gebracht.«

Von jenem Abend aber war ihr eine kleine Dose Kaviar in Erinnerung geblieben. Sie hatte sieben Shilling und sechs Pence gekostet. Das konnte er einfach nicht begreifen. Denk doch bloß – so eine winzige Dose für sieben Shilling und sechs Pence. Begeistert und empört zugleich sah er ihr beim Essen zu.

»Nein, wirklich, das heißt ja geradezu Geld essen. Sieben Shilling gehen in ein Näpfchen dieser Größe ja gar nicht rein. Denk nur mal an den Profit, den das einbringen muß...« Und er hatte ungeheuer komplizierte Berechnungen angestellt... Doch jetzt ade Kaviar. Der Tannenbaum stand auf dem Tisch, und der kleine Junge lag unter der Kutsche, als Kopfkissen diente ihm der Hofhund.

»Der Hund hieß Bosun«, rief sie voller Entzücken.

Aber er konnte ihr nicht folgen. »Welcher Hund? Hattest du denn einen Hund? An einen Hund kann ich mich überhaupt nicht erinnern.«

»Nein, nein, ich meine den Hofhund, als du ein kleiner Junge warst.« Er lachte und ließ das Zigarettenetui zuschnappen.

»Ja? Weißt du, daß ich das vergessen hatte? Das scheint eine Ewigkeit her zu sein. Ich kann einfach nicht glauben, daß es nur sechs Jahre her ist. Als ich dich heute wiedererkannt hatte, mußte ich einen gewaltigen Satz machen – mußte ich mit einem Satz mein ganzes Leben überspringen, um zu jener Zeit zurückzufinden. Ich war damals ein solches Kind.« Er trommelte auf den Tisch. »Ich habe oft daran gedacht, wie ich dich gelangweilt haben muß. Und jetzt ist mir völlig klar, warum du mir so einen Brief geschrieben hattest, wenn mir dieser Brief damals auch förmlich den Todesstoß versetzt hatte. Ich habe ihn neulich wiedergefunden, und ich mußte einfach lachen, als ich ihn las. Er war so treffend – gab ein so wahres Bild von mir.« Er schaute auf. »Du willst doch nicht etwa gehen?«

Sie hatte den Pelzkragen wieder zugeknöpft und den Schleier vors Gesicht gezogen.

»Ja, ich muß leider«, sagte sie und brachte sogar ein Lächeln zustande. Jetzt wußte sie, daß er sich nur lustig gemacht hatte.

»Ach nein, bitte nicht«, bat er. »Bleib wenigstens noch einen Augenblick«, und er hob einen ihrer Handschuhe vom Tisch auf und hielt ihn krampfhaft fest, als würde sie das am Weggehn hindern. »Ich komme jetzt mit so wenig Leuten zusammen, mit denen ich reden kann, daß ich so etwas wie ein Barbar geworden bin«, sagte er. »Habe ich etwas gesagt, was dich gekränkt hat?«

»Nicht die Spur«, log sie. Aber als sie ihm zusah, wie er sacht, ganz sacht ihren Handschuh durch die Finger zog, schwand tatsächlich ihr Unwille, und dazu glich er in diesem Augenblick mehr dem Mann von vor sechs Jahren ...

»Was ich damals am liebsten gewollt hätte«, sagte er, »am liebsten wäre ich so etwas wie ein Teppich gewesen – hätte mich für dich in so etwas wie einen Teppich verwandelt, damit du darauf treten konntest und dir spitze Steine und der Schlamm, die dir so verhaßt waren, nichts zuleide taten. Das allein war wirklich – es war ganz egoistisch. Wenn ich noch etwas wünschte, dann nur, mich schließlich in einen Zauberteppich zu verwandeln und dich in alle diese Länder zu tragen, die du sehen wolltest.«

Als er sprach, hob sie den Kopf, als tränke sie etwas; das seltsame Wesen in ihrer Brust begann zu schnurren ...

»Ich spürte, daß du so einsam warst wie niemand sonst auf der Welt«, fuhr er fort, »daß du aber vielleicht als einziger Mensch auf der Welt wirklich und wahrhaftig lebendig warst. Zur falschen Zeit geboren«, murmelte er und streichelte den Handschuh, »dem Untergang geweiht.«

Oh Gott! Was hatte sie getan! Wie hatte sie wagen können, ihr Glück so wegzuwerfen. Er war der einzige Mann, der sie je verstanden hatte. War es zu spät? Konnte es zu spät sein? *Sie* war der Handschuh, den er da hielt ...

»Und dann der Umstand, daß du keine Freunde hattest und dich nie andern angeschlossen hattest. Wie gut habe ich das verstanden, ging es mir doch genauso. Ist das jetzt noch so?«

»Ja«, hauchte sie. »Genauso. Ich bin allein wie eh und je.«

»Ich auch«, lachte er leise, »genauso.«

Plötzlich gab er ihr mit einer raschen Bewegung den Handschuh wieder und scharrte mit dem Stuhl über den Fußboden. »Doch was mir damals so rätselhaft erschienen war, ist mir jetzt völlig klar. Und dir natürlich auch ... Wir sind ganz einfach große Egoisten gewesen, ganz mit uns selbst beschäftigt, so von uns eingenommen, daß in unsern Herzen für niemanden sonst Platz blieb. Weißt du,« rief er naiv, herzlich und glich wieder auf schreckliche Weise einer anderen Seite seines alten Ich, »als ich in Rußland war, habe ich damit begonnen, mich mit einem System der Gemüter, der Denkweisen zu beschäftigen, dabei habe ich entdeckt, daß wir keineswegs außergewöhnlich waren. Es ist eine recht bekannte Form von ...«

Sie war gegangen. Wie vom Donner gerührt, unsäglich erstaunt saß er da ... Und dann bat er die Kellnerin um die Rechnung.

»Aber die Sahne ist nicht angerührt worden«, sagte er. »Die setzen Sie bitte nicht mit drauf.«

Die kleine Gouvernante

Ach Gott, wie sehr wünschte sie, es wäre nicht Nacht. Sie wäre viel lieber bei Tage gereist, viel, viel lieber. Aber die Dame in der Gouvernantenvermittlung hatte gesagt: »Sie fahren am besten mit dem Abendschiff, und wenn sie im Zug dann in ein Abteil ›Für Damen‹ einsteigen, dann ist das viel sicherer, als wenn Sie in einem fremden Hotel übernachten. Und verlassen Sie nicht das Abteil. Laufen Sie nicht die Gänge lang, und schließen Sie ja die Tür zur Toilette zu, wenn Sie dahin gehen. Um acht kommt der Zug in München an, und Frau Arnholdt schreibt, zum Hotel Grunewald ist's nur eine Minute. Ein Dienstmann kann Sie hinbringen. Frau Arnholdt wird am selben Abend um sechs Uhr eintreffen, so daß Sie einen angenehm ruhigen Tag haben, um sich nach der Fahrt auszuruhen und Ihr Deutsch aufzufrischen. Und wenn Sie etwas essen möchten, dann würde ich Ihnen raten, schnell in die nächste Bäckerei zu gehen, dort können Sie sich Rosinenbrötchen und eine Tasse Kaffee kaufen. Sie sind noch nie im Ausland gewesen, nicht wahr?« – »Nein.« – »Also, ich sage immer meinen Mädchen, es ist besser, fremden Leuten zuerst zu mißtrauen als zu trauen, und es ist sicherer, fremde Leute böser Absichten zu verdächtigen als guter ... Das klingt ziemlich hart, aber wir müssen doch Frauen von Welt sein, nicht wahr?«

Es war fein gewesen in der Damenkabine. Die Stewardeß war so freundlich, sie besorgte den Geldumtausch für sie und wickelte ihr die Füße ein. Sie hatte auf einem der harten, mit blaßroten Zweigen gemusterten Ruhebetten gelegen und die anderen Mitreisenden beobachtet, die, ganz ungezwungen und natürlich, ihre Hüte an den Polstern feststeckten, Schuhe und Röcke auszogen, Toilettenkästchen öffneten und mit geheimnisvoll knisternden Päckchen hantierten, sich einen Schleier um den Kopf banden, ehe sie sich hinlegten. Wumm, wumm, wumm dröhnte gleichmäßig die Schiffsschraube. Die Stewardeß zog einen grünen Schirm über die Lampe und setzte sich an den Ofen, den Rock über die Knie zurückgeschlagen, im Schoß ihr Strickzeug. Über ihr auf einem Bord stand ein Wasserkrug, dahinein war ein buschiger Blumenstrauß gezwängt. ›Reisen gefällt mir ungemein‹, dachte die kleine Gouvernante. Sie lächelte und überließ sich ganz der Wärme und dem Schaukeln.

Doch als das Schiff anlegte und sie an Deck ging, in einer Hand den Reisekorb, die dicke wollene Reisedecke und den Schirm in der anderen, blies ihr ein fremder, kalter Wind unter den Hut. Sie schaute hinauf zu den Masten und Spieren des Schiffs, die sich schwarz von dem grünlich glitzernden Himmel abhoben, und hinunter auf den dunklen Landungssteg, wo fremdartige eingemummte Gestalten wartend herumstanden. Sie bewegte sich vorwärts mit der schläfrigen Menge, von der alle außer ihr wußten, wohin sie gehen und was sie tun mußten, und sie hatte Angst. Nur so ein bißchen – nur eben genug, um sich zu wünschen, ach, zu wünschen, daß es Tag wäre und daß eine der Frauen, die ihr im Spiegel zugelächelt hatte, als sie sich beide in der Damenkabine die Haare gekämmt hatten, jetzt irgendwo in der Nähe wäre. »Die Fahrkarten bitte! Zeigen Sie Ihre Fahrscheine! Halten Sie die Fahrscheine bereit!« Sie balancierte vorsichtig auf den Absätzen, als sie die Laufplanke hinunterging. Dann kam ein Mann in einer schwarzen Ledermütze auf sie zu und berührte sie am Arm. »Wohin, Miß?« Er sprach Englisch – mit einer solchen Mütze war er sicher Schaffner oder Stationsvorsteher. Kaum hatte sie geantwortet, als er sich auch schon auf ihren Reisekorb stürzte. »Hier lang«, rief er mit unwirscher, entschlossener Stimme, und er schob und drängte sich an den Menschen vorbei. »Aber ich möchte keinen Träger!« Was für ein schrecklicher Mensch! »Ich will keinen Träger. Ich möchte das selber tragen.« Sie mußte rennen, um mit ihm Schritt zu halten, und ihr Zorn, viel stärker als sie, lief vor ihr her und riß dem Schuft die Tasche aus der Hand. Er kümmerte sich nicht im geringsten darum, sondern marschierte weiter den langen, dunklen Bahnsteig lang und über ein Glas. »Ein Räuber!« Sie war fest überzeugt, er wäre ein Räuber, als sie zwischen die Schienen trat und die Schlacke unter ihren Schuhen knirschen hörte. Auf der anderen Seite – oh, Gott sei Dank! – wartete ein Zug, an dem ›München‹ stand. Der Mann blieb neben den riesengroßen, hell erleuchteten Wagen stehen. »Zweite Klasse?« fragte die unverschämte Stimme. »Ja, ein Damenabteil.« Sie war ganz außer Atem. Sie suchte in ihrem kleinen Portemonnaie nach einer Münze, die klein genug wäre für diesen schrecklichen Menschen, während er ihren Reisekorb in das Gepäcknetz eines leeren Wagens schleuderte, an dessen Fenster ein Zettel ›Dames Seules‹ geklebt war. Sie stieg ein und gab ihm zwanzig Centimes. »Was soll das?« schrie der Mann und starrte erst das Geld und dann sie an, hielt es an seine Nase, beschnupperte es, als hätte er noch nie im Leben eine solche Summe gesehen, geschweige denn in der Hand gehalten. »Es kostet einen Franc. Das wissen Sie doch, oder? Es kostet einen Franc. Soviel habe ich zu kriegen!« Einen Franc! Bildete er sich etwa ein, sie gäbe ihm einen Franc dafür, daß er sie so hereingelegt hatte, bloß weil sie ein Mädchen und bei Nacht allein unterwegs war? Niemals, niemals! Sie quetschte das Portemonnaie in der Hand zusammen und übersah ihn einfach – sie betrachtete eine Ansicht von St. Malo an der Wand gegenüber und hörte ihn einfach nicht. »Oh nein. Oh nein. Vier Sous. Sie irren sich. Da nehmen Sie das zurück. Ich möchte einen Franc.« Er sprang aufs Trittbrett und warf ihr das Geld in den Schoß. Vor Angst zitternd, kroch sie ganz in sich zusammen, streckte eine eiskalte Hand aus und nahm das Geld – verbarg es in ihrer Hand. »Das ist alles, was Sie kriegen«, sagte sie. Ein oder zwei Minuten spürte sie, wie seine stechenden Augen sie durchbohrten, er nickte langsam und verzog den Mund: »Se-ehr gut. Trrrès bien.« Er zuckte mit den Schultern und verschwand in der Dunkelheit. Ach, was für eine Wohltat! Das war einfach schrecklich gewesen. Als sie aufstand, um nachzusehen, ob der Reisekorb auch nicht umfallen konnte, erblickte sie sich selbst im Spiegel, ganz weiß, mit großen, runden Augen. Sie band den ›Autoschleier‹ ab und knöpfte das grüne Cape auf. »Aber jetzt ist doch alles vorbei«, sagte sie zu dem Gesicht im Spiegel, irgendwie kam es ihr vor, als hätte es mehr Angst als sie.

Die Leute begannen auf den Bahnsteig zu strömen. Sie standen in Grüppchen beisammen und unterhielten sich. Das seltsame Licht der Bahnhofslampen malte ihre Gesichter beinahe grün. Ein kleiner Junge in Rot kam mit einem riesigen Teewagen herangeklappert, stützte sich darauf, pfiff und ließ eine Serviette auf die Stiefel klatschen. Eine Frau in einer schwarzen Alpakaschürze schob einen Karren mit Kopfkissen zum Ausleihen vor sich her. Sie sah träumerisch und gedankenverloren aus, wie eine Frau, die einen Kinderwagen schiebt – hin und her, hin und her –, mit einem schlafenden Baby darin. Von irgendwoher trieb es Kränze aus weißem Rauch herbei, und sie hingen unter dem Dach wie verworrene Ranken. ›Wie seltsam das alles ist‹, dachte die kleine Gouvernante, ›und dazu noch mitten in der Nacht.‹ Sie lugte aus ihrer sicheren Ecke hervor, jetzt nicht mehr ängstlich, sondern stolz darauf, daß sie den Franc nicht gegeben hatte. »Ich kann auf mich selbst aufpassen, ja natürlich. Wichtig ist, nicht zu –« Plötzlich hörte sie vom Gang her kräftige Schritte und Männerstimmen, laut, von Fetzen lärmenden Gelächters unterbrochen. Sie kamen in ihre Richtung. Die kleine Gouvernante verkroch sich in ihre Ecke, als vier junge Männer in Zylinderhüten vorbeigingen und durch Tür und Fenster hereinsahen. Einer von ihnen schüttete sich vor Lachen förmlich aus, als er auf das Schild ›Dames Seules‹ zeigte, und die vier beugten sich herab, um das kleine Mädchen, das mutterseelenallein in der Ecke saß, besser sehen zu können. Oh du liebe Güte, sie waren im Nachbarabteil. Sie hörte sie umhergehen und dann eine plötzliche Stille, woraufhin ein großer hagerer Mensch mit einem winzigen schwarzen Schnurrbart ihre Tür aufriß. »Wenn Mademoiselle zu uns herüberkommen möchte«, sagte er auf französisch. Sie sah, wie sich die anderen hinter ihm drängten, unter seinem Arm hindurch spähten und über die Schulter hinweg, und sie saß sehr gerade und still da. »Wenn Mademoiselle uns die Ehre erweisen würde«, spottete der Lange. Einer von ihnen konnte nicht länger an sich halten; schallend platzte er heraus. »Mademoiselle ist sehr ernst«, beharrte der junge Mann unter Verbeugungen und Grimassenschneiden. Schwungvoll zog er den Hut, und sie war wieder allein.

»En voiture. En voi-ture!« Jemand lief neben dem Zug auf und ab. »Ach, wenn es doch nicht Nacht wäre. Ach, wenn doch noch eine Frau mit im Wagen säße. Ich habe Angst vor den Männern da nebenan.« Die kleine Gouvernante blickte zum Fenster hinaus, um zu sehen, wie ihr Gepäckträger zurückkam – derselbe Mann steuerte, die Arme voller Gepäck, auf ihr Abteil zu. Aber – aber was machte er denn da? Er schob den Daumennagel unter die Aufschrift ›Dames Seules‹ und riß sie geradewegs herunter, und dann stand er da und schielte zu ihr hin, während ein alter Mann, in ein Plaidcape gehüllt, das Trittbrett erklomm. »Aber das ist ein Damenabteil.« – »Oh nein, Mademoiselle, Sie irren sich. Nein, nein, ich versichere Sie. Merci, Monsieur« – »En voi-turre!« Schrilles Pfeifen. Triumphierend trat der Gepäckträger zurück, und der Zug fuhr los. Für ein paar Augenblicke füllten sich ihre Augen mit großen Tränen, und durch den Tränenschleier hindurch sah sie, wie sich der alte Mann aus einem Schal herauswickelte und die Klappen seiner Jägermütze aufband. Er sah sehr alt aus. Mindestens neunzig. Er hatte einen weißen Schnurrbart, kleine blaue Augen hinter einer großen goldumrandeten Brille und rosige, zerfurchte Wangen. Ein angenehmes Gesicht – und charmant war die Art, wie er sich vorbeugte und in holprigem Französisch sagte: »Störe ich Sie, Mademoiselle? Möchten Sie lieber, daß ich die ganzen Sachen wieder aus dem Gepäcknetz nehme und mir ein anderes Abteil suche?« Wie! Dieser alte Mann sollte all die schweren Sachen schleppen, bloß weil sie ... »Nein, es ist schon in Ordnung. Sie stören mich absolut nicht.« – »Oh, tausend Dank.« Er setzte sich ihr gegenüber, knöpfte den Kragen seines riesigen Mantels auf und schleuderte ihn von den Schultern.

Der Zug schien froh zu sein, daß er den Bahnhof hinter sich gelassen hatte. Er machte einen großen Satz in die Dunkelheit hinein. Mit dem Handschuh rieb sie ein Stück vom Fenster blank, aber sie konnte nichts sehen – nur einen Baum, der sich wie zu einem schwarzen Fächer reckte, oder zerstreute Lichter oder die Umrisse eines Berges, erhaben und gewaltig. Im Nachbarabteil begannen die jungen Männer zu singen, »Un, deux, trois«. Sie sangen immer wieder dasselbe Lied, so laut sie konnten.

»Ich hätte mir nie wagen können einzuschlafen, wenn ich allein gewesen wäre«, stellte sie fest. »Ich hätte meine Füße nicht hochtun oder nicht mal den Hut absetzen können.« Der Gesang bewirkte ein merkwürdiges kleines Zittern in ihrer Magengegend, und während sie die verschränkten Arme unter dem Cape fest an sich preßte, damit es aufhöre, freute sie sich richtig darüber, daß der alte Mann bei ihr im

Abteil saß. Durch ihre langen Wimpern spähte sie zu ihm hinüber, vorsichtig darauf bedacht, daß er nicht hersähe. Er saß kerzengerade da, die Brust herausgestreckt, das Kinn eingezogen, die Knie zusammengepreßt, und las eine deutsche Zeitung. Deshalb sprach er so drollig Französisch. Er war Deutscher. Vermutlich irgend etwas in der Armee – Oberst oder General – früher natürlich, nicht jetzt; dazu war er jetzt zu alt. Wie geschniegelt und gebügelt er für einen alten Mann aussah! In seiner schwarzen Krawatte steckte eine Perlennadel, und am kleinen Finger trug er einen Ring mit einem dunkelroten Stein; aus der Jackettasche seines Zweireihers sah die Spitze eines weißen Seidentüchleins hervor. Alles in allem bot er irgendwie einen wirklich angenehmen Anblick. Die meisten alten Männer waren so scheußlich. Sie konnte es nicht ertragen, wenn sie tatterig waren – oder einen widerlichen Husten oder irgend so etwas hatten. Doch daß er keinen Bart trug, das änderte alles, und dann waren seine Backen so rosig und der Schnurrbart so ganz weiß. Die deutsche Zeitung sank herab, und mit derselben entzückenden Galanterie beugte sich der alte Mann vor: »Sprechen Sie Deutsch, Mademoiselle?« – »Ja, ein wenig, mehr als Französisch«, antwortete die kleine Gouvernante; sie wurde dunkelrot, und die Röte überzog langsam ihr Gesicht und ließ ihre blauen Augen beinahe schwarz aussehen. »Ach so!« Der alte Mann verneigte sich artig. »Dann möchten Sie sich vielleicht ein paar Illustrierte ansehen?« Er streifte von einer kleinen Rolle Zeitschriften ein Gummiband ab und reichte sie hinüber. »Vielen Dank.« Sie sah sich sehr gern Bilder an, zuvor aber wollte sie Hut und Handschuhe ablegen. Sie stand auf, löste die Nadeln an dem braunen Strohhut und legte ihn fein säuberlich ins Gepäcknetz neben den Reisekorb, streifte die braunen Glacéhandschuhe ab, rollte beide fest zusammen und steckte sie aus Sicherheitsgründen in den Hut, dann setzte sie sich wieder hin, bequemer diesmal, die Beine übereinandergeschlagen, im Schoß die Zeitungen. Wie freundlich der alte Mann in der Ecke sie beobachtete, wie ihre unbedeckte kleine Hand die großen weißen Seiten umblätterte, ihr zusah, wie sie die Lippen bewegte, als sie die langen Wörter vor sich hin sagte, den Blick auf ihrem Haar ruhen ließ, das im Lichtschein hell schimmerte. Ach! wie tragisch war es doch für eine kleine Gouvernante, wenn sie Haare hatte, die einen an Mandarinen und Ringelblumen, an Aprikosen und Schildpattkatzen und Champagner denken ließen! Vielleicht war es das, was der alte Mann dachte, als er so starrte und starrte, und daß nicht einmal die dunklen häßlichen Kleider ihre zarte Schönheit verhüllen konnten. Vielleicht war die Röte, die ihm ins Gesicht stieg, Zornesröte, daß etwas so Junges und Zartes allein und unbeschützt durch die Nacht fahren mußte. Wer weiß, ob er nicht auf seine sentimentale deutsche Art murmelte: »Ja, es ist eine Tragödie! Ich wollte bei Gott, ich wär der Großvater von dem Kind!«

»Haben Sie vielen Dank. Sie waren sehr interessant.« Mit einem reizenden Lächeln gab sie ihm die Zeitungen zurück. »Sie sprechen aber sehr gut Deutsch«, sagte der alte Mann. »Sie sind natürlich schon einmal in Deutschland gewesen?« – »Oh nein, das ist das erste Mal« – eine kleine Pause, dann – »das ist überhaupt das erste Mal, daß ich im Ausland bin.« – »Wirklich! Ich bin überrascht. Sie machten auf mich den Eindruck, wenn ich so sagen darf, als wären Sie ans Reisen gewöhnt.« – »Ja, also – ich bin in England ziemlich viel herumgekommen, und einmal war ich in Schottland.« – »So. Ich bin einmal in England gewesen, aber Englisch habe ich nicht lernen können.« Er hob eine Hand und schüttelte lachend den Kopf. »Nein, das war zu schwierig für mich ... ›Ow-do-you-do. Please vich is ze way to Leicestaire Squaare?‹« Sie lachte ebenfalls. »Ausländer sagen immer ...« Sie unterhielten sich ziemlich ausführlich darüber.

»Aber München wird Ihnen gefallen«, sagte der alte Mann. »München ist eine wunderbare Stadt. Museen, Bilder, Galerien, schöne Gebäude und Geschäfte, Konzerte, Theater, Restaurants – all das bietet München. Ich bin viele, viele Male in meinem Leben in ganz Europa herumgereist, aber immer kehre ich wieder nach München zurück. München wird Ihnen bestimmt viel Freude machen.« – »Ich werde nicht in München *bleiben*«, erwiderte die kleine Gouvernante, und scheu fügte sie hinzu: »Ich trete bei einer Arztfamilie in Augsburg eine Stelle als Gouvernante an.« – »Ach, so ist das.« Augsburg kannte er. Nun – Augsburg war nicht schön. Eine solide Industriestadt. Aber wenn Deutschland für sie neu war, würde sie hoffentlich auch dort etwas Interessantes finden. »Ganz bestimmt.« – »Aber wie schade, daß Sie nicht München kennenlernen, ehe Sie weiterfahren. Sie sollten unterwegs ein bißchen Urlaub machen« – er lächelte – »und ein paar angenehme Erinnerungen sammeln.« – »Bedaure, *das* könnte ich nicht machen«, sagte die kleine Gouvernante mit einem Kopfschütteln, plötzlich wichtig und ernsthaft. »Und dann, wenn man allein ist ...« Er verstand. Er verneigte sich, ebenfalls ernsthaft. Dann schwiegen sie. Der Zug ratterte dahin, bot seine dunkle, flammende Brust den Hügeln und Tälern dar. Im Abteil war es warm. Sie schien sich gleichsam an das dunkle Vorwärtsbrausen anzuschmiegen und davongetragen zu werden, weiter, immer weiter. Schwache Geräusche waren zu hören; Schritte im Gang, das Öffnen und Schließen von Türen – Stimmengemurmel – Pfeifen ... Dann wurde das Fenster wie von langen Regennadeln zerstochen ... Aber das machte nichts ... es war ja draußen ... und sie hatte einen Schirm ... sie spitzte den Mund, seufzte, öffnete und schloß einmal die Hände und fiel in tiefen Schlaf.

»Pardon! Pardon!« Das gleitende Geräusch der Abteiltür ließ sie erschrocken aus dem Schlaf auffahren. Was war passiert? Jemand war hereingekommen und wieder hinausgegangen. Der alte Mann saß in seiner Ecke, aufrechter denn je, die Hände in den Rocktaschen, und schaute sehr finster drein. »Ha! Ha! Ha!« tönte es aus dem Nachbarabteil. Noch halb im Schlaf, hob sie die Hände an ihr Haar, um sich zu überzeugen, daß es kein Traum sei. »Schändlich!« murmelte der alte Mann mehr zu sich als zu ihr. »Gemeine, gewöhnliche Kerle! Es tut mir leid, daß sie Sie gestört haben, gnädiges Fräulein, daß sie hier so hereingeplatzt sind.« Nein, eigentlich nicht. Sie wäre jetzt sowieso aufgewacht, und sie zog ihre silberne Uhr hervor, um zu sehen, wie spät es wäre. Halb fünf. Kaltes blaues Licht füllte die Fensterscheiben. Wenn sie jetzt eine Stelle blank rieb, konnte sie helle Feldstreifen sehen, eine Gruppe weißer Häuser, die wie Pilze wirkten, eine Straße, ›wie gemalt‹, mit Pappeln zu beiden Seiten, einen schmalen Fluß. Wie schön das war! Wie schön und wie anders! Sogar die rosaroten Wolken am Himmel sahen fremd aus. Es war kalt, aber sie tat, als wäre es noch viel kälter, rieb die Hände aneinander und schauderte, zupfte am Mantelkragen, weil sie so glücklich war.

Der Zug verlangsamte die Fahrt. Die Lokomotive stieß ein langes, schrilles Pfeifen aus. Sie näherten sich einer Stadt. Höhere Häuser, rosig und gelb, glitten vorbei, hinter den grünen Augenlidern in tiefem Schlaf, von den Pappeln bewacht, die in der blauen Luft zitterten, als stünden sie auf Zehenspitzen und lauschten. In einem Haus machte eine Frau die Fensterläden auf, schleuderte eine rot-weiße Matratze über den Fensterrahmen, stand da und starrte auf den Zug. Eine blasse Frau mit schwarzem Haar und einem weißen wollenen Tuch um die Schultern. Jetzt erschienen mehr Frauen an den Türen und Fenstern der schlafenden Häuser. Da kam eine Schafherde. Der Schäfer trug eine blaue Bluse und spitze Holzschuhe. Sieh doch! Sieh doch da die Blumen – auch am Bahnhof. Hochstämmige Rosen wie Brautbuketts, weiße Geranien, wachsartig und rosarot, wie man sie zu Hause *niemals* auch nur in einem Gewächshaus sah. Langsamer, immer langsamer. Ein Mann mit einer Gießkanne sprengte den Bahnsteig. »A-a-a-ah!« Da kam einer angerannt und schwenkte die Arme. Eine riesige, dicke Frau watschelte durch die Glastüren des Bahnhofsgebäudes mit einem Erdbeerkorb. Ach, hatte sie einen Durst! Sie hatte sehr großen Durst! »A-a-a-ah!« Der Armschwenker rannte wieder zurück. Der Zug hielt.

Der alte Mann zog den Mantel um sich und stand auf, er lächelte ihr zu. Er murmelte etwas, was sie nicht ganz verstand, aber sie erwiderte das Lächeln, als er aus dem Abteil ging. Als er fort war, betrachtete sich die kleine Gouvernante wieder im Spiegel, sie schüttelte sich und strich an sich herum mit genau der praktischen Fürsorge eines Mädchens, das alt genug ist, um allein zu verreisen, und das niemanden anders hat, um ihr zu versichern, daß ›hinten alles in Ordnung‹ ist. Der Durst, ach, der Durst! Die Luft schmeckte nach Wasser. Sie ließ das Fenster herunter, und die dicke Frau mit den Erdbeeren ging vorbei, als wäre es Absicht; sie hielt den Korb zu ihr hoch. »Nein, danke«, sagte die kleine Gouvernante, dabei hing ihr Blick an den großen Beeren auf den schimmernden Blättern. »Wieviel?« fragte sie, als die dicke Frau sich entfernen wollte. »Zwei Mark fünfzig, Fräulein.« – »Du lieber Gott!« Sie trat vom Fenster weg und setzte sich in ihre Ecke, einen Augenblick lang ganz ernüchtert. Eine halbe Krone! »Hu-u-u-u-i-i-i!« schrillte der Zug, als sammelte er sich, um wieder loszufahren. Der alte Mann würde doch hoffentlich nicht zurückbleiben. Ach, es war Tag – alles war wunderbar, wenn sie nur nicht solchen Durst gehabt hätte. Wo war denn bloß der alte Mann – ach, hier kam er ja, sie zeigte ihm ihre Grübchen, als wäre er ein alter, gerngesehener Freund, als er die Tür schloß, sich umdrehte und unter seinem Umhang ein Körbchen Erdbeeren zum Vorschein brachte. »Wenn das Fräulein mir die Ehre erweisen und dies annehmen würde …« – »Was – für mich?« Aber sie wich zurück und hob abwehrend die Hände, als schickte er sich an, ihr ein wildes kleines Kätzchen in den Schoß zu legen.

»Gewiß doch, für Sie«, erwiderte der alte Mann. »Was mich betrifft, so ist es zwanzig Jahre her, daß ich mutig genug war, Erdbeeren zu essen.« – »Oh, recht vielen Dank. Danke bestens«, stammelte sie, »sie sind sehr schön!« – »Essen Sie nur«, sagte der alte Mann, er sah zufrieden und freundlich aus. »Und Sie wollen nicht mal eine haben?« – »Nein, nein, nein.« Zaghaft und bezaubernd zauderte ihre Hand. Sie waren so groß und saftig, sie mußte zweimal hineinbeißen – der Saft lief ihr über die Finger – und es war, während sie die Beeren aß, daß sie das erste Mal an den alten Mann als Großvater dachte. Was für einen vollkommenen Großvater er abgeben würde! Ganz wie aus dem Bilderbuch!

Die Sonne kam heraus, die rosaroten Wolken am Himmel, die Erdbeerwolken, wurden von dem Blau verspeist. »Sind sie gut?« fragte der alte Mann. »So gut, wie sie aussehen?«

Als sie die Beeren aufgegessen hatte, war ihr, als kenne sie ihn schon Jahre. Sie erzählte ihm von Frau Arnholdt und wie sie die Stelle bekommen hatte. Ob er das Hotel Grunewald kannte? Frau Arnholdt würde nicht vor dem Abend ankommen. Er hörte zu und hörte zu, bis er über die ganze Sache genausoviel wußte wie sie, bis er sagte, ohne sie dabei anzusehen – er strich die Innenseite seiner braunen Wildlederhandschuhe glatt: »Ob ich Ihnen heute wohl ein bißchen München zeigen darf? Nicht viel – sondern vielleicht nur eine Bildergalerie und den Englischen Garten. Es wäre doch so schade, wenn Sie den Tag im Hotel verbringen müßten, und auch ein bißchen unbequem ... an einem fremden Ort. Nicht wahr? Sie wären am frühen Nachmittag wieder zurück, oder wann immer Sie möchten natürlich, und Sie würden einem alten Mann eine große Freude machen.«

Erst eine Weile später, nachdem sie »Ja« gesagt hatte – weil er ihr in dem Augenblick, da sie es gesagt und er ihr gedankt hatte, von seinen Reisen in die Türkei zu erzählen begann und von Rosenöl –, fragte sie sich, ob das unrecht von ihr wäre. Schließlich kannte sie ihn ja gar nicht. Aber er war so alt, und er war so sehr freundlich zu ihr gewesen – von den Erdbeeren ganz zu schweigen ... Und sie hätte es auch nicht erklären können, wenn sie »Nein« gesagt hätte, und in gewisser Weise war es ihr letzter Tag, der letzte Tag, den sie wirklich genießen konnte. »War das unrecht von mir? War's unrecht?« Ein Klecks Sonnenlicht fiel in ihre Hände und lag da, warm und zitternd. »Wenn ich Sie bis zum Hotel begleiten und Sie gegen zehn wieder abholen dürfte«, schlug er vor. Er zog ein Notizbuch heraus und gab ihr seine Karte. ›Herr Regierungsrat ...‹ Er hatte einen Titel! Nun, da *mußte* es einfach in Ordnung sein! Daraufhin überließ sich die kleine Gouvernante dem erregenden Gefühl, wirklich im Ausland zu sein, hinauszusehen und die fremden Reklameschilder zu lesen, von den Orten zu erfahren, zu denen sie kamen – wobei der charmante alte Großvater für ihre Aufmerksamkeit und ihr Vergnügen sorgte, bis sie München und den Hauptbahnhof erreichten. »Dienstmann! Dienstmann!« Er suchte ihr einen Gepäckträger, entledigte sich mit wenigen Worten seines Gepäcks, geleitete sie durch die verwirrende Menge auf dem Bahnhof die sauberen weißen Stufen hinunter auf die weiße Straße zu ihrem Hotel. Er erklärte dem Geschäftsführer, wer sie war, als ob all das einfach hätte geschehen müssen, und dann verlor sich für einen Augenblick ihre kleine Hand in den großen braunen Wildlederhandschuhen. »Ich hole Sie um zehn ab.« Fort war er. »Hier lang, Fräulein«, sagte ein Kellner, der sich, ganz Auge und Ohr für das seltsame Paar, hinter dem Rücken des Geschäftsführers versteckt hatte. Sie folgte ihm zwei Treppen hoch in ein dunkles Schlafzimmer. Er ließ ihren Reisekorb fallen und zog eine schmutzige klappernde Jalousie hoch. Uff! was für ein häßliches, kaltes Zimmer – was für riesige Möbel! Sich vorzustellen, den Tag hier zu verbringen! »Ist das das Zimmer, das Frau Arnholdt bestellt hat?« fragte die kleine Gouvernante. Der Kellner hatte eine eigentümliche Art, sie anzustarren, als ob sie etwas Seltsames an sich hätte. Er spitzte den Mund, als wolle er pfeifen, dann überlegte er es sich aber anders. »Gewiß«, sagte er. Nun, warum ging er denn nicht? Warum starrte er sie so an? »Gehen Sie«, sagte die kleine Gouvernante mit kühler englischer Einfachheit. Seine kleinen Korinthenaugen fielen ihm beinahe aus dem schlaffen Gesicht. »Gehen Sie sofort«, wiederholte sie eisig. An der Tür drehte er sich um. »Und der Herr«, sagte er, »soll ich den Herrn heraufbringen, wenn er kommt?«

Über den weißen Straßen dicke weiße, mit Silber eingefaßte Wolken – und überall Sonnenschein. Dicke, behäbige Kutscher lenkten behäbige Droschken; drollige Frauen mit kleinen runden Hüten machten die Straßenbahnschienen sauber; lachende und einander anrempelnde Menschen; Bäume zu beiden Seiten der Straßen, und beinahe überall, wohin man schaute, gewaltige Springbrunnen; Gelächter auf den Fußwegen, auf der Straßenmitte oder aus geöffneten Fenstern. Und neben ihr, noch geschniegelter als zuvor, einen zusammengerollten Schirm in der einen Hand, gelbe statt braune Handschuhe in der andern, ihr Großvater, der sie eingeladen hatte, den Tag mit ihm zu verbringen. Es verlangte sie danach zu laufen, es verlangte sie danach, sich bei ihm einzuhängen, es verlangte sie danach, jede Minute auszurufen: »Ach, ich bin so schrecklich glücklich!« Er führte sie über die Straßen, stand still dabei, während sie ›schaute‹, seine freundlichen Augen strahlten sie an, und er sagte: »Alles, was Sie sich wünschen.« Um elf aß sie zwei Weißwürste und zwei frische Brötchen, und sie trank Bier dazu, das, wie er sagte, nicht betrunken machte, das ganz und gar nicht wie englisches Bier sei, aus einem Glas wie eine Blumenvase. Und dann nahmen sie eine Droschke, und wahrhaftig, sie muß Tausende und aber Tausende von wundervollen klassischen Bildern in vielleicht einer Viertelstunde gesehen haben! »Ich werde über sie nachdenken müssen, wenn ich allein bin ...« Aber als sie aus der Bildergalerie herauskamen, regnete es. Der Großvater spannte seinen Schirm auf und hielt ihn über die kleine Gouvernante. Sie machten sich auf den Weg ins Restaurant zum Mittagessen. Sie dicht neben ihm, damit er auch etwas von dem Schirm hätte. »Es ist einfacher«, bemerkte er in seiner gleichgültigen Art, »wenn Sie meinen Arm nehmen, Fräulein. Und außerdem ist das in Deutschland so Sitte.« So nahm sie denn seinen Arm und ging neben ihm her, während er auf die berühmten Statuen wies, so gefesselt, daß er ganz vergaß, den Schirm zuzumachen, auch als der Regen längst vorüber war.

Nach dem Mittagessen gingen sie in ein Café, um eine Zigeunerkapelle spielen zu hören, aber das gefiel ihr gar nicht. Hu! das waren ja so fürchterliche Männer mit Eierköpfen und Schmissen im Gesicht, daß sie ihren Stuhl umdrehte, die brennenden Wangen in den Händen vergrub und statt dessen ihren alten Freund beobachtete ... Dann gingen sie in den Englischen Garten.

»Wie spät es wohl sein mag«, fragte die kleine Gouvernante. »Meine Uhr ist stehengeblieben. Gestern abend im Zug habe ich vergessen, sie aufzuziehen. Wir haben so eine Menge gesehen, daß es mir vorkommt, als wäre es schon mächtig spät.« – »Spät!« Er blieb lachend vor ihr stehen und schüttelte den Kopf auf eine Weise, die ihr nun schon bekannt vorkam. »Dann hat es Ihnen nicht wirklich Spaß gemacht. Spät! Wieso denn, wir haben doch noch nicht einmal ein Eis gegessen!« – »Oh, aber es hat mir Spaß gemacht!« rief sie bekümmert, »mehr, als ich vielleicht sagen kann. Es war wunderbar! Nur, Frau Arnholdt wird um sechs im Hotel sein, und ich müßte spätestens um fünf dort sein.« – »Das sollen Sie auch. Nach dem Eis setze ich Sie in eine Droschke, und Sie können ganz bequem dorthin fahren.« Sie war wieder froh. Das Schokoladeneis schmolz – schmolz in kleinen Schlückchen tief nach unten. Die Schatten der Bäume tanzten auf den Tischtüchern, und sie saß sicher mit dem Rücken zu der reichverzierten Uhr, die fünf Minuten nach halb sieben zeigte. »Wirklich und wahrhaftig«, sagte die kleine Gouvernante ganz ernsthaft, »das war der glücklichste Tag meines Lebens. Noch nicht einmal in meiner Vorstellung hat es einen solchen Tag gegeben.« Trotz des Eises glühte ihr dankbares Kindergemüt vor Liebe zu dem Großvater aus dem Märchen.

So gingen sie denn aus dem Garten hinaus und eine lange Allee entlang. Der Tag war fast zu Ende. »Sehen Sie diese großen Gebäude gegenüber?« fragte der alte Mann. »Dort im dritten Stock – da wohne ich. Ich und die alte Haushälterin, die sich um mich kümmert.« Sie war sehr interessiert. »Ehe ich Ihnen jetzt eine Droschke besorge, wollen Sie meinem ›Heim‹ einen Besuch abstatten, und darf ich Ihnen da eine Flasche Rosenöl geben, wovon ich Ihnen im Zug erzählt habe? Zur Erinnerung?« Sehr gern. »Noch nie in meinem Leben habe ich eine Junggesellenwohnung gesehen«, lachte die kleine Gouvernante.

Der Flur war ziemlich dunkel. »Oh, meine alte Aufwartefrau ist sicher fortgegangen, um für mich ein Huhn zu kaufen. Einen Augenblick.« Er öffnete eine Tür und trat zur

Seite, um sie vorbeizulassen, ein klein wenig schüchtern, aber neugierig, in ein eigenartiges Zimmer. Sie wußte nicht recht, was sie sagen sollte. Es war kein hübsches Zimmer. In gewisser Hinsicht war es sehr häßlich – aber ordentlich und für so einen alten Mann sicher bequem. »Nun, was halten Sie davon?« Er kniete sich hin und nahm aus einem Schrank ein rundes Tablett mit zwei blaßroten Gläsern und einer großen blaßroten Flasche. »Dazu zwei kleine Schlafzimmer«, sagte er fröhlich, »und eine Küche. Es genügt, ja?« – »Oh, völlig.« – »Und wenn Sie jemals in München sein sollten und ein paar Tage dableiben möchten, nun, da gibt es immer ein kleines Nest – ein Hühnerbein und Salat und einen alten Mann, der entzückt wäre, Sie wieder einmal als Gast dazuhaben und noch viele, viele Male, liebes kleines Fräulein!« Er zog den Stöpsel aus der Flasche und goß Wein in die beiden blaßroten Gläser. Die Hand zitterte ihm, und der Wein schwappte auf das Tablett. Es war sehr still im Zimmer. Sie sagte: »Ich glaube, ich muß jetzt gehn.« – »Aber Sie trinken doch ein winziges Gläschen Wein mit mir – nur eins, ehe Sie gehen?« fragte der alte Mann. »Nein, wirklich nicht. Ich trinke nie Wein. Ich – ich habe versprochen, nie Wein oder so etwas anzurühren.« Und obgleich er inständig bat und obgleich sie sich furchtbar unhöflich vorkam, besonders da er es sich so zu Herzen zu nehmen schien, blieb sie fest entschlossen. »Nein, *wirklich*, bitte.« – »Also, wollen Sie sich dann nur für fünf Minuten auf das Sofa setzen und mich auf Ihr Wohl trinken lassen?« Die kleine Gouvernante setzte sich auf den Rand des roten Samtsofas, und er setzte sich neben sie und trank in einem Zug auf ihr Wohl. »Sind Sie heute wirklich glücklich gewesen?« fragte der alte Mann. Er drehte sich um, so dicht neben ihr, daß sie sein Knie an ihrem spürte. Ehe sie noch antworten konnte, hielt er ihre Hände. »Und geben Sie mir einen kleinen Kuß, ehe Sie gehen?« fragte er und zog sie noch enger an sich.

Es war ein Traum! Das gab es doch gar nicht! Das war doch nicht derselbe alte Mann. Oh, wie furchtbar! Voller Entsetzen starrte ihn die kleine Gouvernante an. »Nein, nein, nein!« stammelte sie und entwand sich seinen Händen. »Einen kleinen Kuß. Einen Kuß. Was ist denn schon dabei? Bloß einen Kuß, liebes kleines Fräulein. Einen Kuß.« Er schob sein Gesicht dicht heran, ein gemeines Lächeln um den Mund. Und wie seine kleinen blauen Augen hinter den Brillengläsern funkelten! »Niemals – niemals! Wie können Sie nur!« Sie sprang auf, aber er kam ihr zuvor, er hielt sie an der Wand fest und drückte seinen alten harten Körper an sie und sein zuckendes Knie, und obgleich sie ihren Kopf hin- und herwarf, ganz außer sich, küßte er sie auf den Mund. Auf den Mund! Wohin keine Menschenseele, die nicht nahe verwandt mit ihr war, sie jemals zuvor geküßt hatte...

Sie rannte, rannte die Straße entlang, bis sie zu einer breiten Straße kam mit Straßenbahnschienen und einem Polizisten, der wie eine Aufziehpuppe in der Mitte stand. »Ich möchte eine Straßenbahn zum Hauptbahnhof«, schluchzte die kleine Gouvernante. »Fräulein?« Sie rang die Hände. »Hauptbahnhof. Da – da kommt jetzt eine«, und während er sehr erstaunt achtgab, sprang das kleine Mädchen, dem der Hut schiefgerutscht war, das ohne Taschentuch weinte, auf die Straßenbahn – weder sah sie den stirnrunzelnden Schaffner noch hörte sie, wie die ›hochwohlgebildete Dame‹ mit einer empörten Bekannten über sie herzog. Sie schüttelte sich, schluchzte laut auf und stöhnte: »Oh, oh!«, dabei preßte sie die Hände an den Mund. »Sie war beim Zahnarzt«, gellte die Stimme einer dicken alten Frau, die zu einfältig war, um lieblos zu sein. »Na, sagen Sie mal, was heißt Zahnschmerzen! Das Kind hat gar keinen mehr im Mund.« Währenddessen schaukelte und quietschte die Straßenbahn durch eine Welt voller alter Männer mit zuckenden Knien.

Als die kleine Gouvernante ins Vestibül des Hotels Grunewald kam, stand derselbe Ober, der am Morgen in ihrem Zimmer gewesen war, an einem Tisch und polierte Gläser auf einem Tablett. Der Anblick der kleinen Gouvernante schien ihn mit einer unerklärlichen vielsagenden Zufriedenheit zu erfüllen. Er war auf ihre Frage gefaßt; seine Antwort kam prompt und zuvorkommend. »Ja, Fräulein, die Dame ist hiergewesen. Ich habe ihr gesagt, daß Sie angekommen und gleich wieder mit einem Herrn weggegangen sind. Sie hat mich gefragt, wann Sie wiederkämen – aber das konnte ich ihr natürlich nicht sagen. Und dann ist sie zum Geschäftsführer gegangen.« Er nahm ein Glas vom Tisch, hielt es gegen das Licht, schaute es an, wobei er ein Auge zukniff, und begann, es mit einem Zipfel seiner Schürze zu polieren. »...?« – »Wie bitte, Fräulein? Ach, nein, Fräulein. Der Chef konnte ihr auch nichts sagen – nichts.« Er schüttelte den Kopf und lächelte zu dem blinkenden Glas. »Wo ist die Dame jetzt?« fragte die kleine Gouvernante. Sie zitterte so sehr, daß sie ein Taschentuch vor den Mund halten mußte. »Woher soll ich das wissen?« rief der Kellner, und als er an ihr vorbeischoß, um sich auf einen Neuankömmling zu stürzen, schlug ihm das Herz so stark gegen die Rippen, daß er beinahe laut losgekichert hätte. ›So ist's recht! So ist's recht!‹ dachte er. ›Das wird's ihr zeigen.‹ Und als er sich den mächtigen Koffer des Neuankömmlings auf die Schultern schwang – ha! –, als wäre er ein Riese und der Koffer leicht wie eine Feder, wiederholte er in geziertem Tonfall die Worte der kleinen Gouvernante: »Gehen Sie! Gehen Sie sofort! Das werde ich! Ja, das werde ich!« schrie er sich selbst an.

Die Offenbarung

Von morgens acht Uhr bis gegen halb zwölf litt Monica Tyrell unter ihren Nerven, und sie litt so entsetzlich darunter, daß diese Stunden eine Marter waren. Als ob sie einfach keine Gewalt darüber hätte. »Vielleicht wenn ich zehn Jahre jünger wäre...«, war ihre übliche Redensart. Denn jetzt, mit dreiunddreißig, zeigte sie eine merkwürdige Angewohnheit, immerzu auf ihr Alter hinzuweisen, ihre Freunde und Bekannten mit ernsten Kinderaugen anzusehen und zu bemerken: »Ja, ich kann mich daran erinnern, wie vor zwanzig Jahren...«, oder Ralphs Aufmerksamkeit auf die Mädchen zu lenken – richtige Mädchen, Arme und Hals köstlich jung, die Bewegungen behende, unschlüssig –, die in Gaststätten in ihrer Nähe saßen. »Vielleicht wenn ich zehn Jahre jünger wäre...«

»Warum sagst du nicht Marie, sie soll sich vor deine Tür setzen und jedem streng verbieten, sich deinem Zimmer auch nur zu nähern, bis du läutest?«

»Ach, wenn das so einfach wäre!« Sie ließ die Handschuhchen fallen und preßte in der ihm so wohlbekannten Art die Finger an die Lider. »Doch erstens das Bewußtsein, daß Marie dasäße, daß Marie mit einer Handbewegung Rudd und Mrs. Moon abwiese, Marie als ein Zwischending von Gefängniswärterin und Pflegerin für Nervenkranke! Und dann ist da die Post. Man kann nicht einfach die Tatsache übergehen, daß die Post kommt, und sobald sie einmal da ist, wer – wer – könnte dann bis elf auf Briefe warten?«

Seine Augen begannen zu glänzen; rasch, leicht drückte er ihr die Hand. »*Meine* Briefe, Liebes?«

»Vielleicht«, erwiderte sie gedehnt, leise, und sie strich ihm mit der Hand über das rötliche Haar; und obschon auch sie lächelte, dachte sie bei sich: ›Du lieber Himmel! Wie dumm, so etwas zu sagen!‹

Diesen Morgen jedoch war sie durch einen mächtigen Knall der Vordertür wach geworden. Rums! Die Wohnung wackelte. Was war das? Sie fuhr im Bett hoch, umklammerte die Daunendecke; das Herz klopfte ihr. Was konnte das sein? Dann hörte sie Stimmen im Flur. Marie pochte, und sowie die Tür aufging, riß es die Jalousie und die Vorhänge mit aller Macht nach draußen, die Vorhänge bauschten sich auf, flatterten hin und her, wurden von heftigen Stößen gepackt. Die Jalousiequaste hämmerte wie wild gegen das Fenster. »Oh *voilà*!« schrie Marie, setzte das Tablett ab und sauste los. »*C'est le vent, Madame. C'est un vent insupportable.*«

Hoch schnellte die Jalousie. Mit einem Ruck öffnete sich das Fenster; ein weißlich-graues Licht füllte das Zimmer. Monica erhaschte ein Stück des weiten fahlen Himmels und einer Wolke, die wie ein zerfetztes Hemd darüber hintrieb, ehe sie mit dem Ärmel die Augen verdeckte.

»Marie! die Vorhänge! Schnell, die Vorhänge!« Monica ließ sich ins Bett zurücksinken, und dann: »Klingelingeling, klingelingeling.« Das Telefon. Ihre Leidensgrenze war erreicht; sie wurde ganz ruhig. »Sehen Sie mal nach, Marie!«

»Das ist Monsieur. Er möchte wissen, ob Madame heute halb zwei bei Princes mit ihm zu Mittag essen will.« Ja, es war Monsieur selbst. Ja, er hatte darum gebeten, daß es Madame unverzüglich ausgerichtet werde. Anstatt zu antworten, setzte Monica die Tasse ab und fragte Marie mit leiser, verwunderter Stimme, wie spät es sei. Es war halb zehn. Still lag sie da, die Augen halb geschlossen. »Sagen Sie Monsieur, ich könne nicht kommen«, sagte sie leise. Aber als sich die Tür schloß, packte sie plötzlich Zorn, packte sie fest, fest, ungestüm, schnürte ihr beinahe die Kehle ab. Wie konnte er es wagen! Wie konnte Ralph es wagen, so etwas zu tun, wo er doch genau wußte, wie ihre Nerven sie morgens quälten! Hatte sie es ihm nicht auseinandergesetzt, beschrieben und sogar – obgleich natürlich ganz behutsam, so etwas konnte sie ja nicht gut direkt sagen – zu verstehen gegeben, daß sie *das* nie und nimmer verzeihen könne?

Und sich dazu noch diesen schrecklichen, stürmischen Morgen auszusuchen! Glaubte er etwa, es wäre nur so eine Marotte von ihr, eine kleine weibliche Torheit, über die man lachte und die man ansonsten abtat? Ja, erst gestern abend hatte sie gesagt: »Oh, du mußt mich auch ernst nehmen.« Und er hatte darauf erwidert: »Mein Schatz, du wirst es mir nicht glauben, aber ich kenne dich unendlich viel besser, als du dich selbst kennst. Vor jedem einzelnen deiner köstlichen Gedanken und Gefühle verneige ich mich, ich hüte sie alle wie einen Schatz. Ja, lach du nur! Ich liebe es, wie du die Lippe aufwirfst« – und er hatte sich über den Tisch gebeugt –, »von mir aus können alle Leute sehen, daß ich alles an dir innig liebe. Und wenn wir zusammen auf einem Berggipfel stünden und sämtliche Scheinwerfer der Welt auf uns gerichtet wären!«

»Du lieber Himmel!« Monica hielt sich beinahe den Kopf. War es denn möglich, daß er das wirklich gesagt hatte? Wie unglaublich Männer doch waren! Und sie hatte ihn geliebt – wie hatte sie nur einen Mann lieben können, der so daherredete. Was hatte sie denn bloß seit jener Dinnerparty vor Monaten getan, als er sie nach Hause begleitet und gefragt hatte, ob er kommen dürfe, um dieses ›zaghafte arabische Lächeln wieder zu sehen‹? Ach, was für ein Unsinn – was für ein ausgemachter Unsinn – und doch war ihr derzeit eine seltsam tiefe Ergriffenheit in Erinnerung, wie sie sie noch nie zuvor empfunden hatte.

»Kohle! Kohle! Kohle! Alteisen! Alteisen! Alteisen!« klang es von unten herauf. Es war alles aus. Sie verstehen? Er hatte rein gar nichts verstanden. Dieser Anruf an einem stürmischen Morgen war ungemein bezeichnend. Würde er das verstehen? Beinahe hätte sie laut aufgelacht. »Du hast mich zu einer Zeit angerufen, zu der es ein Mensch, der mich verstünde, einfach nicht fertiggebracht hätte.« Es bedeutete das Ende. Und als Marie sagte: »Monsieur hat geantwortet, er wäre im Vestibül, für den Fall, daß Madame es sich anders überlegen solle«, bestimmte Monica: »Nein, kein Eisenkraut, Marie. Nelken. Zwei Hände voll.«

Ein wilder weißer Vormittag, ein ungestümer, alles durchpeitschender Wind. Monica setzte sich vor den Spiegel. Sie war blaß. Das Mädchen kämmte ihr das dunkle Haar zurück – kämmte es ganz nach hinten –, und ihr Gesicht glich einer Maske, von der sich die markanten Augenlider und die dunkelroten Lippen abhoben. Als sie sich in dem bläulichen Schatten des Spiegels musterte, spürte sie mit einem Mal – ach, da spürte sie, wie eine über alle Maßen seltsame, gewaltige Erregung sie langsam, langsam erfüllte, bis es sie danach verlangte, die Arme auszubreiten, zu lachen, alle Sachen umherzustreuen, Marie zu erschrecken, zu schreien: »Ich bin frei! Ich bin frei! Ich bin so frei wie der Wind!« Und die ganze vibrierende, bebende, erregende, fliegende Welt war jetzt ihr Eigentum. Ihr Königreich. Nein, nein, sie gehörte nur dem Leben, sonst niemandem.

»Genug, Marie«, stammelte sie. »Hut, Mantel, Tasche. Und besorgen Sie mir jetzt ein Taxi.« Wohin wollte sie? Ach, irgendwohin. Sie konnte diese stille Wohnung nicht mehr ertragen, die lautlose Marie, dieses geisterhafte, ruhige, typisch weibliche Interieur. Sie mußte hinaus; sie mußte rasch fortfahren, irgendwohin, ja irgendwohin.

»Das Taxi ist da, Madame.« Als sie die mächtige Haustür aufstemmte, packte sie der wütende Sturm und trieb sie über den Bürgersteig. Wohin? Sie stieg ein, und mit strahlendem Lächeln wies sie den mürrischen, gleichgültig dreinblickenden Fahrer an, er solle sie zu ihrem Friseur fahren. Was hätte sie nur ohne ihren Friseur getan? Jedesmal, wenn Monica nicht wußte, wohin sie sich sonst wenden oder was in aller Welt sie tun sollte, fuhr sie dahin. Sie könnte sich schnell die Haare ondulieren lassen, und bis dahin hätte sie sich auch etwas ausgedacht. Der mürrische, gleichgültige Fahrer raste mit einer enormen Geschwindigkeit dahin, und sie ließ sich hin und her schleudern. Sie wünschte sich, daß er immer schneller führe. Ach, frei zu sein, also kein Princes um halb zwei, nicht mehr das kleine Kätzchen in dem weich gepolsterten Körbchen, die Araberin, das ernsthafte, entzückte Kind und das kleine wilde Geschöpf zu sein ... »Nie wieder!« schrie sie laut und ballte die kleine Faust. Aber das Taxi hatte angehalten, und der Fahrer stand da, hielt ihr die Tür auf.

Beim Friseur war es warm, und alles funkelte nur so. Es roch nach Seife und verbranntem Papier und Goldlackbrillantine. Da hinter dem Ladentisch saß Madame, rund und dick und weiß, wie ein Puderkissen über einem schwarzen Satinnadelpolster drehte sie den Kopf hin und her. Monica hatte immer das Gefühl, daß man sie in diesem Laden liebte und verstand – ihr wirkliches Ich –, viel besser verstand als manche ihrer Freunde. Hier war sie sie selbst, und sie und Madame hatten sich oft – auf recht merkwürdige Weise zwar – unterhalten. Dann war da noch George, der ihr das Haar frisierte, der junge, dunkle, schlanke George. Sie hatte ihn richtig ins Herz geschlossen.

Heute jedoch – wie seltsam! Madame grüßte sie kaum. Ihr Gesicht sah weißer aus denn je, und leuchtend rote Ränder umrahmten die runden blauen Augen, nicht einmal die Ringe an ihren plumpen Fingern glänzten. Sie waren stumpf, leblos, wie Glassplitter. Als sie George durch das Wandtelefon rief, schwang ein Unterton in ihrer Stimme, der noch nie darin gewesen war. Aber Monica wollte das nicht wahrhaben. Nein, sie weigerte sich einfach. Das bildete sie sich nur ein. Gierig sog sie die warme, von Wohlgerüchen erfüllte Luft ein und trat hinter den Samtvorhang in die kleine Kabine.

Hut und Mantel hatte sie bereits abgelegt, sie hingen am Haken, und George kam noch immer nicht. Es war das erste Mal, daß er nicht bereit stand, um den Stuhl für sie zu rükken, ihr den Hut abzunehmen und die Handtasche aufzuhängen, wobei er sie zwischen den Fingern baumeln ließ, als wäre sie etwas, was er noch nie gesehen hatte – etwas aus dem Reich der Märchen. Und wie still es im Laden war! Nicht ein Laut war zu hören, nicht einmal von Madame. Nur der Wind toste und rüttelte an dem alten Haus; der Sturm heulte, und all die Damen aus der Zeit der Pompadour sahen lächelnd aus den Bilderrahmen herab, listig und verschlagen. Ach, wenn sie nur nicht hergekommen wäre! Oh, wie grundverkehrt, herzukommen. Verhängnisvoll, äußerst verhängnisvoll. Wo war George? Wenn er sich nicht augenblicklich sehen ließe, würde sie wieder gehen. Sie nahm den weißen Umhang ab. Sie wollte sich selbst nicht mehr ansehen. Als sie eine große Cremebüchse auf dem Glasbord öffnete, zitterten ihr die Hände. Am Herzen verspürte sie ein Ziehen, als ob ihr Glücksgefühl – ihr wundervolles Glücksgefühl – freizukommen suchte.

»Ich gehe. Ich bleibe nicht länger.« Sie nahm den Hut herunter. Doch im gleichen Augenblick erklangen Schritte, und als sie in den Spiegel sah, erblickte sie im Eingang George, er verneigte sich vor ihr. Wie sonderbar er lächelte! Das war natürlich der Spiegel. Rasch wandte sie sich um. Sein Mund war zu einer Art Grinsen verzerrt, und – war er nicht unrasiert? – er sah beinahe grün im Gesicht aus.

»Entschuldigen Sie vielmals, daß ich Sie warten ließ«, murmelte er, als er auf leisen Sohlen auf sie zuglitt.

Oh nein, sie würde nicht dableiben. »Ich fürchte«, setzte sie an. Doch er hatte bereits das Gas angezündet, die Brennscheren aufgelegt und hielt ihr nun den Umhang hin.

»So ein Sturm«, sagte er. Monica ergab sich. Sie roch seine frischen jungen Hände, die ihr den Umhang unter dem Kinn festbanden. »Ja, das ist ein Sturm«, erwiderte sie und ließ sich in den Stuhl zurücksinken. Und es wurde still. Fachmännisch zog George die Nadeln aus dem Haar, das nun lang herabfiel, aber er faßte es nicht an, wie er es sonst immer tat, so als wolle er spüren, wie fein und weich und schwer es war. Er stellte auch nicht fest, daß es ›in ausgezeichnetem Zustand‹ sei. Er ließ das Haar herabfallen, und als er aus einem Schubfach eine Bürste nahm, hustete er leicht, räusperte sich und sagte lustlos: »Ja, ganz schön stark der Sturm, würde ich sagen.«

Darauf hatte sie nichts zu erwidern. Die Bürste fiel auf ihr Haar. Oh, oh, wie traurig, wie traurig! Rasch und leicht wie Blätter fiel die Bürste herab; und dann wieder fiel sie schwer herab, zog und zerrte wie das Ziehen an ihrem Herzen. »Das ist genug!« schrie sie und riß sich los.

»War ich zu heftig?« fragte George. Er beugte sich über die Eisen. »Verzeihung.« Es roch nach verbranntem Papier – sie liebte diesen Geruch –, und mit der Hand schwenkte er die heisen Eisen, wobei er vor sich hin starrte. »Ich wäre nicht überrascht, wenn es regnete.« Er ergriff eine Strähne ihres Haars, als – sie vermochte das nicht länger zu ertragen – sie ihm Einhalt gebot. Sie schaute ihn an; sie sah, wie sie ihn in dem weißen Umhang wie eine Nonne anschaute. »Ist hier etwas nicht in Ordnung? Ist etwas passiert?« Doch George zuckte leicht mit den Schultern und zog eine Grimasse. »Ach nein, Madame, nur ein kleines Vorkommnis.« Und er nahm die Haarsträhne wieder auf. Oh, aber sie ließ sich nichts vormachen. Das war's also. Etwas Schreckliches war geschehen. Die Stille – ja wirklich, die Stille schien wie Schneeflocken herabzuschweben. Sie erschauerte. In der kleinen Kabine war es kalt, alles war kalt und glitzerte. Die Nickelhähne und Rohre und Sprühdosen sahen irgendwie beinahe bösartig aus. Der Sturm rüttelte am Fensterrahmen; Eisen schlug knallend aufeinander, und der junge Mann fuhr fort, die Brennscheren zu wechseln, über sie gebeugt. Ach, wie schrecklich das Leben doch war, fand Monica. Wie fürchterlich. Die Einsamkeit ist das Entsetzliche. Wie Blätter wirbeln wir dahin, und keiner weiß – keiner schert sich darum, wohin wir fallen, in welchem dunklen Strom wir entlangtreiben. Das Zerren schien ihr bis in die Kehle zu steigen. Das tat weh, ach, so weh! Am liebsten hätte sie geweint. »Das reicht«, flüsterte sie. »Geben Sie mir die Nadeln.« Wie er so ergeben, so still neben ihr stand, hätte sie beinahe die Arme sinken lassen und aufgeschluchzt. Es ging über ihre Kräfte. Wie eine Holzfigur glitt, schwebte der fröhliche junge George hin und her, reichte ihr Hut und Schleier, nahm den Geldschein entgegen und brachte ihr das Wechselgeld. Sie stopfte es in die Handtasche. Wohin sollte sie nun?

George ergriff eine Bürste. »Auf Ihrem Mantel ist ein wenig Puder«, murmelte er. Er bürstete ihn weg. Und dann richtete er sich urplötzlich auf, sah Monica an, beschrieb mit der Bürste eine seltsame Wellenlinie und sagte: »Die Wahrheit ist, Madame, da Sie eine alte Kundin sind – heute früh ist meine kleine Tochter gestorben. Das erste Kind« – und dann zerknitterte sein weißes Gesicht wie Papier, und er kehrte ihr den Rücken und machte sich daran, den Baumwollumhang auszubürsten. »Oh, oh«, Monica begann zu weinen. Sie lief aus dem Laden hinaus in das wartende Taxi. Der Fahrer sah wütend drein. Er klappte den Sitz um und schlug die Tür wieder zu. »Wohin?«

»Princes«, schluchzte sie. Und den ganzen Weg dahin sah sie nur ein winziges Wachspüppchen mit flaumigem Goldhaar, hold lag es da, die winzigen Händchen und Füßchen gekreuzt. Und dann, kurz bevor sie zu Princes kam, sah sie einen Blumenladen, voll weißer Blumen. Oh, was für ein großartiger Einfall! Maiglöckchen, weiße Stiefmütterchen, gefüllte weiße Veilchen und ein weißes Samtband... Von unbekannter Freundeshand... Von einer, die versteht... Für ein kleines Mädchen... Sie klopfte ans Fenster, aber der Fahrer hörte nicht; und da waren sie ja auch schon bei Princes.

Die Flucht

Es war seine Schuld, einzig und allein seine Schuld, daß sie den Zug verpaßt hatten. Wie, wenn die idiotischen Hotelleute nun die Rechnung nicht ausgestellt hätten? Lag das nicht nur daran, daß er beim Mittagessen dem Kellner nicht nachdrücklich genug klargemacht hatte, sie müßten sie bis spätestens zwei Uhr haben? Jeder andere Mann wäre sitzen geblieben und hätte sich nicht vom Fleck gerührt, bis sie ihm die Rechnung gegeben hätten. Aber nein! Sein köstlicher Glaube an die menschliche Natur hatte ihn aufstehen und erwarten lassen, daß einer dieser Idioten sie ihnen aufs Zimmer brächte ... Und dann, als die *Voiture* endlich kam, während sie noch (oh du lieber Himmel!) auf das Geld warteten, das sie herausbekamen, warum hatte er sich da denn nicht darum gekümmert, daß das Gepäck ordentlich verstaut wurde, so daß sie wenigstens in dem Augenblick hätten losfahren können, als das Geld gebracht wurde? Hätte denn etwa sie hinausgehen sollen, um in der Hitze unter der Markise zu stehen und mit dem Sonnenschirm umherzudirigieren? Ein sehr amüsantes Bild des englischen häuslichen Lebens. Auch als dem Kutscher eröffnet worden war, wie schnell er zu fahren habe, hatte er nicht im geringsten darauf achtgegeben – sondern einfach gelächelt. »Oh«, stöhnte sie, wenn sie der Kutscher gewesen wäre, hätte sie sich auch das Lächeln nicht verkneifen können über die sinnlose, alberne Art und Weise, in der er zur Eile angetrieben wurde. Und sie lehnte sich zurück und ahmte seine Stimme nach: »*Allez, vite, vite*«, und bat den Fahrer um Entschuldigung, daß sie ihn behelligte ...

Und dann der Bahnhof – unvergeßlich – mit dem Anblick des munteren kleinen Zuges, der davonzuckelte, und dieser gräßlichen Kinder, die aus den Fenstern winkten. »Oh, wozu muß ich denn so etwas ertragen? Warum bin ich all dem ausgesetzt? ...« Das gleißende Licht, die Fliegen, während sie warteten und er und der Stationsvorsteher über dem Fahrplan die Köpfe zusammensteckten, um diesen anderen Zug herauszusuchen, den sie natürlich nicht kriegen würden. Die Leute, die sich um sie geschart hatten, und die Frau, die dieses Baby mit dem fürchterlichen, fürchterlichen Kopf hochhielt ... »Ach, sich zu sorgen, wie ich mich sorge, zu fühlen, wie ich fühle, und doch nie verschont zu bleiben – nie auch nur einen Augenblick lang zu erfahren, wie es wäre, zu ... zu ...«

Ihre Stimme war anders geworden – zitterte, weinte jetzt. Sie kramte in ihrer Handtasche herum und brachte aus deren winzigem Rachen ein wohlriechendes Taschentuch zum Vorschein. Sie hob den Schleier hoch, und als täte sie es für jemand anders, mitleidsvoll, als sagte sie zu jemand anders: »Ich weiß, Liebes«, preßte sie das Taschentuch an die Augen.

Das Täschchen lag auf ihrem Schoß, in seinem silbern schimmernden gähnenden Schlund konnte er die Puderquaste sehen, den Lippenstift, ein Bündel Briefe, ein Fläschchen schwarzer Kügelchen, Samenkörnern ähnlich, eine zerbrochene Zigarette, einen Spiegel, weiße Elfenbeintäfelchen mit Listen darauf, die dick durchgestrichen waren. ›In Ägypten würde sie mit diesem Kram begraben werden‹, dachte er.

Sie hatten die letzten Häuser hinter sich gelassen, diese kleinen versprengten Häuser, wo Topfscherben zwischen den Beeten lagen und halbnackte Hennen bei den Haustürstufen scharrten. Jetzt fuhren sie eine lange, steile Straße hinauf, die sich rund um den Berg schlängelte und in die nächste Bucht hinüberführte. Die Pferde stolperten, so schwer hatten sie zu ziehen. Alle fünf Minuten, alle zwei

Minuten ließ der Kutscher die Peitsche knallen. Sein breiter Rücken war fest wie Holz; Geschwüre bedeckten den geröteten Nacken, und er trug einen neuen, einen glänzenden neuen Strohhut...

Es ging ein leichtes Lüftchen, gerade genug, um die frischen Blätter an den Obstbäumen wie Atlasseide schimmern zu lassen, um über das feine Gras zu streichen, die rauchigen Oliven in Silber zu verwandeln – gerade genug, um vor dem Wagen den Staub zu einer kleinen quirligen Wolke aufzuwirblen, die sich dann wie feinste Asche auf ihre Kleidung setzte. Als sie ihre Puderquaste aus der Tasche nahm, stiebte der Puder über sie beide hin.

»Ach, der Staub!« hauchte sie, »der widerliche, entsetzliche Staub!« Und sie zog den Schleier vors Gesicht und lehnte sich, gleichsam überwältigt, zurück.

»Warum spannst du nicht deinen Sonnenschirm auf?« schlug er vor. Der lag auf dem Vordersitz, und er beugte sich vor, um ihn ihr zu geben. Da richtete sie sich jäh wieder auf und wütete von neuem los.

»Laß bitte meinen Sonnenschirm in Ruhe! Ich will den Sonnenschirm nicht haben. Und jeder, der nicht ganz und gar gefühllos ist, wüßte, daß ich viel, viel zu erschöpft bin, um einen Sonnenschirm zu halten. Und bei solchem Wind, der daran zerrt... Leg ihn sofort wieder hin!« blitzte sie ihn an, und dann entriß sie ihm den Sonnenschirm, schleuderte ihn hinter sich in das zusammengeschobene Verdeck und ließ sich keuchend zurückfallen.

Wieder ging's um eine Biegung, und da kam unter Schreien und Kichern eine Schar kleiner Kinder den Hang herunter, kleine Mädchen, das Haar von der Sonne gebleicht, kleine Jungen in verschossenen Soldatenmützen. In der Hand hatten sie Blumen – vielerlei verschiedene Arten, die sie an den Köpfen abgerissen hatten und nun hinhielten, während sie neben dem Wagen herrannten. Flieder, verblaßten Flieder, grünweiße Schneebälle, einen Aronstab, eine Handvoll Hyazinthen. Sie zwängten die Blumen ebenso wie ihre lausbübischen Gesichter in den Wagen. Einer warf ihr sogar ein Sträußchen Ringelblumen in den Schoß. Arme kleine Dinger! Er hatte seine Hand in die Hosentasche gesteckt. »Um Himmels willen, gib ihnen bloß nichts! Ach, das bist wieder mal typisch du! Schreckliche kleine Affen. Jetzt werden sie uns den ganzen Weg lang verfolgen. Ermutige sie nicht noch; du würdest auch Bettlern noch Mut machen!« Und mit den Worten: »Also, mach das, wenn ich nicht dabei bin, bitte«, schleuderte sie das Sträußchen aus der Kutsche.

Er sah den sonderbaren Schrecken auf den Kindergesichtern. Sie hielten im Laufen inne, fielen zurück, und dann begannen sie zu schreien, und sie schrien und schrien, bis der Wagen abermals hinter einer Biegung verschwunden war.

»Ach, wie viele kommen denn noch, bis wir oben sind? Nicht einmal sind die Pferde getrabt. Es ist sicher nicht nötig, daß sie die ganze Strecke im Schritt gehen.«

»Wir sind jetzt gleich da«, sagte er und zog das Zigarettenetui hervor. Da drehte sie sich zu ihm um. Sie schlug die Hände zusammen und hielt sie an die Brust; hinter dem Schleier erschienen ihre dunklen Augen riesengroß und flehend. Ihre Nasenflügel bebten, sie biß sich auf die Lippe, und ihr Kopf erzitterte wie in einem kleinen nervösen Krampf. Aber als sie sprach, war ihre Stimme ganz leise und sehr, sehr ruhig.

»Ich möchte dich um etwas bitten. Ich möchte von dir etwas erbitten«, sagte sie. »Ich habe dich schon Hunderte von Malen vorher darum gebeten, aber du hast es wohl vergessen. Es ist eine Bagatelle, aber wenn du wüßtest, was sie mir bedeutet ...« Sie rang die Hände. »Aber das kannst du nicht wissen. Kein menschliches Wesen könnte das wissen und doch so grausam sein.« Und dann langsam und mit Bedacht, dabei diese riesig großen, schwermütigen Augen immerzu auf ihn gerichtet: »Zum letzten Male flehe ich dich inständig an, nicht zu rauchen, wenn wir zusammen in einem Wagen sitzen. Wenn du dir die Qualen vorstellen könntest«, fuhr sie fort, »die ich erleide, wenn es mir diesen Rauch ins Gesicht weht...«

»Schön«, sagte er, »ich werde nicht rauchen. Ich hatte es vergessen.« Und er steckte das Etui wieder ein.

»Ach nein«, erwiderte sie und hätte beinahe laut losgelacht. Sie bedeckte mit dem Handrücken die Augen. »Du kannst das nicht vergessen haben. Nicht das.«

Der Wind wehte jetzt kräftiger. Sie hatten die Höhe erreicht. »Hoy-yip-yip-yip!« schrie der Kutscher. Sie schaukelten auf der Straße dahin, die in ein schmales Tal hinabging, tief unten an der Küste entlangführte, um sich dann auf der anderen Seite wieder über eine sanft geschwungene Hügelkette zu winden. Jetzt gab es wieder Häuser, hinter blauen Läden gegen die Hitze verschlossen, mit hell aufflammenden Gärten, über die blaßroten Wände fielen Geranienteppiche herab. Die Küstenlinie war dunkel; am Rande des Meeres regte sich nur ein weißer seidiger Saum. Die Kutsche schaukelte ins Tal hinunter, rumpelte, holperte. »Yi-ip!« rief der Kutscher. Sie klammerte sich seitlich am Sitz fest, schloß die Augen, und er wußte genau, sie fand, dies alles geschähe in vollster Absicht. Diese Schaukelei und Rumpelei, all das triebe man nur – und irgendwie war er dafür verantwortlich –, um sie zu ärgern, weil sie gefragt hatte, ob sie nicht etwas schneller fahren könnten. Aber gerade, als sie ganz unten im Tal anlangten, tat es einen ungeheuerlichen Ruck. Der Wagen überschlug sich beinahe, und er sah, wie ihre Augen ihn anfunkelten, und mit größter Bestimmtheit zischte sie: »Dir macht das sicher Freude?«

Weiter ging die Fahrt. Sie kamen ganz hinunter ins Tal. Plötzlich erhob sie sich. »*Cocher! Cocher! Arrêtez-vous!*« Sie drehte sich um und schaute hinter sich in das zusammengeschobene Verdeck. »Hab ich's doch gewußt!« ereiferte sie sich. »Hab ich's doch gewußt. Ich habe ihn fallen hören, und du auch, bei diesem letzten Ruck.«

»Was? Wo?«

»Meinen Sonnenschirm. Er ist weg. Der Sonnenschirm, der schon meiner Mutter gehört hat. Der Sonnenschirm, den ich mehr schätze als – mehr als ...« Sie war einfach außer sich. Der Kutscher wandte sich um, ein Lächeln auf seinem fröhlichen breiten Gesicht.

»Ich hab auch etwas gehört«, sagte er schlicht, fröhlich. »Aber ich hab gedacht, da Monsieur und Madame nichts sagten ...«

»Da. Da hörst du's. Dann mußt du es auch gehört haben. So, *das* also erklärt das merkwürdige Lächeln auf deinem Gesicht ...«

»Hör mal«, sagte er. »Er kann ja nicht weg sein. Wenn er herausgefallen ist, dann ist er auch noch da. Bleib, wo du bist. Ich hole ihn.«

Aber sie durchschaute ihn. Oh, wie sie ihn durchschaute!

»Nein, danke.« Und sie richtete ihren boshaften, lächelnden Blick auf ihn, ohne sich um den Kutscher zu kümmern. »Ich werde selbst gehen. Ich werde zurückgehen und ihn suchen, und daß du dich ja nicht unterstehst hinterherzukommen. Denn« – im Bewußtsein, daß der Kutscher nichts verstand, sprach sie leise, sanft – »wenn ich dir nicht eine Weile entfliehen kann, werde ich verrückt.«

Sie stieg aus dem Wagen. »Meine Handtasche.« Er reichte sie ihr.

»Madame zieht es vor ...«

Aber der Kutscher hatte sich schon vom Bock herabgeschwungen und auf die Ufermauer gesetzt. Er las eine kleine

Zeitung. Die Pferde standen da und ließen die Köpfe hängen. Es war still. Der Mann im Wagen streckte sich aus, verschränkte die Arme. Er spürte, wie die Sonne ihn an die Knie kitzelte. Der Kopf war ihm auf die Brust gesunken. »Hisch, hisch«, klang es vom Meer her. Der Wind seufzte einmal im Tal auf und war dann ruhig. Wie er so dalag, kam er sich ganz hohl vor, kam er sich wie ein ausgedörrter, ausgebrannter Mann vor, gleichsam wie Asche. Und »hisch, hisch« raunte die See.

Und da war es, daß er den Baum sah, daß er sich seiner Gegenwart bewußt wurde, gleich hinter einem Gartentor. Es war ein gewaltiger Baum mit einem runden, mächtigen silbernen Stamm, über den sich eine große Kuppel aus kupferfarbenem Laub wölbte, die das Licht zurückwarf und doch dunkel war. Hinter dem Baum schimmerte etwas hervor – etwas Weißes, Weiches, eine undurchsichtige Masse, halb verborgen – mit eleganten Pfeilern. Als er den Baum anschaute, fühlte er, wie sein Atem erstarb und er ein Teil dieser Stille wurde. Der Baum schien zu wachsen, er schien sich in der flirrenden Hitze auszudehnen, bis die großen gekerbten Blätter den Himmel verdeckten, und doch regte er sich nicht. Dann kam aus seinen Tiefen oder von ganz dahinten der Klang einer Frauenstimme. Eine Frau sang. Die warme, unbekümmerte Stimme wehte durch die Luft, und sie war ganz Teil der Stille, wie auch er ein Teil davon war. Als die Stimme anschwoll, weich, träumerisch, zart, wußte er mit einem Mal, daß sie aus den verborgenen Blättern zu ihm herüberwehte, und sein Friede zerbarst. Was widerfuhr ihm da? In seiner Brust regte sich etwas. Etwas Dunkles, etwas Unerträgliches und Schreckliches zerrte in seinem Herzen, und wie eine mächtige Pflanze wogte und trieb es dahin ... warm, zum Ersticken. Er versuchte zu kämpfen, daran zu zerren, und im gleichen Augenblick – war alles vorbei. Tief, ganz tief versank er in die Stille, er starrte auf den Baum und wartete auf die Stimme, die daherflutete, fiel, bis er spürte, wie sie ihn ganz einhüllte.

Im schaukelnden Gang des Zuges. Es war Nacht. Der Zug stürmte und brauste durch die Dunkelheit dahin. Mit beiden Händen hielt er sich am Messinggeländer fest. Die Wagentür war offen.

»Beunruhigen Sie sich nicht, Monsieur. Er kommt schon herein und setzt sich hin, wenn er will. Er mag – er mag es – es ist seine Gewohnheit... *Oui, Madame, je suis un peu souffrante... Mes nerfs.* Ach, aber mein Mann ist nie so glücklich, wie wenn er auf Reisen ist. Er mag es, sich so durchzuschlagen... Mein Mann... Mein Mann...«

Die Stimmen murmelten und murmelten. Sie waren niemals still. Doch so groß war seine himmlische Glückseligkeit, wie er da stand, daß er wünschte, er möge ewig leben.

Zu dieser Ausgabe

insel taschenbuch 1334
Katherine Mansfield
Seligkeit
und andere Erzählungen

Die Erzählsammlung *Bliss and Other Stories,* 1920 erstmals erschienen, zählt neben *In a German Pension* und *The Garden Party* zu den Sammlungen, die Katherine Mansfield selbst zusammengestellt und veröffentlicht hat. Die Übersetzung der vorliegenden Texte folgt bis auf vier Erzählungen der Ausgabe: Katherine Mansfield, Ausgewählte Werke in zwei Bänden. Herausgegeben von Wolfgang Wicht. Aus dem Englischen übertragen von Heide Steiner. © 1980 Insel Verlag Anton Kippenberg, Leipzig.

Die Erzählungen *Prélude, The Wind Blows, Sun and Moon* und *Feuille d'Album,* die in der oben genannten Ausgabe nicht enthalten sind, wurden für den vorliegenden Band von Heide Steiner neu übersetzt.

Prélude. Originaltitel: Prélude. Erstveröffentlichung: Handdruck von Leonard und Virginia Woolf, 1917, sowie Hogarth Press, Richmond, Juli 1918. Neu übersetzt von Heide Steiner.

Je ne parle pas français. Originaltitel: Je ne parle pas français. Erstveröffentlichung: Handdruck von Middleton Murry, 1920, sowie Heron Press, Hampstead, 1920. Deutsche Übersetzung aus: Katherine Mansfield, Ausgewählte Werke, op. cit. Bd. 1, S. 210-240.

Seligkeit. Originaltitel: Bliss. Erstveröffentlichung: The English Review, London, August 1918. Deutsche Übersetzung aus: Katherine Mansfield, Ausgewählte Werke, op. cit. Bd. 1, S. 196-209.

Der Wind weht. Originaltitel: The Wind Blows. Erstveröffentlichung: Signature, London, Herbst 1915. Neu übersetzt von Heide Steiner.

Psychologie. Originaltitel: Psychology. Erstveröffentlichung in: Bliss and Other Stories. Verlag Constable, London, 1920. Deutsche Übersetzung aus: Katherine Mansfield, Ausgewählte Werke, op. cit. Bd. 1, S. 180-187.

Filmen. Originaltitel: Pictures. Erstveröffentlichung: Art and Letters, London, Bd. 2, H. 4, Herbst 1919. Deutsche Übersetzung aus: Katherine Mansfield, Ausgewählte Werke, op. cit. Bd. 1, S. 251-259.

Der Mann ohne Temperament. Originaltitel: The Man without a Temperament. Erstveröffentlichung: Art and Letters, London, Frühjahr 1920. Deutsche Übersetzung aus: Katherine Mansfield, Ausgewählte Werke, op. cit. Bd. 1, S. 264-278.

Mr. Reginald Peacocks großer Tag. Originaltitel: Mr. Reginald Peacock's Day. Erstveröffentlichung: New Age, London, Juni 1917. Deutsche Übersetzung aus: Katherine Mansfield, Ausgewählte Werke, op. cit. Bd. 1, S. 241-250.

Sun und Moon. Originaltitel: Sun and Moon. Erstveröffentlichung: The Athenaeum, London, August 1920. Neu übersetzt von Heide Steiner.

Feuille d'Album. Originaltitel: Feuille d'Album. Erstveröffentlichung in: Bliss and Other Stories. Verlag Constable, London, 1920. Neu übersetzt von Heide Steiner.

Dillgurke. Originaltitel: A Dill Pickle. Erstveröffentlichung: New Age, London, Oktober 1917. Deutsche Übersetzung aus: Katherine Mansfield, Ausgewählte Werke, op. cit. Bd. 1, S. 188-195.

Die kleine Gouvernante. Originaltitel: The Little Governess. Erstveröffentlichung: Signature, London, Oktober 1915. Deutsche Übersetzung aus: Katherine Mansfield, Ausgewählte Werke, op. cit. Bd. 1, S. 126-140.

Die Offenbarung. Originaltitel: Revelations. Erstveröffentlichung: The Athenaeum, London, Juni 1920. Deutsche Übersetzung aus: Katherine Mansfield, Ausgewählte Werke, op. cit. Bd. 1, S. 279-285.

Die Flucht. Originaltitel: The Escape. Erstveröffentlichung: The Athenaeum, London, Juli 1920. Deutsche Übersetzung aus: Katherine Mansfield, Ausgewählte Werke, op. cit. Bd. 1, S. 286-291.

Umschlagabbildung: Joseph R. De Camp, The Hammock, 1895. Privatsammlung.

Englische und amerikanische Literatur im insel taschenbuch

Jane Austen: Die Abtei von Northanger. Aus dem Englischen von Margarete Rauchenberger. Mit Illustrationen von Hugh Thomson. it 931

– Anne Elliot. Aus dem Englischen von Margarete Rauchenberger. Mit Illustrationen von Hugh Thomson. it 1062

– Emma. Aus dem Englischen von Charlotte Gräfin von Klinckowstroem. Mit Illustrationen von Hugh Thomson. it 511

– Lady Susan. Ein Roman in Briefen. Die Watsons. Sanditon. Zwei Romanfragmente. Aus dem Englischen von Angelika Beck und Elizabeth Gilbert. it 1192

– Stolz und Vorurteil. Aus dem Englischen von Margarete Rauchenberger. Mit Illustrationen von Hugh Thomson und mit einem Essay von Norbert Kohl. it 787

Harriet Beecher-Stowe: Onkel Toms Hütte. In der Bearbeitung einer alten Übersetzung. Herausgegeben und mit einem Nachwort versehen von Wieland Herzfelde. Mit 27 Holzschnitten von Georg Cruikshank aus der englischen Ausgabe von 1852. it 272

Ambrose Bierce: Aus dem Wörterbuch des Teufels. Auswahl, Übersetzung und Nachwort von Dieter E. Zimmer. it 440

– Mein Lieblingsmord. Erzählungen. Mit einem Nachwort von Edouard Roditi. Aus dem Amerikanischen von Gisela Günther. it 39

– Der Mönch und die Henkerstochter und andere Schauermärchen. Deutsch von Karl Bruno Leder. it 1268

Anne Brontë: Agnes Grey. Aus dem Englischen von Elisabeth von Arx. it 1093

Charlotte Brontë: Jane Eyre. Eine Autobiographie. Aus dem Englischen von Helmut Kossodo. Mit einem Essay und einer Bibliographie herausgegeben von Norbert Kohl. it 813

– Shirley. Aus dem Englischen von Johannes Reiher und Horst Wolf. it 1145

– Über die Liebe. Herausgegeben von Elsemarie Maletzke. Übertragen von Eva Groepler und Hans J. Schütz. it 1249

Emily Brontë: Die Sturmhöhe. Aus dem Englischen von Grete Rambach. it 141

Edward George Bulwer-Lytton: Die letzten Tage von Pompeji. Aus dem Englischen von Friedrich Notter. it 801

Lewis Carroll: Alice hinter den Spiegeln. Mit einundfünfzig Illustrationen von John Tenniel. Übersetzt von Christian Enzensberger. it 97

– Alice im Wunderland. Mit zweiundvierzig Illustrationen von John Tenniel. Übersetzt und mit einem Nachwort von Christian Enzensberger. it 42

153/1/10.90

Englische und amerikanische Literatur im insel taschenbuch

Lewis Carroll: Briefe an kleine Mädchen. Herausgegeben und übersetzt von Klaus Reichert. Erweiterte Ausg. mit dreißig Fotografien des Autors. it 172

– Geschichten mit Knoten. Eine Sammlung mathematischer Rätsel. Herausgegeben und übersetzt von Walter E. Richartz. Mit Illustrationen von Arthur B. Frost. it 302

– Die Jagd nach dem Schnark. Übersetzt und ausgeleitet von Klaus Reichert. Mit Illustrationen von Henry Holiday. it 598

Geoffrey Chaucer: Die Canterbury-Erzählungen. Vollständige Ausgabe. Aus dem Englischen übertragen und herausgegeben von Martin Lehnert. Mit Illustrationen von Edward Burne-Jones. it 1006

Gilbert Keith Chesterton: Alle Pater-Brown-Geschichten. 2 Bände in Kassette. it 1263/1149

– Neue Pater-Brown-Geschichten. Die Ungläubigkeit des Pater Brown. Das Geheimnis des Pater Brown. 19 Detektivgeschichten. it 1263

– Pater-Brown-Geschichten. 24 Detektivgeschichten. Mit einem Nachwort von Norbert Miller. it 1149

James Fenimore Cooper: Der Lederstrumpf. Vollständige Ausgabe in fünf Bänden. In der Bearbeitung der Übersetzung von C. Kolb durch Rudolf Drescher. Mit Illustrationen von O. C. Darley. it 760

– Der letzte Mohikaner. Vollständige Ausgabe. In der Bearbeitung der Übersetzung von C. Kolb durch Rudolf Drescher. Mit Illustrationen von O. C. Darley und einem Nachwort von Peter Härtling. it 1212

Daniel Defoe: Glück und Unglück der berühmten Moll Flanders, die, im Zuchthaus Newgate geboren, nach vollendeter Kindheit noch sechzig wertvolle Jahre durchlebte, zwölf Jahre Dirne war, fünfmal heiratete, darunter ihren Bruder, zwölf Jahre lang stahl, acht Jahre deportierte Verbrecherin in Virginien war, schließlich reich wurde, ehrbar lebte und reuig verstarb. Beschrieben nach ihren eigenen Erinnerungen. Deutsch von Martha Erler. Mit Illustrationen von William Hogarth und einem Essay von Norbert Kohl. it 707

– Robinson Crusoe. Mit Illustrationen von Ludwig Richter. In der Übersetzung von Hannelore Novak. it 41

Charles Dickens: Bleak House. Aus dem Englischen von Richard Zoozmann. Mit Illustrationen von Phiz. it 1110

– David Copperfield. Mit Illustrationen von Phiz. it 468

– Detektivgeschichten. Aus dem Englischen von Franz Franzius. it 821

– Eine Geschichte aus zwei Städten. Mit Illustrationen von Phiz. it 1033

– Große Erwartungen. Aus dem Englischen von Margit Meyer. Mit Illustrationen von F. W. Pailthorpe. it 667

153/2/10.90

Englische und amerikanische Literatur
im insel taschenbuch

Charles Dickens: Harte Zeiten. Aus dem Englischen von Paul Heichen. Mit Illustrationen von F. Walker und Maurice Greiffenhagen. it 955
– Das Leben unseres Herrn Jesus Christus. Von Charles Dickens geschrieben für seine Kinder. Mit Zeichnungen von Gunter Böhmer. Aus dem Englischen von Hans Mardersteig. it 1154
– Martin Chuzzlewit. Mit Illustrationen von Phiz. it 1233
– Oliver Twist. Aus dem Englischen von Reinhard Kilbel. Mit einem Nachwort von Rudolf Marx und 24 Illustrationen von George Cruikshank. it 242
– Die Pickwickier. Mit Illustrationen von Robert Seymour, Robert William Buss und Phiz. it 896
– Der Raritätenladen. Aus dem Englischen von Leo Feld. Mit Holzschnitten von George Cattermole, H. K. Browne, George Cruikshank und Daniel Maclise. it 716
– Weihnachtserzählungen. Mit Illustrationen von Leech, Stanfiels, Stone u. a. it 358
Charles A. Eastman: Indianergeschichten aus alter Zeit. Deutsch von Elisabeth Friederichs. Mit einem Nachwort herausgegeben von Dietrich Leube. Illustrationen und Anmerkungen von Frederick Weygold. it 861
Henry Fielding: Mr. Jonathan Wild der Große. Die Geschichte eines Helden. Aus dem Englischen übersetzt von Horst Höckendorf. it 535
– Tom Jones. Die Geschichte eines Findelkindes. 2 Bde. Mit Illustrationen von Gravelot und Moreau le jeune. Herausgegeben und mit einem Nachwort von Norbert Kohl. it 504
Bret Harte: Goldgräbergeschichten. Aus dem Amerikanischen von Wilhelm Lange. Mit zeitgenössischen Fotografien. it 803
Nathaniel Hawthorne: Der Marmorfaun. Aus dem Englischen von Gisela Günther. Mit Zeichnungen von Michael Schroeder. it 1043
Samuel Johnson: Reisen nach den westlichen Inseln bei Schottland. Nach einer anonymen Übertragung aus dem Jahr 1775. Herausgegeben von Volker Wolf und Bernd Zabel. Mit zahlreichen Abb. it 663
James Joyce: Die Katze und der Teufel. Eine Geschichte von James Joyce. Deutsche Übertragung von Fritz Senn. Mit Bildern von Richard Erdoes. Vierfarbendruck. it 2024
Edward Lears kompletter Nonsens. Limericks, Lieder, Balladen und Geschichten. Ins Deutsche geschmuggelt von Hans Magnus Enzensberger. Mit Illustrationen von Edward Lear. it 1119

153/3/10.90

153/4/10.90

Englische und amerikanische Literatur im insel taschenbuch

Muriel Spark: Mary Shelley. Eine Biographie. Deutsch von Angelika Beck. Mit zahlreichen Abbildungen. it 1258

Laurence Sterne: Leben und Meinungen von Tristram Shandy Gentleman. In der Übersetzung von Adolf Friedrich Seubert. Durchgesehen und revidiert von Hans J. Schütz. Mit einem Essay und einer Bibliographie von Norbert Kohl. Illustrationen von George Cruikshank. it 621

– Yoricks Reise des Herzens durch Frankreich und Italien. Aus dem Englischen übersetzt und mit einem Nachwort versehen von Helmut Findeisen. Mit zwölf Holzschnitten nach Tony Johannot. it 277

Robert Louis Stevenson: Entführt oder Die Erinnerungen des David Balfour an seine Abenteuer im Jahre 1751. Mit einem Vorwort von E. Y. Meyer. Aus dem Englischen übersetzt von Michael Walter. Mit den Illustrationen der Erstausgabe. it 321

– Die Schatzinsel. Aus dem Englischen von Karl Lerbs. Mit Illustrationen von Georges Roux. it 65

– Der seltsame Fall von Dr. Jekyll und Mr. Hyde. Deutsch von Grete Rambach. Mit Illustrationen von S. G. Hulme Beaman. it 572

Bram Stoker: Dracula. Aus dem Engl. von Karl Bruno Leder. it 1086

Jonathan Swift: Ausgewählte Werke in drei Bänden. Herausgegeben, eingeleitet und kommentiert von Anselm Schlösser. Mit einem Essay von Martin Walser. it 654

– Ein bescheidener Vorschlag, wie man verhindern kann, daß die Kinder der Armen ihren Eltern oder dem Lande zur Last fallen und andere Satiren. Mit einem Essay von Martin Walser, Die notwendigen Schritte. Übersetzt von Felix Paul Greve. Revision der Übersetzung von Walther Freisburger und Klaus Reichert. it 131

– Gullivers Reisen. Mit Illustrationen von Grandville und einem Vorwort von Hermann Hesse. Aus dem Englischen übersetzt von Franz Kottenkamp. Vervollständigt und bearbeitet von Roland Arnold. it 58

William Makepeace Thackeray: Das Buch der Snobs. Aus dem Englischen von H. Conrad. Mit Illustrationen von W. M. Thackeray. Herausgegeben von Norbert Kohl. it 372

– Jahrmarkt der Eitelkeit. Ein Roman ohne Held. 2 Bde. Mit Illustrationen von Thackeray. Herausgegeben und mit einem Nachwort von Norbert Kohl. Dem deutschen Text wurde eine Übertragung aus dem Nachlaß von H. Röhl zugrunde gelegt. it 485

153/5/10.90